ガラスの蜂

エルンスト・ユンガー 著
阿部重夫・谷本愼介 訳

Gläserne Bienen

田畑書店

目次

カバー作品　でんこ
装　幀　長谷川周平

ガラスの蜂

1

切羽詰まったら、僕ら窮鳥《きゅうちょう》はトワイニングス*の懐に飛び込まなければならない。僕は彼とテーブルの席についた。今度ばかりは痩せ我慢が過ぎた。もっと早く面会する決心をすべきだった。でも、尾っ羽うち枯らすと、つい気がひけるものだ。ポケットにまだ小銭が少々残っているうちは、カフェで席に座って放心したように宙をみつめてしまう。僕の不運つづきは底なしに思えた。僕にはまだスーツが一着ある。人と会いに出かけて、うっかり脚を組んだら、靴底の穴から中敷きが丸見えになるボロ靴だけれど、そんなヘマさえしなければ、見た目の体裁はまだ保てる。だから、人と交わらずにいるほうがよかった。

軽騎兵*部隊に属していたころ、僕はトワイニングスとともに馬上の任務に就いていたが、彼は生まれながらの口利き役で、人あたりのいい男だった。しばしば僕に助言してくれたが、ほかの兵士仲間の面倒もみていた。彼にはいいコネがあるのだ。僕の話を聞き終えるなり、単刀直入に言ってくれた。きみがありつけるのは、ワケありの仕事くらいだろうな。まさに図星だった。正しすぎるほどだ。僕はえり好みなんかできるご身分じゃない。

僕らは友だちだった。といっても、そこにさほどの意味はない。トワイニングスは、目先仲違《たが》いをしていなければ、親しくなれそうだとみた相手ならほとんど誰彼となく、すぐ友だちになれる男だった。それが彼の仕事なのだ。彼から歯に衣《きぬ》着せず直言されても、僕は恥ずかしいと思わなかった。慎重に診断したうえで、無駄口ひとつきかない医師と対面すれば、患者はみんな大概そんな気にさせられるものだ。彼は僕のコートの襟に触り、折り返しの布を撫でた。曇っていた視界がさっと晴れたように、そこに穴が見えた。

彼は僕の現状を仔細に俎上にのせた。きみはもうかなりの使い古しだな。あれこれ経験を積んでいても、見るに足る履歴はごくわずかだ――それは僕も認めざるをえなかった。極上の仕事とは、ろくに働かずとも収入がたんまり入る閑職で、誰しも憧れている。でも、たとえばパウル・ドマン君みたいに、名誉職とか、あてがい扶持を恵んでくれそうな親戚が、僕のまわりにいるだろうか。ドマンには、機関車製造を業とする岳父がいて、金稼ぎなんか朝飯前だったのだ。ほかの連中が日曜も平日もなく、働きづめに働いてやっと手にする年収と比べれば、及びもつかないほど高額の稼ぎに楽々とありつける。扱う品物が大きければ大きいほど、売りさばくのは厄介でなくなるから、機関車は掃除機より飛ぶように売れるのだ。

*

僕にはかつて市参事会員の伯父がいた。でも、久しく前に物故したから、伯父を落胆させる恐れはもうなくなった。僕の実父のほうは、公僕の生涯をひっそりと終え、ささやかな遺産もいまや跡形もない。僕は貧しい娘と結婚した。ドアのベルが鳴ったら、じぶんで戸口に立たなければならないような女房では、いまは亡き市参事会員にとても見せびらかせる柄じゃない。

仕事はあるにはあった。労多くして実入りは雀の涙。家から家へとドアベル恐怖症になるまで足を棒にして渡り歩き、冷蔵庫か洗濯機を売りつけなければならなかった。旧知の兵士仲間を訪ねて、騙し打ちのようにモーゼルワインや生命保険を押し売りしては、彼らを怯えさせる羽目になったこともある。トワイニングスは、笑みを浮かべてその話をやりすごした。この気づかいはありがたい。もっとましなことを学べなかったのか、とでも聞き返せたはずだから。彼は万事承知していたのである。僕がかつて装甲戦車《パンツァー》の検査に携わり、そこでブラックリストに載っていたことも。そのことは後で触れよう。

ほかの仕事はリスクが伴う案件だった。快適な生活を営み、暮らしに何不自由なくとも、枕を高くして眠れないことがある。トワイニングスが二、三そんな求人があることを教えてくれた。警官みたいな仕事である。きょうび、だれが自前の警察を持たずにいられよう。物騒な時代だ。生活も資産もしっかりガードを固め、不動産も交通手段も警護を怠らず、脅迫や暴力をはね返さなければならない。慈善と競りあうように狼藉も増えた。人より抜きんでた立場になっても、公の手で身を守ってもらえない以上、家には棍棒を置いておくべきだ。

だが、ここでも需要に比べて供給は少ない。おいしい仕事はすでに席が埋まっている。トワイニングスには大勢の友人がいたけれど、復員兵にはせち辛い世の中になっていた。たとえばボステン夫人である。途方もない金持ちで、まだうら若い未亡人だが、児童誘拐犯に科す死刑制度が撤廃されたものだから、わが子の身を案じていつもびくびく怯えている。ところが、トワイニングスがとっくに人を手配していた。

もうひとつは、競馬狂いの石油王プレストンの求人である。古代ビザンティンさながら、*血迷って厩舎《きゅうしゃ》を丸抱えにし、勝つためならカネに糸目をつけない馬狂い《ヒッポマニア》だった。お抱えの愛馬たちは、彼とともに半ば神のように崇め奉られている。だれだって自己顕示欲があるから、プレストンも石油タンカーの艦隊や掘削リグの森よりも、愛馬のほうがずっと野望がかなうと思ったのだ。駿馬《しゅんめ》たちのおかげで彼の名声は高まったが、数多くの問題もあとからついてきた。厩舎でも、運送中でも、競馬場でも、戦々兢々《せんせんきょうきょう》と目を光らせていなければならない。騎手たちの謀略、他の馬主たちの嫉妬、高額の賞金に目の眩んだ強欲の影が、つねに忍び寄ってくるからだ。どんな歌姫でも、グランプリ・レース出走のために競馬場に入場する彼の持ち馬ほど、万全の警護で守られたためしはない。まさにこれは軽騎兵の元隊員にふさわしい仕事である。鷹のような眼を持ち、馬の心が読めるからだ。ところがトミー・ギルバートが、一足先にこの仕事をさらって、自隊の元隊員の半数を充てていた。プレストンはじぶんの目玉みたいに彼に頼りきっている。

あげくの果ての求人が、裕福なスウェーデン人女性が探しているボディーガードだった。すでに何人か雇っていたが、それは絶えず彼らの徳性が逆なでにされて辞めていくからだ。厳密にこの仕事の中身を知るようになると、やがては醜いスキャンダルに巻き込まれかねない、と悟るようになる。さらに言えば、既婚者向きの仕事ではなかった。

トワイニングスは、次から次へとそんな仕事の口を並べたてたが、まるで調理場のシェフがメニューから絶品の料理をどんどん外していくみたいだった。口利き役はみんなそんな癖《へき》がある。さんざっぱら食欲を掻き立ててから、最後にそっと差し出すのが真打の具体案なのだ――興ざめの髪の毛一本がまじったスープを啜るよりは、まだましかと思えてしまうように。

それがジャコモ・ツァッパローニ*だった。父親は無一物《むいちもつ》でアルプスを山越えしてきたのに、子の代になって数えきれないほど資産を持つ大富豪の一人になった。新聞や雑誌はおろか、映画のスクリーンでさえ、彼の名が出ない日は一日もない。その工場はすぐ近所にあって、他人の発明であれ、自らの発明であれ、いくつかの新技術の分野で自社を独占企業に仕立ててあげていた。

彼が生産している製品を表現するのに、ジャーナリストはメルヘンみたいに物語る。持つ者は与えられん。*これはたぶん、奔放に想像力《ファンタジー》を遊ばせすぎた警句だろう。ツァッパローニ・ヴェルケ社は、可能なかぎり何でもこなす万能ロボットを製造している。ロボットは特注により届けられるが、標準モデルはどこの家庭でも見かけるようになった。その名だけ聞くと、つい大きなオートマトン（自動機械）かと思いがちだが、それとはまるで違う。ツァッパローニの得意分野は、リリパット*的な小型ロボットなのだ。特定の例外を除けば、大きくてもせいぜい西瓜のサイズ、小さいものなら中国の骨董品みたいな小物になる。小型版は知能を持つ蟻みたいだが、それでも機械メカニズムとして作動するユニットで、有機分子から成る生体とは異なる。それがツァッパローニのビジネスでは一種の掟になっていた。お望みなら、彼のゲームのルールと言ってもいい。二つの正解があって板挟みにあうと、彼は費用をかけても繊細な細工にするほうが好みらしい。しかしそれが時代の要請でもあり、その点では的外れでなかった。

　ツァッパローニは小さな亀から始め、それを「セレクタ」と呼んだが、この名称は精巧な読み取りプロセスの性能によっている。この亀たちは宝石や紙幣を数え、量り、仕分けし、それによって模造品の不正を一掃できた。この原理はたちまち拡張され、危険地帯での作業や、爆発物とか、感染性または放射性物質の処理とかにも使われるようになる。セレクタの大群は、燃えさしの一片をたちまち感知するだけでなく、火が出たら初期消火もしてくれる。切れた電線を修理するセレクタもあれば、汚れを除去するセレクタもあって、完璧な除菌が要求される業務であれば、どこでも欠かせなくなった。生涯、花粉症*に苦しんでいた僕の伯父の市参事会員だって、花粉処理の訓練を積んだツァッパローニのセレクタが店頭に卸されていたら、もう花粉の季節に山地に逃げ出さずともよかったはずである。

　やがてこの器械《アパラート》*は、産業や科学の現場のみならず、家庭でもかけがえのない存在となった。単純労働の救世主となり、技術の空間《ラウム》に、未知の潑剌とした精気をもたらしたのだ。聡明な頭脳が、だれも気づかなかった空隙を見つけだし、それを埋めてみせた。これこそ極めつけの創業であり、巨万の富を築く道である。

トワイニングスがこう仄《ほの》めかした。ツァッパローニには悩みの種があってな＊。詳しくは知らないが、おおよその見当はつく。労働者《アルバイター》＊の怒りが鬱積しているのさ。物体に思考させるという野心に憑かれた連中が、創意あふれる頭脳の持ち主でないはずがない。しかもその尺度をミニチュア化していくんだ。おそらく初めは鯨を模造するより人造の蜂鳥《ハミングバード》を組み立てるほうがずっと難しかったんだろう。

ツァッパローニのもとには、優れた専門技能を持つスタッフがいる。彼が望んだのは、製品モデルを生んだ発明者たちを会社に繋ぎとめておくことだ。彼ら労働者はその発明品を再生産するか、辞めて去るかだ。これはとりわけ流行の対象となる部門、たとえば玩具部門で顕著だった。ツァッパローニの時代が来るまで、人はこれほど素晴らしいおもちゃを見たことがなかった――彼が創造したのはリリパットの帝国《ライヒ》、生ける小人たちの世界だった。子どもたちだけでなく、大人まで夢見心地になって時を忘れてしまう。それは常人の想像を絶していた。でも、毎年クリスマスの季節になると、このミニチュア劇場は新しい場面を飾りつけ、新しいキャラクターを登場させなければならなかった。

ツァッパローニが雇っている労働者は、大学教授か政府高官並みの高給を享受している。見返りが大きいからだ。だれかが辞表を出すと、ツァッパローニにとっては取り返しのつかない損失を被ることになる。万一、よその会社に移って同じ仕事のライバルになったり、国内どころか、さらにまずいことに海外に引き抜かれたりしようものなら、会社は破滅の淵に瀕する。ツァッパローニの巨富と独占は、その企業秘密だけでなく、何十年もかけてやっと獲得し、他の追随を許さない独特の労務管理技術《アルバイツテヒニク》に負っているのだ。この技術は労働者、すなわちその腕前と頭脳にかかっている。

とはいえ、これほど好待遇で高給だと、さすがに職場を去る風潮は無きにひとしい。それでも例外はある。人はけっして満ち足りることがない。それが太古からの鉄則だ。それはさておいても、ツァッパローニはきわめて厄介な人材を抱えていた。ミニチュアを扱い、しかもしばしば極端に微細な細工を施すという特殊な労働に従事しているため、しだいに口やかまし屋で偏屈になり、やれ日が射すと埃が宙に舞っているだの、やれスープに髪の毛が浮いているだのと、いちいち咎め立てする面倒な人格ができてしまう。彼らは蚤の肢《あし》に蹄鉄を打ちこむ芸術家なのだ。純然たる想像の域にぎりぎりまで迫る連中だった。ツァッパローニのオートマトンの世界は、それ自体が奇天烈だが、かつてないほど突飛な気まぐれに酔い痴《し》れる精神のためにあった。精神病院の主治医の部屋で起きるようなことが、彼の個人オフィスでもたびたびあったにちがいない。彼らに代わってロボットを製造するロボットは存在しない。それは錬金術の見果てぬ夢の「賢者の石」であり、ありえざる「四角い円」だった。

ツァッパローニはありのままの現実を直視しなければならなかった。その事業の本質《ヴェーゼン》に従ったのだ。彼はしくじることがない。彼のモデル工場では人事も用意周到だった。ありったけの愛嬌をふりまき、南国の興行師《インプレッサリオ》さながら柔軟に対応する。やがてそれも限界まで行きついた。ツァッパローニに一度使われる身になることは、技術志向の若者たちの誰もが抱く夢だった。彼が自制心や優しさを失うことはめったにない。それでも、いったんキレてしまうと、恐ろしい事態が待っていた。

当然だが、彼は最大限の気くばりを見せ、雇用契約を結んでわが身を守ろうとした。終身雇用制にして、賃金もボーナスも保険金も徐々に上乗せしていく仕組みだが、契約に違反したら懲戒処分が課せられる。ツァッパローニとの契約に署名し、「マイスター」とか「作家《アウトア》」の肩書を名乗れるようになった人々は、尊敬される名士となる。マイホームと自家用車を持ち、有給休暇にはカナリア諸島のテネリフェ*かノルウエーまで、悠々羽を伸ばせるご身分なのだ。

むろん、そこには拘束もある。呼称からはほとんど気づかれないが、巧妙な監視システムが仕込まれている。そのためにさまざまな仕掛けを施していた。さりげない名称で警備保安部門を偽装させ――ひとつは清算局*と呼ばれていたと思う。ツァッパローニ・ヴェルケ社に関わる全員のことが記録してある文書は、警察のファイルに似ているが、この文書のほうがずっと微に入り細を穿《うが》っている。今日では誘惑の種が数多くあるので、個人から何を期待できるかを知るには、その過去をけっこう正確に調べ上げないといけないのだ。

そこに何ら不適切なことはない。信頼を損なう行為をするな、と予め警告するのは、大企業の管理職にとって義務のひとつだ。ツァッパローニの企業秘密を守るために一臂《いっぴ》を仮すのであれば、それは法の側に立つことを意味する。

では、エキスパートの一人が合法的に職を辞したら、あるいは罰金を払って退職したとしたら、どうするのか。そこにツァッパローニのシステムの弱点がある。辞める社員は力ずくで繋ぎとめられない。リスクが大きいからだ。そうしたかたちの離職は関係者に不利に働く、というみせしめこそが彼の利にかなう。札束では動かないだれかに、圧力をかけて心がわりさせるには、いろいろ手があるものだ。

まず訴訟沙汰にして、思いとどまらせてもいい。すでにたっぷりその教訓は授けてある。しかし法律も技術進歩に遅れをとれば穴ができる。たとえばここで何をもって著作権と呼ぶか。それは切り離したり持ち去ったりできる個人の成果というよりも、むしろチーム・リーダーとして輝く栄誉だろう。ヴェルケ社の工場の援助と負担のもとで、三、四十年がかりで磨きあげた職人技も同然といえる。その技能は個々人の財産にとどまらない。さりとて、個人を切り分けるわけにもいかない――そうではないか。これは粗野な一介の警官では手に負えない問題だった。機密に携わるポストは独立性が求められる。その本質は洞察にある。書面でも口頭でも明言されない。直感で把握しなければならないことなのだ。

以上がトワイニングスの話のあらましである。推測まじりのモザイクだった。たぶん、もっと知っていたのかもしれないし、知ったかぶりをしていたのかもしれない。この場合は、能弁より寡黙のほうがまだましだった。僕はとうに分かっていた。彼はダーティーな仕事を請け負う男を探しているのだ。

これは僕向きの仕事じゃない。モラル云々からではない。いまさらそれは滑稽だ。僕はスペイン北部のアストゥリアス*で内戦に関与している。ああいう戦地では、上官だろうが兵卒だろうが、右も左も手を汚さずにはいられない。中途で踏みとどまろうにも、まさにその瞬間、当惑させられることになるのだ。鍛えられた鉄面皮《てつめんぴ》の聴罪司祭でも鳥肌が立つような大罪を、平気で報告リストに書き連ねるタイプの兵士がいた。むろん彼らは罪を告解することなど夢にも考えていない。それどころか、集まると上機嫌で冗談を飛ばし、旧約聖書の語り口みたいに、犯した悪事を平気で吹聴するのだ。柔《やわ》な神経の持ち主はそこで嫌われる。しかしそんな彼らも暗に一線を引いていた。彼らは一人として、トワイニングスが差し出す仕事を請け負おうとしないだろう。たとえ顔の色が黒くたってひとに尊敬されたい、と思っているかぎりは論外だった。そんな仕事を請け負うようなやつは、戦友仲間からのけ者にされ、酒宴でも野営でも爪弾きにされるだろう。無条件でトワイニングスが信用されることはなく、彼がいると連中の全員が一言も口をきかない。どんな苦境に陥っても、彼にだけは手助けを頼もうとしないのだ。そういう村八分の感情は、刑務所の囚人仲間とか、ガレー船の奴隷のあいだでも感じられることがある。

だから僕は、ツァッパローニとその不穏な社内の話を聞き終えると、席を蹴って立ち去ろうとした。だが、家には妻のテレーザ*がいて、僕の帰りを待っている。これが最後のチャンスだ。彼女はこの面談に心から望みを託している。僕は立てなかった。

僕はカネをやり繰りしたり、いざ儲ける段になると、なにもかもうまくいかない。どうも悪しき商売の神様《メルクール》＊にとり憑かれているに違いない。齢《よわい》を重ねるにつれ、いよいよ金運に見放されていることがはっきりしてきた。結婚当初、わが夫婦は僕の復員手当で生計を立て、それから家財を切り売りしてきたが、それもほとんど底をついてしまった。どんな家にも家の守り神ラーレスとペナーテース＊を収める一隅《いちぐう》があって、今はそこに売れないものが端坐している。僕らの場合、馬術レースの賞杯が二つ三つと、ほかに父が僕に遺贈してくれた彫造の置物があった。先日、僕はそれを銀細工師の店に持っていった。内心それを手放すのが忍びないのかしらとテレーザは勝手に思い込んでいたが、そうではない。あれがなくなって僕は気が楽になった。どうせ息子はいないし、あれとともに後顧《こうこ》の憂いがなくなったのはいいことだ。

テレーザは、じぶんが最後まで僕のお荷物になるんじゃないか、と気を揉んでいた。それが固定観念《イデ・フィクス》になっている。でも、僕はもっと前になにか手を打つべきだった——ここまで進退谷《きわ》まったのは、すべて僕が無為徒食のせいである。ビジネスを毛嫌いしてきた報いがはね返ってきたのだ。

僕になにか耐えられないことがあるとすれば、それは殉教者の役を演じることだった。じぶんが善人とみなされると、僕はむやみといきり立つ。まさに僕をそう思う習癖が、テレーザにはあった。聖人みたいに僕にかしずく。まるっきり虚構の光に照らして僕を見ている。僕を叱りつけたり、癇癪を起こしたり、花瓶を投げつけて割ったりすべきなのに、残念ながら彼女はそんな人柄ではなかった。

年少の生徒だったころから、僕は勉強が好きではなかった。喉元まで水に浸かるほど抜き差しならなくなると、僕の逃げ道はただ発熱するだけだった。そうなる手は知っている。僕はベッドに寝かされ、母親がジュースやら湿布やらで手厚く看護してくれた。僕はじぶんの仮病を気に病むどころか、内心楽しんでいた。それでも、かわいそうな病気の児とみなされ、ちやほやされるのは気がとがめる。せめて人好きのしない悪童ぶってみせるのだが、うまく演じれば演じるほど、僕はますます憐れみをかけてもらえるようになった。

テレーザもそこはよく似ている。僕がなんの希望もなく家に帰ったら、あの顔に浮かぶ落胆を思うと、僕にはとても耐え難い。ドアを開けたとたん、たちまち何があったか、僕の顔から読みとるだろう。

たぶん僕は、あまりにも悲観的な光に照らしてものを眺めているのだ。何ひとつもたらさない古ぼけた偏見にまだ囚われている。荒廃の光に包まれた家の銀杯のように、僕の内面には綿埃がふり積もっている。

すべては契約に基づくべきであって、誓約とか補償とか、さらには人を信じた口約束など成り立たなくなり、もはや信義も信じられなくなった。この世から礼節は消えた。あの敗戦の大惨事を経て一変したのだ。人は永遠の不安を生き、だれも他人を信じられない――その責任は僕にあるのか？　ほかの誰よりもいい目を見るわけではないにしろ、せめてこれ以上は落ちぶれたくない。

トワイニングスは、決心できずに座っている僕をみつめ、その僕の弱点を見越して、ぽつりと言った。

「テレーザもきっと喜ぶぞ。きみがなにか定職を持ち帰ってやればね」

2

　そのことばを聞いて、あの時代、僕らが士官学校の生徒だったころ*を想いだした。遠い昔のことだ。トワイニングスは僕の隣席に座っていた。そのころから、彼には口利き役を思わせるところがあって、誰とでも仲良くなれた。過酷な時代だったから、僕らは手袋でくるむように大事に育てられたわけではない。モンテロンが僕らの教官だった。彼の前に立つと、僕らはいつも気圧《けお》されるのを感じた。

　月曜がとりわけ最悪だった。清算と審判の日だったからだ。朝六時、眠気がまだ残る重い頭をかかえて、僕らは馬場で騎乗訓練に臨む。僕が覚えているのは、いっそ馬の背からふり落とされ、病院にかつぎこまれたら楽になる、とたびたび思ったことだ。しかし骨でも折れないかぎり、騎乗はやめられない。家でなら使えた微熱の口実がここでは通らなかった。モンテロンは落馬を健全と考えている。いい教練になるし、正しい騎乗姿勢を膝が学ぶことになるからだ。

第二時限は「砂盤遊び《ザントカステン》」と呼ばれる机上演習だったが、ごくまれにしか行われなかった。モンテロンは当時少佐だったが、ふだんは雷鳴を轟かす大天使のように、戛々《かつかつ》と靴音高く教室に入ってくる。もちろん、今日でも人を畏怖させる人物はいる。だが、ああいう権威はもういなくなった。今日、人びとは単に畏怖心を抱くだけだが、当時はそこに良心の疚《やま》しさが加わっていたのである。

士官学校は首都の近郊にあった。賜暇帰休《しかききゅう》を取り消されたり、兵舎でくすぶったりしているわけではない連中は、土曜になると郊外列車や鉄道馬車*に乗って市内を徘徊するか、辻馬車を雇って街めぐりを楽しんだ。馬に跨ってふらりと散策に出かけ、親戚の厩舎《きゅうしゃ》に馬をあずける人もいた。そのころはまだ街なかに数多くの厩舎があった。僕らはみんな立派な風采をしていたし、練兵場では一銭も使えなかったので、財布には現金がたんまり入っていた。士官学校の門が開け放たれるときの至福、あれ以上の瞬間は二度と到来したことがなかった。

月曜の朝が来ると、がらりと様相が変わる。モンテロンが教官室に入ってくると、不愉快な手紙、広告、報告がひと山、机のうえで待ち構えていた。おまけに、二三の候補生が賜暇の外泊門限に遅刻し、四人目はまだ帰営していない、という警備報告書が間違いなく届いている。さらに些細な不始末もあった——城館の警備兵のまえでタバコを吹かしたとか、市の司令官への敬礼がずぼらだったとか、その生徒の名が記されている。一見すると他愛ない断片だが、たいがいそれで事は済まなかった。二人の生徒はあるバーで乱闘沙汰を引き起こし、家具を壊していた。巡査に逮捕されかけた別の生徒は、サーベルを抜いて身を守ろうとした。まだどこかに拘束されていて、身柄を引き取らなければならない。葬儀を口実に休暇入りした兄弟二人は、ホンブルク*で賭博に耽り、ボロ負けしてスッテンテンになっていた。

毎週土曜の点呼で、モンテロンは僕らの制服を再点検する。彼の言う「伊達な制服」とは規律からの逸脱を意味していたが、伊達な制服を誰も着ていないことを確かめると、別れ際に警告を一言、誘惑には気をつけろよ、と釘を刺すだけで僕らを解放した。そのたびに僕らは、このうえなく堅固な決心で四方に散っていった。そんなヘマはするもんか、と確信して。

だが、都会は蠱惑《こわく》的な迷宮だった。その巧みな罠のリストを語りだすと、背筋が寒くなる。だから賜暇は二分されてしまうのだ。夕餉《ゆうげ》を境として、かたや昼の光、かたや夜の闇に分かれる。ある絵本を思いだす。片方のページに良い子、反対のページに悪い子――あの絵本と僕らが違うとすれば、二人の少年が一つの人格を兼ねていることとしかない。午後のあいだ、僕らは親戚を訪問したり、道端のカフェで陽光を浴びたり、ティーアガルテン*を散歩したりした。コンサートや講演会の会場で見かけることもあった。それはモンテロンが思い描いていたような一幅の絵であり、天真爛漫で行儀がよく、ほやほやの士官の卵のようだ。まさに悦びのときだった。

それから予定どおり夜が来る。女と二人きりで逢引きするか、もっと大勢と会うか。酒を飲みかわし気分が昂揚してくる。いったん外に出かけて、また真夜中に「ボルス」*の店やら「英国風《エングリッシュ》ビュフェ」やらに集まってくる。夜が更けるにつれ、飲み屋は怪しげな店になっていくか、あきらかに違法の部類に入る。「ウィーン・カフェ」には情婦たち*が群がっていて、無礼な給仕とすぐ悶着が起きる。大きなビアホールだと、喧嘩をふっかけたくてウズウズしている学生たちに出くわす。結局、まだ店を開けているのは「終夜灯《エーヴィゲ・ランペ》」か、駅の待合室くらいしかない。そこは酔っ払いばかりだ。口角泡を飛ばしたところで、なんの名誉にもならない。軍司令官もそういう場所を聞き知っている。諍《いさか》いに巻き込まれそうになったその瞬間、軍事警察の衛兵隊*が踏み込んでくるのは偶然ではない。群衆の頭越しに警官のヘルメットの尖端《ピッケル》*が光ったら、「各員、自力で退去せよ！*」という最後通牒なのだ。しばしば手遅れになった。逃げ遅れたら連行の憂き目を見る。またひとり士官候補生を拿捕《だほ》したとあって、衛兵隊長はさぞ鼻高々になることだろう。月曜、モンテロンは机の上でその詳細を記した報告書を目にする。早朝の列車で送られてきたか、電話で一報が届いたかだ。モンテロンは、とりわけ朝のうちは不機嫌な上官の一人だった。すぐかっと頭に血がのぼる。そこで制服のカラーを緩めた。悪い兆しだ。唸り声が聞こえた。「信じられん、こんな場所をほっつき歩くとは」

　僕ら自身も信じられない。宿酔《ふつかよ》いの朝の重く締めつけられるような頭と、前夜の絢爛《けんらん》たるイメージの乱舞ほど大きな落差はなかったからだ。それでも、やっぱりおなじ一つの頭なのだ。でも、僕らがあそこ、またはここにいたこと、あれやこれや口走ったこと、あれこれ仕出かしたに違いないことが、まるでどこかの見知らぬ第三者の仕業のように聞こえた。そんなことはありえないし、まったくあるはずもないことのように。

にもかかわらず、障害飛越の馬場で騎乗の教官に追いたてられながら、僕らはなにかが間違っているという暗い予感に襲われた。ジョイント付きの銜《はみ》*を操り、中腰を維持したまま、障害のバーを跳び越えるとき、心眼がひらく。それも、前夜の情景がそのまま眼前に浮かぶというより、まるで夢のなかを駈足《ガロップ》*でひた走っていて、暗い判じ絵に鎖《とざ》されたみたいに、僕らは頭が金縛りの状態になってしまう。

この判じ絵は、第二時限目の「砂盤遊び《ザントカステン》」の時間に、あらゆる恐れを凌駕するカミナリを落とすことによって、モンテロンが解いてくれた。すでに起きてしまい、断片的で記憶の彼方に霞んでいることが、いまや強烈な光に照らされて、きわめて不快な全体像が浮かびあがってくる。そのころすでに機敏にものを考える主だったトワイニングスが、一度揶揄したものだ。素面《しらふ》の衛兵隊が、酔っぱらいの帰休兵狩りに精をだすなんて、かなり不埒なことだよね――せめて五分五分の条件にすべきじゃないかな、と。

いずれにせよ――モンテロンが怒りを爆発させずに一週間が始まることなんて、ほぼ皆無だった。彼は依然として権威の水門を全開にして怒鳴りつけることができたのである。これもまた、今日では失われた芸と言える。彼はまだ不法行為に対する罪の意識を高めることができた。われわれは単に、あれとかこれが不作為だったでは事が済まない。国家の根幹に斧を打ちこみ、君主制を危険にさらしているのだ。なるほどそれも一理あった。さしたる揚棄《アウフヘーベン》*もなく、自由気ままが大手を振っていて、当時はほとんど全世界が勝手放題に振る舞っていた。だが、士官候補生の一人がちょっと踏み外したとたん、世間も大衆もそのうえにがらがらと崩落*してくる。これはその後に起きた大動乱の予兆だった。モンテロンはおそらくそれを見越していたのだ。なのに、僕らときたらまるで木偶坊《でくのぼう》だった。

振り返ってみると、懲罰はおおよそのところ、思っていたより寛大だった。いまの僕にはそう思える。僕らはこの校長に怯えていた。騎乗訓練を終え、急いで着替えていると、寮長に小突かれた。「覚悟しとけよ——御大《おんたい》はすでに襟《カラー》を緩めてるぞ」。後の戦場で「総員、気をつけ」と号令がかかったときは、もっとひどい状況が待っていたが。

根本から言えば、御大は優しい黄金の心の持ち主だった。そして心の底でみんなそれを知っていた。だからこそ彼に畏れの心を抱くのだ。「こいつらのような士官の卵の一期生どもより、蚤《のみ》の袋の世話でもするほうがまだましだわい」とか「最後に国王陛下*に褒賞を賜わるとすれば、わしこそまさにそれに値する」と彼が吠えるとき、まさに正しかった。彼にとってけっして楽な仕事ではなかったからだ。誰か士官候補生が崖っぷちに立つと、ご満悦になる上官がいる。力を誇示できるからだ。モンテロンは手を差し伸べてくれた。そして僕らもそれを知っていたから、絶体絶命に追い詰められた生徒が、夜分に彼のもとを訪れ、告白することもありえた。グロナウが博打で大金をスッたときも、御大はその夜のうちに片づけようと、市内へ車を飛ばし、翌日の正午に帰ってきたが、すでに後の祭りだったという。

そう、彼は僕らを鍛えようとしていたのだ。でも、僕らの芯は傷つけなかった。月曜の朝、居残りやら、賜暇停止やら、厩舎当番やら、伝令制服を着ての整列やら――雨あられと罰が降ってくる。でも、昼までに嵐は過ぎ去り、僕らはせっせと教練に励むことになる。

毎年、それとは異なるケースが二、三あった。居残りくらいでは取り返しのつかない何かが起きたのだ。それでも居残りの罰でなにもかも一変させるという、御大の手際は見事だった。が、こういう場合になるとあの嵐には見舞われることがない。むしろ、口にすべきでないこと、噂でしかないことみたいに、何かが隠されているような、重苦しい空気が立ちこめた。人が出たり入ったり、閉じられたドアの後ろで、なにかが起き、やがて当事者が姿を消した。その名は二度と口の端《は》にのぼらなくなる。図らずもその名がこぼれ出ても、うっかり失言したみたいに、全員が聞こえなかったふりをした。

そうした日々、ふだんなら仮借なく責める御大も、気もそぞろで上の空になりかねない。授業の途中で突然口をつぐみ、じっと壁をみつめる。われ知らず唇が動いて、ぶつぶつ独り言を呟くのが聞こえた。たとえばこんな風に。

「誓ってもいい。破廉恥の裏には女ありだ」

トワイニングスが僕の返答を待っているあいだ、そんな追憶が頭をよぎった。もちろん、ああいう独り言を漏らすモンテロンは、テレーザのような女性を考えていたわけではなく、それとこれとは無関係に近い。でも、人が我が身のためには決してしないようなことを敢えてするのは、女がいるからだ。それはほんとうだ。

ツァッパローニが募集しているのはそんな仕事だった。なぜかは僕にも言えないが、めったに人を欺かない第六感が働き、むくむくと疑念が湧いてきた。こんなご時世になって、ほとんどの国家が野良犬同然に零落し、人道もほとんど地に墜ちてなお、国家機密を守るか、私的な秘密を守るかは、厳然たる違いがある。ツァッパローニの仕事の口は、遅かれ早かれ、怪しい交通事故死に行き着くにちがいない。車の残骸を調べると、後部席から二十か三十の弾痕がみつかるような事故だ。とてもハイウエー・パトロールでは手に負えない。その葬儀は、新聞の死亡広告よりも、むしろ社会面に掲載される。テレーザだって、ぽっかり口を空けた墓穴の縁に立って、葬儀の参列者たちを出迎える末路なんて望むまい。そのなかに僕らの古き良き時代の客は一人もいない。ツァッパローニも参列しないだろう。黄昏《たそがれ》になると、見知らぬ人が訪ねてきて、彼女に封筒をひとつ渡してそれで終わるのだ。

僕の父が埋葬されたときは、そんな按配ではなかった。彼はひっそりと余生を過ごした人だ。でも、臨終に際して、あまりいい予感を抱いていなかった。病床に臥せった父は僕に言った。「息子よ、わしはちょうどいい潮時に死ぬな」。その一言とともに、父は憂わしげな目を僕に向けた。きっと、先々まで行く末がよく見えていたのだろう。

トワイニングスはまだ僕の返答を待っていたが、そんなあれこれが僕のこころを去来する。信じられない。こんな瞬間、思考が雪崩のように押し寄せてくるなんて。画家のように、これを一幅の絵としなければならない。

でも、瞼に浮かんだのは、僕らのがらんどうの部屋だ。そして料金未納で数日間、家の電気を切られたことを、詩的な表現に転じてよければ、火の消えたわが竈《かまど》も僕の頭をかすめた。郵便受けには督促状が放りこまれ、横柄づくの集金人を怖がって、テレーザはベルが鳴ってもドアを開けに立てなかった。僕には仕事の好き嫌いが言える余裕なんてほとんどない。

そこにまだ、ある種の滑稽さ、時代遅れの依怙地《いこじ》といった印象がつきまとうのを感じた。他人が身を挺して手あたりしだいに利を貪り、僕を見下しているというのに、まだやきもきそんなことに拘泥しているひとりなのだ。僕は大勢の他人といっしょだと、無能な支配者のおかげで二度も対価を支払わされている気がした。僕らは報酬も栄誉も手にしていない。得たのはそれと真逆のものだ。

僕が化石じみた決断を捨て去るのに、ちょうどいい潮時だった。先日、だれかが諫めてくれたが、僕と会話をすると、「年来の同志《アルテ・カメラーデン》」とか「剣の鍔に誓って《ポルテペー》」とか、アナクロの口癖が飛び出して笑いを誘うという。それは今の時代、独身の老嬢が、じぶんの干涸びた美徳を自慢するみたいで、妙に耳触りに響く。もう断じてこの口癖はやめないと。

僕は胃が背中にひっつくくらい腹を空かしていた。胆汁が血管を疾走する。と同時に、ツァッパローニにかすかに共感を覚えた。だって僕を案じてくれる人が、もうひとり現れたのだ。おそらく彼は、あらゆる面で僕と境遇は違うが、おなじ立場に立たされているんだろう。彼も対価を支払わざるをえず、おまけにモラルに裁断されたのだ。それを逃れ、奪われてもなお彼は搾取者でいた。そして政府はといえば、必然的に烏合の衆の言いなりだから、彼に課税し、むしりとったのである。

いずれにせよ、「年来の同志」が滑稽に聞こえるというなら、なぜ「政府《レギールング》」のようなことばも真剣に受け止めなければならないのか？　こういうタイプのことばが、なにか正義らしきものを装うと、どうして滑稽でないのか？　ことばの平価切り下げ*は、例外あつかいになっているというのか？　良心とはなにかを他人に教えられる人が、まだいるのだろうか？　復員兵はもはや復員兵として敬してもらえない。だが、そこにも利点はある。じぶん自身をいま一度みつめ直す時機が来るからだ。

ご覧のとおり、僕はすでにじぶんの変節を正当化しはじめている——人がなにか邪《よこしま》なことに関わろうとすると、まず踏み出す第一歩がそれだ。おかしなものだが、だれかに不正を働こうとする人は、それだけでは済まない。相手がそれに見合う邪なやつだと、じぶんに言い聞かせなければならない。見知らぬ旅人に襲いかかる追い剝《は》ぎでさえ、最初は本気で言いがかりをつけ、自ら怒りを掻き立ててから狼藉に及ぶものだ。

僕にとってはそう難しいことではなかった。だって、僕の気分は腫れものに触るようで、誰かが近寄ろうものなら、どんなに相手が無邪気でも、八つあたりの餌食にしてしまう。怒気が高まると、テレーザまで苦しめてしまうほどだ。

ほとんど肚は決まっていたのだが、最後の悪あがきでトワイニングスにこう拗《す》ねてみた。

「ツァッパローニがこの僕をお待ちかねだなんて、まさか言うとは思えない。さぞかし彼は選択にお悩みなんだろうな」

トワイニングスが肯《うなず》く。「まさに仰るとおり。彼は大勢応募者を抱えている。でも、こいつは埋めるのが難しいポストなんだ。ほとんどうまくいきそうだったんだが」

彼はにやりと笑ってつけくわえた。

「候補がみんな、ああいう前科者の連中ではな」

そう言って彼は、手探りで仕分けするそぶりをみせた。静謐な水面で狗魚《カワカマス》*を釣りあげる釣り人みたいに、リストを広げては何度も繰り返す仕草だった。それがまた僕の癇《かん》にさわった。とうとう最後の一線を越えたように、堪忍袋の緒《お》が切れる。

「いまどき、前歴が無傷なやつなんているのかい。たぶん、あんただって、いつもお利口さんのポチだった。さもなきゃ、戦時も平時も付和雷同の下種《げす》野郎でしかなかったってことさ」

トワイニングスが笑った。「そういきり立つな、リヒャルト――きみの犯歴がきれいなことくらい、われわれだって百も承知だ。しかしきみには異なる事情がある。きみの前科は正しかったことなんだ」

彼なら知っているはずだ。あのとき名誉裁判所*で僕の審理に立ち会ったのだから――それは僕が大逆罪の密謀*に加担したとして、軍法会議で有罪を宣せられ、解職された最初の評決のことではない。どちらもアストゥリアスで受けたが、僕にとってはいい薬になった。いや、僕が思い浮かべたのは、僕の現役復帰を命じた二度目の名誉裁判所の評決のほうだ。しかし名誉裁判所なるものも、「名誉」ということばが帰属しているものも、とっくに根こそぎ疑わしくなっている時代ではないか。

だから、賢明にも英国の親戚のもとに身を寄せていたトワイニングスのような人々に、僕は名誉を回復してもらったのである。じっさい、自己弁明すべきなのは彼のほうだった。しかも奇妙なことに、僕の記録にはまだ有罪評決が載っている。政府が入れ代わっても、文書だけは不変というパラドクスが残った。国家のために命懸けのリスクを背負いこんだのに、その事実が国家文書では裏切りと烙印を押されて消えないとは。僕の名が呼ばれると、公文書館の文書係は椅子にふんぞり返り、僕や僕のような人間が前に来たときだけ、ふんと顔を顰《しか》めてみせる。

さらにこの重大な前歴のほかに、僕の記録には、いくつかの些細な不行跡も書いてある――それは僕も認めよう。なかには、僕らがはしゃいだあげく、まだ君主制下だったのに、仕出かした悪戯《いたずら》のひとつが含まれている。「決闘への挑戦」とそこにはある。加えて「記念碑の冒瀆」とも記載してあった――記念碑がもはや記念碑でなくなった時代に、旧来の見方を誇示するような表現である。僕らはある名を記したコンクリートのブロックを倒壊させた。でも、誰の名だったか、もう思いだせない。第一に僕らは泥酔していた。第二に、つい昨日までみんなが口にしていた名前、通りに命名されるような名士ほど、今日忘れられやすいものはないからだ。そもそも誰かを称えて、碑を建てようとする情熱のほうが、すでに常軌を逸しているのだし、それが生涯つづかないこともよくある。

あれで僕の評判が傷ついただけでなく、まったく無意味な愚挙だったというのは正しい。あの一件はもう考えたくもない。でも、他人はよく覚えていて忘れてくれない。

トワイニングスも、あれを正しい前科だと思っているのだ。しかしツァッパローニまで、正義のための壮挙だったと思っているのなら、これまた僕の気に入らない。なぜなら、それが何を意味するかである。それは、だれか二面性のある人、手応えのある堅牢な極点だけでなく、それとは別の極点がある人をツァッパローニが探していることを意味する。彼が必要としているのは、手堅いとはいえ、杓子《しゃくし》定規でない人物なのだ。

俚諺《りげん》では、求められているような何でも屋の下人を「馬泥棒のできる」やつと呼ぶ。そういう諺《ことわざ》は、まだ馬泥棒がのるかそるかの賊商売だったとはいえ、必ずしも評判を落とす悪事ではなかった時代に由来するにちがいない。まんまと成功すれば赫々《かっかく》たる勲《いさお》しとなり、しくじれば柳の木で首を縊《くく》られるか、耳《みみ》刵りの刑に処せられたのだ。

その諺は今の状況にかなりふさわしい。それでも、ささやかな違いがあった。ツァッパローニはどうやら馬泥棒のできる人物を探しているが、人に手を引かれてみずから物色するにはあまりにも大物紳士すぎた。しかしそれが何の言い訳になろう？　僕のこの苦境にお似合いの諺がもうひとつある。すなわち、「飢えれば悪魔は蠅でも食らう」である。そこで僕はトワイニングスに返答した。

「いいだろう、あんたがやるべきだと思うんなら、やってみよう。ひょっとしたら彼は僕を採用するかもしれない。しかし、年来の同志としてひとこと告げておく。断じていかがわしい事案は受けないからな」

トワイニングスは僕を励ました。とうとうきみは、有象無象の業者でなく、世界的な企業に就職することになるんだ。きょうのうちに彼に電話して、きみにも知らせよう。こいつは千載一遇のチャンスだぞ。チリンと振鈴《ベル》を鳴らすと、フリードリッヒが入ってきた。

フリードリッヒもすでに老いていた。猫背になって、雪のような白髪《しらが》の花環が、うっすらと禿げ頭を囲んでいる。その昔、彼がトワイニングスの華麗な軍服を整えていたころから僕は見知っていた。トワイニングスの家を訪ねていけば、控え室で必ずフリードリッヒと対面する。いつもその手に、とっくに博物館行きの古道具を携えていた。それがボタン用の鋏《はさみ》なのだ。ボタンにブラシをかけるとき、布地を汚さぬようにするためだ。ところで、トワイニングスのような人間を考えると、なにを望むにせよ——何十年間もただ一人の召使にかしずかれるのは得なことだろう。

フリードリッヒが入ってくると、顔がぱっと笑みで輝いた。すばらしい一瞬だ。僕ら三人がひとつになるハーモニーの瞬間だった。屈託ない青春の燦《きらめ》きがよみがえった。やれやれ、あれから世界はどれだけ変わってしまったことか。ときどき思うが、こういう懐旧の情が湧くのも、やはり年齢のせいだろう。結局、どの世代もそれぞれ古き良き時代があって、懐かしく振り返るのだ。でも、僕らの場合はどこか違う。なにかが断絶していた。もちろん、ハインリッヒ四世、*ルイ十三世*、ルイ十四世*治下の軍役は、それぞれ違いがあった。でも、つねに騎兵は変わらない。だが、今や軍馬という優れた動物たちは絶滅してしまった。草原からも街路からも姿を消し、村でも町でも見かけなくなった。軍馬の轟きなんてもはやこの世にない。あらゆるところでオートマトンに取って代わられた。それに応じて人も変わる。いよいよ機械的に、いよいよ計算しやすく、しばしば生きた人と交わっている心地がしなくなった。それでもときどき僕の耳に鳴り響くのは、陽に輝くラッパの音、馬の嘶《いなな》きといった、胸が躍るような往古《いにしえ》の空耳だ。いまは跡形もない。

　トワイニングスが朝食の給仕を命じた。トースト、ハム・アンド・エッグス、紅茶、ポートワイン、そのほかあれこれと。生来前向きな人によく見られるように、彼の朝食はいつもご馳走だった。僕や他の仲間ほど、時代の不条理に傷めつけられなかったのだ。さしたる妥協をしなくても、トワイニングスのような人物は、どこでも必要とされる。政府はただ彼らを掻《か》い撫《な》でにする。彼らもまた、万事必要なだけ、まじめに大事にさばいていく。変わるのはほんの上っつらだけなのだ。僕を裁いた法廷には彼も座っていた。あれは僕の運命だった。僕が身を捧げた人びとが、法衣をまとって僕に裁きを下すというのは。

　僕のグラスに彼がポートワインを注《つ》ぐ。ごくりと無念を嚥《の》みこんだ。

「あんたのご壮健を祈る。商売の守り神だからね」

　彼が笑った。「ツァッパローニのもとで働くとなりゃ、きみも野良犬暮らしとはおさらばだ。すぐにもテレーザに電話して、吉報を聞かせてやろうや」

「そのお心遣いはありがたいが——女房はいま買い物中でね」

どうして僕は打ち明けなかったんだろう。うちの電話は電気その他とおなじく、料金未払いのため切られてつながらない。たぶん、こんな事実は、彼にとって新奇なニュースでもなんでもないことだ。僕が飢えて腹ペコなことくらい、とうに察している。勘の鋭い狐だからだ。でも、僕がイエスと言うまで、朝食を待たせるくらいの分別はあった。

結局、人には言われたものだ。僕のために彼が一肌脱いでただ働きするなんて、思っているやつなんか一人もいないぜ、と。唯一の例外として、年来の同志に彼がみせた心くばりは、一銭も仲介料をとらなかったことだ。彼はパートナーとがっちり握っている。ツァッパローニのような人たちにとって、数ポンドの出費など痛くも痒くもない。

トワイニングスはいいビジネスをしている。利点はそれがビジネスに見えないことだ。無数の知り合いを持ち、そこから口銭《こうせん》を得ている、ということだ。僕だって知己《ちき》は多いが、ちっとも家計の潤いにはなりゃしない。むしろ僕には高くつく。ところが、トワイニングスがツァッパローニや僕と知り合いだと、たちまち彼のビジネスになる。齷齪《あくせく》して働くわけではなく、これほど愉しみつつ整然とした生活を送る人間を僕は知らない。朝食を口に放りこみながらひと稼ぎ、昼食で談笑しながらふた稼ぎ、夜は劇場に出没しながらまたまた稼いでいる。お金がたやすく、さりげなく流れこんでくる人って、この世にはいるものだ。彼らはその他大勢の貧苦を皆目知らない。トワイニングスもそうした一人であり、それ以外の彼なんて見たことがない。もとから彼には裕福な両親がいたのだ。

ただ、僕は辛辣な光に照らして彼を裁きたくない。どんな人間にも長所と短所がある。たとえばトワイニングスは、たったいま思いついたこと――つまり、隣の部屋へ行って、五十ポンド紙幣を手にしてもどり、僕にこっそり手渡すような見え透いたまねをしなくてもよかったのだ。僕としばらく押し問答する必要なんてなかったのだから。

まちがいなく、僕が素寒貧《すっかんぴん》でツァッパローニに会いに行くことを彼は望んでいなかった。そこにはなにか別の思い、昔からの同胞意識《ゲマインザムカイト》が潜んでいる。ともにモンテロンの門下生という意識である。その薫陶を受けたことを、だれも否定しようとしない。行進でも騎馬でも、厩舎でも果てしない砂地でも、同僚に落伍すまいと必死の教練の日課を終え、精根尽きはててベッドに倒れこむとき、僕らは何度あの校長を呪ったことか。モンテロンはそういう捨て鉢になる瞬間を知っていた。そんなときに意表を突くのが彼は好きだった。たとえば夜間訓練と称し、緊急点呼をかけるみたいなことが。

おかげで弛んだ肉体は姿を消した。それは僕も認めざるをえない。熟練の鍛工《たんこう》の鉄床《かなどこ》でどんな鉱滓《かなくそ》もみごとな鋼鉄に鍛冶《たんや》されるように、僕らの筋肉も鋼《はがね》のごとく逞しくなった。顔つきまで変わった。乗馬術を、戦闘術を、突撃術やその他多くのことを学んだ。あれこそ人生のための学習だった。

僕らの性格にも、おなじように彼が刻印した人生の跡が残っている。仲間の一人が窮地に陥っているのに、置き去りにされたと聞くと、モンテロンは血相を変えかねなかった。生徒が泥酔して窮地に陥ると、彼が発する最初の問いはこうだ。だれか同行しとるのか。仲間を見捨てたり、幼子のように面倒をみてやらんやつは、ただではおかんぞ。市街であれ、戦場であれ、人はいかなる状況に陥っても、仲間を危地に置き去りにすべきではない。そのことは、机上演習であれ、野外教練であれ、あの恐ろしい月曜の懲罰であれ、モンテロンが僕らに叩きこんだ原理原則のひとつだった。

僕らは尻軽な集団《ゲゼルシャフト》だったが――それだけはうまく根づいた。これはだれも否定できない。教練を終えて原隊に復帰する前夜、モンテロンを囲むように座った僕らに――彼もさすがに陽気になって――ふるまってくれた晩餐は、ありきたりの餞《はなむけ》以上の意味があった。そこで彼はこんなことを言った。「今期生はドングリの背比べだな、俊才はおらん。いたら骨が折れたろうが。しかし陛下が頼れぬような劣等生もおらんぞ。結局はそこに尽きる」

その晩はだれも飲み過ごさなかった。みんな分かっていたのだ。御大の背後になにかが聳え立っている。国王より大きく、官衙《かんが》よりも大きいなにか。それを僕らは分かちあった。生涯ずっと、いや、もっと長く。国王が誰だったか、もうだれひとりとして覚えていない時代に至っても、それは生きながらえている。モンテロンは忘れ去られた――あれは彼の生涯最後の教練だったのだ。リエージュ攻略戦*の前夜、犠牲になった最初の戦死者のひとりに彼も入っていたと僕は確信している。そして彼の門下生のうち、生き残りもまたわずかしかいない。

しかし僕らがモンテロンの色に染まっていることは、つねに隠れもないことだ。年に一、二度集うようになったが、その場所はすっかり昔の面影の失せた市街で、なかには二度爆撃を受けて再建された町もあったが、その街角に建つちいさな居酒屋の裏部屋なのだ。そうした宵に、否応なくモンテロンの名が、炎の帳《とばり》のごとく舞いおりる。するとあの最後の夜、あの餞の晩餐の雰囲気が、束の間よみがえるのだ。*

遅効性のモンテロンの効果は、トワイニングスのような商人《あきんど》にも影響している。モンテロンが一度こう言ったことがあった。「トワイニングス、お前は軽騎兵より身軽だな」——寸鉄の毒舌だった。僕は確信している。落ちぶれた親戚みたいにテーブルの前に端坐している僕を見て、トワイニングスはいたたまれず、施しのカネを渡そうと隣の部屋に立ったが、彼本来の性分にそぐわないあんな振る舞いをしたのは、あのひとことが尾を引いていたからだ。でも、僕に酸っぱい林檎を強いたあとだから、脳裏にモンテロンがちらついてどうしようもなかったのだろう。モンテロンが僕らに刻みこんだ原イメージを、トワイニングスは意識していた——すなわち、べつに褒められたことではないが、この僕は最前線に立ったのに、彼は予備役《えき》にとどまっていたからである。

こうして僕らは合意に達し、トワイニングスはドアの前まで僕を見送ってくれた。そこでふと別の考えが頭をよぎる。

「これまでこのポストは誰が占めていたんだい？」

「さるイタリア人でね、名はカレッティとかで、もう三カ月前に辞めている」

「引退したってことか」

「似たようなもんさ。失踪したんだ。跡形もなくね。どこに雲隠れしたんだか、だれひとり知らんがね」

3

彼と会ったのは土曜日だった。月曜の朝、僕はタクシーに乗って、ツァッパローニ・ヴェルケまで車を走らせた。トワイニングスがすぐ面会の予定をとってくれたからだ。ツァッパローニの工場では日曜出勤もあたりまえだという。

テレーザがきちんと僕の支度をしてくれた。吉報に彼女は雀躍《こおどり》した。世界企業という空間に招かれて、すでに僕がお偉方にでもなったかのように思っている。今回の件でなにか嬉しいことがあるとすれば、彼女が有頂天になっていることだ。テレーザは夫を仰ぎ見る女のひとりだった。なにかしら勝手な夢物語を紡いでいる。僕のことを崇拝してやまないが、おそらくそれは彼女にとってとても必要なことなのだ。自身のことになると、すべてに気おくれを感じてしまう。じぶんは余計なお荷物で、僕の足手まといになっているという固定観念《イデ・フィクス》に凝り固まっていた。ほんとうは逆だ。この暗澹とした零落していく世界で、僕がまだ故郷のようなもの*を持っているとしたら、彼女のもとに故郷があったからだ。

最近はそれがお定まりとなっているが、瀬戸際に僕らが立たされると、夜半にベッドの隣で、のべつ微かに震えるからだを感じた。しのび泣きを知られまいと、こらえているような女の震え。そこで僕が胸のうちを聞くと、彼女の古い歎き節を聞かされた。わたし、生れてこないほうがよかったとか、二人は出会わないほうがよかったとか、じぶんが夫の出世の邪魔になり、僕の没落の原因になっているとか。そこで僕は言った。僕はいまでも誰の手助けも借りずに、じぶんを破滅に追いこむ覚悟くらいできていると思っている。ほかならぬそのことほど、僕がうまくやってのけられることは他にない、と——でも、彼女はやっぱり妄想を捨てきれない。

とはいえ、僕への過大評価は、二人にとって一定の歯止めになった。僕らのなかにある善き潜在力を刺激してくれたからだ。先述したように、僕は母からいつも褒められて育った。その記憶のイメージと、他方でテレーザが分かちがたく結びついている。親父の逆上の嵐に繰り返し家が荒れたとき、どれだけ母が僕の肩を持って、父からかばってくれたことか。母はよく言ったものだ。「この子はぜったい悪くない」と。親父が言い返す。「こいつは役立たずだ、いつまでも変わらん」。すると母がまた言う。「でも、悪いのはこの子じゃない」。なぜなら、女はつねに最後の啖呵を切らねばならない存在だからだ。

ツァッパローニ・ヴェルケ社は、市からかなり離れた郊外にあった。ほとんどどの町にも、大なり小なりその支店や姉妹店、子会社、特約店、倉庫、交換所、修理店がある。が、ここに構えているのは総本山だった。モデル設計の巨大施設であり、豊穣の角*のように斬新で素晴らしい驚異を年々、世界に送りだす水源だった。ツァッパローニも、旅に出ていないときは、ここで暮らしている。

トワイニングスの電報が届いたのは土曜日で、面接を受けよと書いてあった。別れ際に玄関ホールで聞かされたあの話が気になり、日曜日にカレッティのかかりつけの家庭医にどうにか面会をとりつけた。医師と面談してほっとする。カレッティになにが起きたかを明かすとしても、そこに秘密はない、と医師が割り切っていたからだ。周知の事実だった。根をつめて細密の極限に迫るツァッパローニの部下たちとおなじように、カレッティも奇妙な所作を見せるようになり、とうとう許容範囲を越えたのだ。医師の一人に「精密強迫症」と呼ばれたその躁病は、細密技術の夢幻に冒された被害妄想と表裏一体だった。そうした症例では、患者は精緻に設計されたマシンに脅かされていると感じ、中世の画家の幻視のように、世界が徐々に一つのシナリオに帰していく。カレッティにとり憑いたのは、極小の飛行編隊に囲まれ、浮蟲《ウンカ》のごとく責め苛まれるという妄想だった。この手の患者は、かき消すように失踪して二度と姿を見せないことも珍しくない。医師は小柄な神経質そうな精神科医で、ある患者のことを記憶していた。失踪してから何年か経って、穴熊の巣で遺骸がみつかったという。そこに潜りこんで自殺していたのだ。別の患者は、原生林の唐檜《とうひ》*のてっぺんで首を縊《くく》っていた。死体が発見されたのはしばらく経ってからだ。医師は立て板に水のごとく、その症状を嬉しそうに微に入り細にわたって説明してくれたが、家に帰る道すがら僕は思った。じぶんだって、似たような物狂いに襲われるかもしれない。でも、こころの底でこの医師のことばは僕の気休めになっていた。

　遠くに工場が見えてきた。低い白色の監視塔と、おびただしい数の平屋のアトリエ棟。アンテナも煙突もない。ぐるりを囲む牆壁《しょうへき》に無数のポスターが貼ってあるので、アトリエ棟もそれが色とりどりに映っている。ツァッパローニお気に入りの副業は、ロボットやオートマトンたちが演じる、ほとんど信じられないほど完璧な映画《リヒトシュピール》*なのだ。

　僕らの技術革新はいつか、純然たる魔法に行き着くという未来予想がある。だとすれば、われわれがいま関わっているすべては単なる発端にすぎず、機械《メカニクス》もやがて洗練されて、粗雑な化身がもう要らなくなる水準に達するだろう。光、言語、そう、ほとんど思考でさえも、映画で足りてしまう。刺激《インプルス》のシステムが世界に氾濫するのだ。

　ツァッパローニのフィルム作品は、あきらかにそうした未来を先取りしていた。古《いにしえ》のユートピア夢想家が考案したものなんて、これとは裏腹にまるで粗野に見える。オートマトンには自由があり、エレガントに踊っていて、そこに独自の王国が拓けていた。ここで実現しているかに見えるのは、人がときに夢のなかでのみ信じていること、つまり物質が思考する光景なのだ。だから、これらの映画は強烈な魅力を放っている。とりわけ子どもたちがその虜《とりこ》になった。ツァッパローニは、既存の童話の主人公たちを王座から追い払った。アラビア茶館の絨毯《じゅうたん》にどっかと胡坐《あぐら》をかき、口八丁で部屋を一変させる語部《かたりべ》のように、自前の寓話を紡ぎだす。彼が創造したのは読み、聴き、視ることができるだけでなく、ふらりと庭に入るように没入できる物語《ロマン》なのだ。彼に言わせれば、自然は美や論理では足らず、それを超えたものでなければならない。事実、それをモデルに人間の俳優が演じて適合できる「人形振り」のスタイルを彼は編みだした。彼のもとで人が遭遇するのは、なによりも蠱惑的な人形たちであり、あやかしの夢の傀儡師《くぐつし》なのだ。

これらのフィルム作品が、ツァッパローニを特別な人気者に仕立てた。彼はお伽噺を語り聞かせる好々爺《こうこうや》になった。旧来のサンタ・クロースのように、彼も白い髭を蓄えているとみなされる。子どもたちに度を過ぎた影響を及ぼす、と難癖をつけた親たちがいる。なかなか寝つけず、安眠できず、夢に魘《うな》されるという。でも結局、どこだって消耗の人生ばかりなのだ。それが人種を形成しているのだから、人は辛抱しなければならない。

工場を包囲する牆壁《しょうへき》は隅々まで、そうした映画の広告に覆われていた。敷地を取り巻く街路も、広々とした道幅がエプロンを思わせる。色鮮やかなポスターが貼られていなければ、あの壁はあまりにも殺風景で、城塞のように見えたろう。白い監視塔が間隔をおいて見下ろしているからなおさらだ。複合団地《コンプレックス》の上空には黄色の気球が浮かんでいる。

道路の縁《へり》に派手な色の標識が立っていて、そこから先は立入制限区域と告げていた。タクシーの運転手が僕に指さしてみせる。車は徐行しなければならない。武器も、放射線計測カウンターも、光学機器も携帯不可とされている。さらにゴム製の保護胴着もサングラスも禁止だった。牆壁の周辺とおなじく、工場前の街路も往来は賑やかだったが、側道は寂寞《せきばく》として人影がない。

しだいに、ポスターの目鼻立ちがくっきりしてきた。白蟻の女王のもとを訪れるハインツ・オットー*である。愛欲の女神ヴィーナスの住む洞窟ヴェヌスベルク*に溺れたタンホイザー*を翻案したもので、子ども用に焼き直してある。そこにツァッパローニのロボットたちが、宝の山を守る神通無碍《むげ》の小人として登場する。地下御殿の壮麗さときたら、技術の粋を凝らした人為の跡をひとつもとどめていない。映画は暦の一年に合わせて十二章に分かれ、子どもたちは次にどうなるかと、胸を焦がすばかりだった。連続劇仕立てが、子どもたちの服装や好みまで決めてしまう。彼らはじきに、運動場にいるじぶんを、宇宙飛行士とか、ときには洞窟探検家とか、さらには潜水艦の乗員とか、罠を仕掛ける猟師とかになぞらえるようになる。こうしてテクニカラーの童話や冒険譚を繰りだすツァッパローニは、強烈というだけでなく、慢性的な熱狂を巻き起こした。子どもたちはてんでにじぶんの世界に浸りきるようになる。そこで両親や教師たちの意見が割れた。子どもは遊びながら学んでいくものだと言う人もいれば、頭に血がのぼりすぎだと恐れる人もいた。しかし、奇妙で背筋が冷たくなるような結果も散見できる。でも、時代の驀進《ばくしん》は止められない。いずれにせよ、現実の世界が虚像化していないかどうか、人は問い直すべきだろう。いったいどこにいたら、子どもたちは過剰反応せずに済むというのか？

　僕らの車は角を曲がって社員用の駐車場に入った。僕のタクシーはリムジンの車列と肩を並べたが、雉《きじ》の飼い場に迷いこんだ一羽の烏《からす》みたいに場違いだった。僕は運転手に代金を払ってから、受付まで歩いていった。

すでに太陽が天の高みから照りつける時刻だったが、入口はひっきりなしに人が出入りしていた。ツァッパローニの社員たちは主人然としている。この工場には勤務時間帯がないことを、これほど如実にあらわすものはない。チーム作業でない場合だと、フリータイムで出社も退社もできるのだ。モデル工場ではチーム作業は例外である。もちろん、こうした就業規則、というか、むしろ無規則のほうが、ツァッパローニにとって有利なことは、付言しておかなければならない。彼の工場の労働倫理は、余計な欲を抱かせるものをいっさい残さないのだ。作品の制作に打ちこむ芸術家さながら、一心不乱に精励して創造する。勤務時間なし――むしろそれは四六時中働くことを意味した。労働者たちは、製品を芸術作品とみなす夢を見ている。彼らが自らの主人であることは、時間を自ら制御している事実からもあきらかだ。それは時間を浪費しているという意味ではない。むしろ財布に大金を所持する富豪のように、彼らも時間を温存しているのだ。富は財布にあって、出費にあるのではない。しかし富はつかってはじめて実感できる。

工場に出入りする人たちは、白またはカラフルな上衣をはおって、無造作にゲートをくぐっていく。守衛によく知られた顔だからにちがいない。ゲートには来訪者用の申告窓口があり、そっちは警備員が立ちはだかっていた。僕がそこで目にしたのは、客船の踏み板を渡ってくる乗客を待ち構えているような、小人数の警備員たちだ。船員や給仕、その他の人びととすれ違うたび、陰に陽にじろりと来訪者に目を光らせる連中である。ゲートは広くて奥行があった。壁をくりぬいた奥の入口に――「受付」「施設管理」「警備」その他の表示板が読めた。

僕の来訪を、受付嬢は待ちかねたように受け入れた。僕が名を告げるやいなや、案内の少年がすぐ手を挙げる。受付で僕を拾って案内することになっていたのだ。

驚いたことに、僕を工場内部に連れていくのかと思ったら、彼はゲートを通っていったん外に出る。駐車場のすぐ隣から入って、ミニ地下鉄の軌道まで僕を案内した。階段を降りていくと、ちっぽけな車両が見えた。軌道上を走行し、エレベーターのようにじぶんで操作する方式になっていた。二分で僕らは目的地に着く。壁に囲まれた園庭があって、その内部に建つ古びた建物の正面に停車した。僕はツァッパローニの私邸のまえに立っていた。

僕が予想していたのは、せいぜい人事部門のオフィスに連れていかれ、面接が上首尾に終われば、トワイニングスの推薦もあるので、晴れて人事部長本人と面談できる、といった程度だった。それが地上に出てみれば、いきなり聖域中の聖域に入りこんだと知って、僕はあやうく息が止まりそうになった。ほんとうはツァッパローニなど実在しない仮幻《かげん》であり、じつはツァッパローニ・ヴェルケの最上の発明品でしかない、と一部で囁かれている人物の、まさしく雲の上に立っていたのだ。眺めていると、召使が石段を下りてきて、案内の少年から僕を引き継いだ。「ツァッパローニさまがお待ちでございます」

もう疑う余地はない。ここはツァッパローニの私邸なのだ。以前、彼は別の場所に本工場を構えていたが、際限ない改築と増築に飽きて、新プランに従い、この地に引っ越すことに決めた。ものの大小を問わず、その創造において傑出した完璧を究めようとするプランである。いい移転先はないかと調べたところ、いくらか離れた場所にあるシトー会修道院*が浮かんだ。長らく公共施設だったが、いまはほとんど使われていない廃屋だった。教会堂と本堂は時の風化に朽ちかけていたが、牆壁と食堂は傷んでいなかった。食堂棟には修道士たちの大広間のほかにも、かつて厨房や倉庫、宿坊として使われた部屋が残っていた。そこをツァッパローニは自邸にした。この屋敷には壮麗な別棟もある。僕は写真雑誌で、彼の豪邸をときどき目にしたことがあった。

修道院の牆壁にある大きな正門は、いつも閉じられている。だから、住民も来客もミニ地下鉄を出入りに使っている。気がついてみれば、終点で乗車したのではなかった。たぶんミニ地下鉄は駐車場までのみならず、工場の内部にも通じているのだ。

社員の監督規制上も有利なのは、ツァッパローニがいつも敷地内にいて、来訪者の挙動を厳重にコントロールできるからだ。こうして館の主人は、記者やカメラマンの侵入を遮断して身を守ってきた。ことじぶんの人格や習慣となると、彼は躍起になってすべてを薄暗がりに沈めようとする。プロパガンダには人を摩耗し、消尽させる力があることを彼は熟知していた。自らを始終話題になってしかるべき人間だと思っていても、それはあくまでも漠然と語られ、漠然とした意味に限ってのことだ。おなじように、目に見える部分には最小限のぼんやりした印象を与えようと、工夫を凝らしていた。彼について公開された画像や記事は、お雇いの専門家が細心の注意を払って選んだ抜粋なのだ。

彼の広報主任が開発したのは、好奇心を刺激するものの、けっして満足させない隔靴掻痒の報道システムだった。重要人物と聞いていながら、その顔が思いだせない人間は、おそらく美形の偉丈夫《いじょうぶ》だろうと思われがちなのだ。あちこちで口の端にのぼりながら、その所在がどこなのか、誰も知らない人間は、どこにでもいると疑われる。あまりに強くなりすぎて人があえて語ろうとしない人間は、僕らの内面を牛耳っているからこそ、遍在するようになる。僕らの会話に聞き耳を立てているのではないか、僕らが私室に身を潜めても目を光らせているのではないかと、つい想像してしまう。ひそひそ囁かれる名は、市場で喚《おら》びあう名より、ずっと畏怖される強者のものである。ツァッパローニはそれをよく心得ていた。他方、彼とてプロパガンダの効能は無視できない。もつれたあげくの判じ絵が、そこに意外性をもたらす。これは新しいシステムだ。

召使が「ツァッパローニさまがお待ちでございます」と告げるのを聞いて、総身にぞくっと戦慄が走った。それを僕も否定する気はない。痛いほど分不相応だと感じた。地上の覇者の一人と、帰りの車代もろくに持たない落魄《らくはく》の我が身の落差。だしぬけに僕は、この面談が身のほど知らずだという思いに呑みこまれた。これこそ階級没落の象徴で、僕がこれまで知らなかった感情である。軽騎兵たる者、いかなる境遇下でも、かかる感情に身を委ねてはならない。モンテロンが僕らによく厳命していたことだ。彼はこうも言った。「艦長が退船したとき、はじめて船は遺棄され、主人なき空舟《からぶね》と化す。されど真の艦長は船と運命をともにする」。彼が言わんとしたのは、不屈の人間はおのれを信じて疑わないということだ。

膝をわなわなと震わせながら、そんな思いが僕の胸を去来した。さらに浮かんだのは大昔のこと、まだ鉄鉱石や石炭の製錬が十全でなく——映画やオートマトンのことなんて話題にすらのぼらず、せいぜい歳の市の見世物*でしかなかった時代のことだ。当時の軽騎兵の出自といえば、広さ二百モルゲン*ほどの土地を持ち、借金を気に病んで夜も眠れぬ善良な小地主のほうが似つかわしかった。世に出たばかりの草創期の自動車を運転して、馬たちをお役ご免にするような新進気鋭が、わざわざ廃れゆく軽騎兵を志願することなんてまず望めそうになかった。馬たちは来るべきものを予感していたのだ。あれから世界は覆《くつがえ》ってしまった。

ツァッパローニは僕を受け入れるため、わざわざ時間を割いてくれた。そんなら僕は彼のパートナーだろう。そんな思いつきが新たな連想を刺激した。僕は通常のビジネスでも、彼のパートナーになれるんだろうか？　たとえば、ある貧しい女性が大会社に雇われたとしよう。ファイルを整頓し、速記をとるか、タイプライターを叩く賃仕事に就いても、社長がわざわざ一対一で彼女に会いに来ることなんて、まずありえないことだろう。そんな彼女はパートナーではない。それでもある日、たとえば海辺のリゾートかナイトクラブあたりで、彼女が社長といっしょにいるところを見られることだってありうる。すると、彼女の存在意義は増すだろうが、同時に彼女への尊敬は薄れるだろう。彼女はいまや社長のパートナーも同然であり、それによって権力関係に入ることになる。合法なら弱い立場でも、非合法の世界では強い立場になれるのだ。

この赤貧の僕、罷免《ひめん》された軽騎兵の僕を、ツァッパローニが私邸に受け入れるとなれば、僕はその女性とおなじ条件になる。彼は人に僕をみせびらかすことなんかできない。彼のオフィスであれ、技術管理部門であれ、僕は使える人間じゃないのだ。たとえ、その部門で僕が多少光ってみせたところで、それを見込んで僕に白羽の矢を立てたなんてことは、まずありそうにない。ツァッパローニは僕になにか別のものを求めているに違いない。誰にも託せないもの、誰もやりたがらないなにかを。

こんなことを考えていると、すでに石段を上りかけていたのに、引き返したくなった。しかしテレーザがいた。借財があった。貧苦に喘いでもいた。どうせツァッパローニが物色しているのは、そうした切羽詰まった男でしかあるまい。いま引き返したら、僕はあとでさんざん悔やむことだろう。

なにか別のことがまだある。なぜ僕は等身大のじぶんを背伸びさせなければならないのか？　モンテロンはほとんど哲学を学んだことがなかった。ただし、クラウゼヴィッツ*を哲学者のうちに数えないとすればだが。にもかかわらず、お気に入りの口癖は大哲学者のことばで、それを好んで引用したものだ。「わしが金輪際、知りたくないことがある*」。この金言への偏愛から、ごまかしや脇道を好まず、四角四面で一直線の精神がつたわってくる。それゆえ「一切を理解するとは一切を許すことなり」の名言も通用しない。この自制は、モンテロンが教師であるだけでなく、モラリストでもあったことを示している。

僕はモンテロンから多くのことを学んで受け入れてきたが、こればかりは彼の先例に従わなかった。逆に、僕が首をつっこまなかったことは、残念ながら少ししかない。でも、生来の性分は変えられないものだ。僕の父はかつて苦言を呈した。親子でなにか外食をともにした際、僕に献立表を渡しながら、いつもこう言ったものである。「この子ときたら、おかしなことに、決まって奇抜な料理を頼むんだ。定食のほうが絶品なのに」

それは正しい。兵舎にもおいしい定食がある。そこは士官候補生たちの食堂なのだ。でも定食だと僕には退屈だった。すでに筍《たけのこ》やらインド風味の燕《つばめ》の巣*やらに、僕の舌がおごっていたからだ。父は匙を投げたように母にこぼした。

「こいつには俺の血が流れていそうもないな」

彼はつねに正しい。だが、母だって趣味のいい素朴な舌の持ち主なのだ。やみくもな好奇心が、はたして遺伝するものかどうかは怪しい。むしろ僕はややもすれば、宝くじに当たり外れがあるみたいな印象を抱いていた。

献立表に話をもどすと、僕がその名に惹かれて選んだ料理は、いつだって多かれ少なかれ落胆させられた。後年、旅の途上、ゲテモノめいた珍味佳肴《かこう》を目にすると、たいがい僕は味見せずにはいられなかったけれど、結果はおなじことで、あて外れの体験をした。悪所の噂の立つ家や酒場、いかがわしい陋巷《ろうこう》や、穢《きたな》らしい骨董屋にも、僕はやはり惹かれてしまう。モンマルトルの暗い戸口で手招きする客引き、姉の部屋に連れ込みたがるアラブ人少年に、何とも抗し難い誘惑を覚えるのだ。と同時に、こういう偏奇好みに強い嫌悪感を覚えて、板挟みにならないとすれば、これはそう珍しいことではない。が、好奇心が勝《まさ》ってしまう。それでも愉楽は得られない。不思議な名のついたまずい料理に噎《む》せかえるように、人間の堕落した姿を見ても僕のこころは満たされない。その悪徳は、暗鬱な記憶に刻みこまれて長く尾をひいた。それは、なぜ僕がそこにとどまれないかの説明にはなるが、どうしてそこに何度でも舞い戻ってしまうかの理由は謎だった。テレーザが現れてはじめて、一掬《いっきく》の水がありとあらゆる香料《エキス》にまさることを僕は知ったのだ。

これは偶然なのだが、軽騎兵らしい好奇心がときどき僕を利することになった。戦場では主たる任務が斥候《せっこう》だったからだ。見知らぬ地で索敵《さくてき》する斥候は、しばしば命じられた任務と実務的な必要以上に、敵地に深入りして偵察する。おかげで思わぬ発見に遭遇し、前線の将校たちの覚えもめでたくなった。どんな過誤にも一利ありで、その逆も成り立つ。

要するに、僕がツァッパローニ邸の石段で感じたのは、じぶんは窮地にあるというのに、相矛盾する冒険に乗り出そうとしていることだった。しかし同時に、昔ながらの厄介な好奇心が頭をもたげ、僕をせっついた。あの剛腕の老人はなにを企んでいるのか、なぜ畏れ多くもこの僕に執着しているのか。知りたくてたまらないという思いに駆られた。それで利得が見込めるかどうかより、強い好奇心に引かれたのである。結局、僕の人生に仕掛けられた数多くの罠から、ひょいと頭を引き抜いて、釣り針にかからないよう、そっと餌を味見してみることにした。

そこで僕は召使の後について、古びた屋敷に入っていった。田舎の別墅《べっしょ》という印象だった。玄関につづく廊下には、帽子や外套が架かっているだけでなく、野鳥狩りの器具や釣り道具も置いてあった。その先にホールがあって、二階分の高さの吹き抜けに、リディンガー乗馬学校の賞杯や銘板が飾ってある。つづいて二つか三つ広間があり、そこは一室にしてはだだっ広く、ホールにしては狭かった。

僕らは館の南翼を通り過ぎた。図書室《ビブリオテーク》に案内されると、*磨りガラスを透して日が燦々と絨毯にふりそそいでいた。瞥見したところ、これらの家財のどれも、富豪の私邸によくある調度類を踰《こ》えたものではない。その光景は僕には意外だった。新聞記事の影響で、魔法の工房に足を踏み入れるや、半ば驚愕、半ば狼狽するような自動機械の奇蹟に息をのむかと思っていたからだ。たちまち、とんだ見当違いと知れた。魔術師やオートマトンの巨匠は、私生活にまでそれを持ちこみたがらない、と考えるべきなのだ。僕らだれもが心おきなく寛げるのは、できるだけ各々の職業から遠ざかったところにある。鉛の兵隊で遊ぶ将軍などいるはずもない。非番の日曜にわざわざ強行軍の遠足に出かけるほど、郵便配達夫だって酔狂じゃなかろう。道化もまた楽屋で独りぼっちになると、いつもしかつめらしく憂わしげな顔さえしているという。

この館の家具調度には、一夜にして巨富を築いた成金の贅沢など片鱗もうかがえない。『サチュリコン』で酒池肉林の宴を催す富豪トリマルキオ*のような乱痴気とは無縁だった。ツァッパローニは、素晴らしいインテリア建築家を雇い入れたばかりか、自身も優れた趣味人にちがいない。それはこのたたずまいから汲みとれる。この歴然たるハーモニーは、誂《あつら》え注文では奏でられない。内面の必然があり、ここに居《きょ》を卜《ぼく》した人が純真であって、はじめて生まれるものだ。冷え冷えとした豪奢もなければ、見た目だけ飾りたてようとする願望もない。この部屋に住むのは、ここに寛ぎを覚えるような知性溢れる教養人なのだ。

　南欧人は往々にして、シチリアの村育ちであれ、ナポリのバス《バッソ》歌手の末裔であれ、先祖代々の下地がなければありえないような、絶対過《あやま》たない舌の持ち主である。旋律を聴きわける精確無比な耳、視覚芸術の巨匠を見分ける狂いのない目も、彼らにはちゃんと備わっている。僕はしばしばそれを目撃した。ここに落とし穴があるとすれば虚栄だけだろう。

　建物全体に生真面目な厳粛さがみなぎり、派手ではないが、生命力が充溢していた。とりわけ芸術品にそれが顕著だった。カレンダーか美術館、俄か成金か権門の覇者の邸宅でしかお目にかかれないような有名な絵画や銅像なら、僕だってときどきこの目で見る機会がある。その光景に幻滅させられるのは、鳥籠に囚われた小鳥が歌を忘れ、輝きを失うように、作品が表現を喪失し、失語症に罹《かか》っているからだ。芸術作品は、本来の価値でなく、値段が讃えられる部屋に隔離されてしまうや、たちまち窒息して蒼白になる。芸術は愛に包まれて、はじめて光り輝くものだ。大富豪に時間がなく、知識人に資金がない世界では、芸術は消えていく運命にある。かりそめの偉大さなど芸術はみとめないから。

　この通廊を見るかぎり、ツァッパローニには時間があったにちがいない。絵画が五、六点ほど壁に架かっているが、それ自体が醸しだす印象は、主人が日々愛のまなざしをそそいでいることをうかがわせた。絵のどれもが一七五〇年以降*に画かれた作品ではない。なかにプッサン*があった。そこに共通しているのは、ひそやかな生命を息づかせ、いかなる効果も捨てて省みないことだった。架空のまま空しく霧散する今風の効果などここにはない。むしろこれは巨匠にしか生みだせないものだ。ここにツァッパローニが蒐集した絵は、同時代人を驚愕させるような作品ではありえなかった。最初から親しみやすい絵だったに相違ない。

そうした印象はこの屋敷の隅々まで浸透していた。それはまた、純粋な権力の問題にかかわる別の印象と合奏され、彼を通して強く鳴り響いている。前にも述べたように、僕らは言葉がその意味を変え、両義的になった時代に生きている。以前は安定と永続の代名詞だった「家」という語彙にも、この変容は及んでいる。住まいなんてもうとっくに、がらんどうのテントの一種に化けてしまった。そこには流浪民《ノマド》の自由を謳歌する人影すらない。建物は幾千となく風に吹きあげられたみたいに、空高くそそり立っている。少なくともしばらくの間は自分のもの、他人には触れられないものの中にいるという感覚が持てるのなら、まだ最悪とはいえないだろう。でも、今どき住まいを持とうなどという勇気のある人は、徒歩または車、あるいは電話をかけて家にまで押しかけてくる連中のために、出会える場所を設けているのだ。ガス、電気、水道の集金人やら、生命保険や火災保険の代理人やら、建築監督官や放送料金の徴収人やら、不動産銀行の抵当権者やら、その家の月々の家賃を決める金融会社の担当者やらが、次々と押し寄せてくるからだ。政治環境がちょっと刺々《とげとげ》しくなったとき、あなたの居場所をたちまち突きとめるような、まったく別の人種が出現している。こうした面倒に加えて、地主の敵意があなたにつきまとう。

昔はずっと気楽だった。家のなかは不便だったけれど、テーブルの下に足を投げだせば、住めば都の気分になれてリラックスできた。そうした感覚、家の主人がまだここにいるという存在感がツァッパローニにはある。賭けてみたいものだ。この家には電気などのメーターもコンセントもなく、少なくとも地中から線や管で家内に引きこむようなものは皆無だろう。たぶん地権者からはとりつく島もない屋敷だった。おそらくツァッパローニは、昔の封建商業都市*のパターンを私邸に持ちこんだのだろう。そして彼のオートマトンたちが、彼のために総仕上げをしてくれた。オートマトンにあっては、抽象力が具象に転じて反転する。いずれにせよ、僕はそのようなものをこの目で実見したわけではなく、この邸宅の雰囲気からおおよそを察知したのだ。テーブルの上には燭台、暖炉の上には砂時計まで置いてあった。

あきらかにここにいるのは、年金をもらうどころか、年金を支払う側とおぼしき住人だった。どんな命令が下り、どんな口実があっても、警察はここまで踏み込めない。ツァッパローニは私警察を擁しているだけではなかった。それは彼の命令を実行し、彼の命令にしか従わない組織なのだ。工場の敷地内とそこへ通じる連絡通路も、警官や国家および軍のエンジニアが監視している。彼らは文字どおり彼との「同意のもとに」行動しなければならない。別の意志を優先させることは禁じられていた。

当然、そこに疑問が生じる。なぜこれほどの権力を持つ男が、僕の助力を必要としているのか。それも僕のように鼻先まで泥水に浸かって、すでに溺れかけている男にわざわざ頼むのか。そこにさっき触れた謎がある。これはいかにも奇妙な事実だった。そもそも、かくもがっちり法的な権威を確立させた男が、じぶんの計画を貫徹させるのに裏から手をまわすこと自体、根の深い事情があるにちがいない。法の空間は、その大小を問わず、常に不法と紙一重*だ。権能が増すとともにその境界も膨張する。だから、取るに足らぬ小物より、大物こそ不法の温床と化すのだ。権能が絶対化すると、境界が曖昧になり、法と不法が切り分け難い状況が生じる。そのとき人は、馬泥棒のできるやつを必要とするのだ。

4

召使は僕を図書室に案内したあと、僕だけ残して姿を消した。その礼儀作法は非の打ちどころがない。そう感じたことをここに記すのは、僕自身も気づいたこの不審な客という立場を物語っているからだ。僕は人と会うたび、顔色をうかがい、以前より傷つきやすくなっていた。ともあれ、召使の振る舞いからは、僕の訪問にこの家《や》の主《あるじ》がご機嫌を損じている気配は見えなかった。さて、僕はほんとうに彼と対面するのか、いまだに疑わしかった——どうせ秘書のひとりが、じきに顔を出すのではないか。

図書室はひっそりとしていて心地がいい。蔵書から静謐な威厳が溢れてくる。書棚にずらりと並んだ書籍は、あかるい色の羊皮紙《ペルガモン》*、火焔《かえん》模様の仔牛革の枠、背には褐色のモロッコ革という装丁だった。羊皮紙の紙葉は手写本になっていて、背革には緑と赤の書名標または金字が印刻してある。古色蒼然とした蔵書だが、単なる綴織《タペストリー》代りの室内装飾ではなく、現に読書に使われているという印象だ。書名を少し拾い読みしてみたが、僕にはとんと見当もつかない。古代の技術、カバラー*、薔薇十字団*、錬金術。たぶん、長らくはびこってきたこれらの迷信から、亡霊がよみがえってくるのだろう。

　床すれすれの低い窓から外光がふんだんに射しこんでこなかったら、堅牢な壁のせいで室内はもっと暗かったはずだ。ガラス扉が開け放たれ、向こうは広いテラスになっている。

　そこから一望のもとに眺められる園庭は、古い風景画*さながらだった。樹々に嫩葉《わかば》が光っている。大地の深みから根が水を吸うのを目で眺めても感じた。小川の堤が並木になっていて、物憂げに流れるせせらぎが、鏡のような水面《みなも》に広がり、川藻の緑の裳裾《もすそ》がひらひらときらめいている。そこは修道院の養魚池だった。葦の水辺で河狸《ビーバー》が巣をこしらえるように、シトー会の修道士たちが築造したのだ。

　牆壁がまだ保存してあったのは幸いだった。なによりも都市近郊では、こうした環状の牆壁は取り壊され、採石場と化している。ところが、ここでは木立の葉叢《はむら》を透かして、あちこちに灰色の石壁が見えた。牆壁は農地を囲う柵のように見える。遠目にも犂《すき》をひかせるひとりの農夫の姿が見えたからだ。大気は澄んでいた。陽射しが馬の肌に輝き、犂の刃を返すたびに土くれの光が散乱する。楽しげな田園風景だった。が、そこに男が一人いるのがどうもそぐわない。とりわけ庭師用のトラクターを運転し、土竜《もぐら》みたいにせっせと苗床《なえどこ》を掘り起こし、大地を耕しているのが変だった。しかし、この邸宅のすべてが物語るのは、ここが博物館めいていることだ。おそらくツァッパローニは、テラスに立って庭の木立や池を眺めやるとき、機械など目にしたくなかったのだろう。おまけに、昔ながらの農法で栽培した果物しか、彼のテーブルに供せられないことにも利点があった。パンはもはやパンではなく、ワインもとうにワインにあらず、ことばも虚実定めなし、という格言どおりだ。怪しい化学《ケミストリー》が世を闊歩していた。このごろは毒を盛られたくなかったら、人はケタ違いの富豪にならなければならない。そういうツァッパローニはまちがいなく、愚かな狼を翻弄する『狐物語』の巣穴、マレパルトゥス城*でどう生きぬくかを知り尽くした悪党狐だった。さながら、じぶんだけ父祖伝来の健康法を守りながら、客には妙薬だの奇蹟の霊能だのを奨めて、法外なカネをふんだくる薬剤師のようなものである。

じっさい、この場所は平和だった。工場や駐車場、連絡通路の喧騒も、樹頂の彼方からとどくのはあわあわとした潮騒でしかない。そのかわり、椋鳥《むくどり》や花鶏《あとり》が囀っている歌声や、啄木鳥《きつつき》が朽ちた幹を敲《たた》く音が聞こえる。芝生のうえを鶫《つぐみ》がとびはねて遠ざかっていく音、ときには池の底の鯉が身を躍らせ、ぼちゃりと跳ねる水音も響きわたる。テラスの前の敷居の花壇や浮彫の円盤には、とりどりの花が咲き乱れ、そこを蜜蜂が縦横に飛びまわって、蝶たちと甘い蜜を奪いあう。ときまさに、百花繚乱の五月の好日だった。

壁に架かる絵画と、奇妙な題の書籍をみつめてから、僕は二脚の椅子が置いてある小机のかたわらに腰をおろし、広く開け放たれた扉から外を見渡した。大気は市中より澄み切っていて、ほとんど陶然とする。ふと目がとまるのは老木の樹々、深緑の池、赤土の畑だった。その畑では、さっきの農夫が畝を耕していて、折り返すたびに休んでいる。

うららかな春の日でも、なお冬の肌寒さが骨身に沁みるように、僕はそんな風景を目にしながら、ここ数年わが人生を暗くしてきた鬱屈を感じた。職を免ぜられた騎兵は、馬の嘶《いなな》きの絶えた都会の真ん中に立ちつくし、哀れな我が身を喞《かこ》つことになる。モンテロンの時代から、なにもかもどれだけ変わり果てたことか。ことばは意味を失い、戦争はもはや戦争でなくなった。いわゆる戦争なるもの、そのなれの果てを知ったら、モンテロンは墓のなかで魘《うな》されて呻くだろう。結局、平和だってもはや平和ではない。

それでも僕らは二度か三度、大草原で軍馬を疾駆させたことがある。民族大移動以来、そこは常に騎手が縦横に駆けてきた広野だ。それがもはやかなわぬ夢であることを、じきに思い知らされた。僕らはまだ美しく華麗な軍服で身を飾っていた。それは僕らの誇りであり、遠目にもきらびやかで目を奪った。だが、僕らが敵にまみえることはもうない。遥か彼方に潜む狙撃兵が照準を定めて、馬上の僕らを撃ち落とすからだ。やっと敵陣にたどり着いても、あるのはぐるぐる巻いた鉄条網ばかりで、脚が絡まって馬は飛び越せない。騎兵の終焉。僕らは馬から下りなければならなかった。

戦車《パンツァー》に乗りこむと、狭くて熱く、鍛冶屋が金槌でがんがん叩く大釜のように、耳を聾さんばかりの騒音が鳴り響いていた。そこは油と燃料とゴム、糊付き絶縁テープやアスベストの臭いが充満し、射程距離に入れば、砲弾の薬莢の吐く硝薬の異臭がつんと鼻を刺す。軟弱な地盤だと戦車がびりびり胴を震わすのを感じるが、やがてもっと鋭く、もっと近くでずしんと弾着があり、じき直撃弾に見舞われる。モンテロンが僕らに語って聞かせたような、軽騎兵の栄光の日々などもう帰ってこないのだ。炎に包まれた機械類の焦熱で、人知れず恥ずべき焼死を遂げる予感に四六時中苛まれるのだが、それを振り払うわけにもいかない。精神がこんな風に劫火《ごうか》の力に屈するなんて、無残なことだと僕は感じたが、それは自然に深く根ざした感情だったにちがいない。

さらに、この稼業は世間に顔向けできない性格のものと思われた。じきに経験したのは、兵士がもはや兵士でなくなったことだ。不信を互いに募らせ、それがまた軍務に影を落とす。かつては戦旗に忠誠を誓えば、それで事足りた。いまは無数の憲兵を召集して、ぎりぎり締めつけなければならない。愕然とする変わりようだった。むかしは義務だったものが、一夜にして過ちに転じ、犯罪と化した。戦争に敗れたあと郷里に復員してから、僕らはそれに気づいた。ことばは意味を失った――いまや、父祖の地はもう父祖の地ではない。モンテロンその他の連中はみんな、何のために命を捨てたのか。

すべてが一変したあのころのことは、僕にとって思いだすのも厭《いと》わしい。悪い夢を見たように記憶から拭い去りたい。事実をありのままに受け容れられなかった。だれしも他人が罪人に見えた。野に播く種に憎しみがまじれば、雑草ばかり生い茂ることになる。

恐ろしい経験が、僕から行動を奪い去った。それは僕らが記念碑を倒壊させたあの時代に起きたことにちがいない。その記念碑は、もう人気を失って過去の人となってしまった最近の民衆指導者《トリブーン》*のために建てられたものだった。このトリブーンという言葉は、かつてローマ帝国が存在した時代から生きながらえてきた「護民官」に由来する。僕らは泥酔していた。真夜中すぎで、建築現場の照明に照らされ、碑が聳え立っていた。労働者《アルバイター》が僕らに鶴嘴《つるはし》を手渡す。僕らは肉体労働《アルバイト》をやり遂げ、台座から巨大なコンクリート石を二つばかり打ちぬいた。この意味不明の偶像破壊にかかわった場所や人名を、僕はもうほとんど思い出せない。もし興味がおありなら、ツァッパローニのように、僕の記録文書を渉猟すれば見つかるかもしれない。

　僕らがよく集まったのはある同志《カメラート》の一室で、ひたすら拙速で建てられた安普請のアパートの最上階にあった。部屋には大きな窓があって、そこから下を覗くと、深い竪坑《たてあな》の底に、一枚のトランプ札ほどもないちっぽけな中庭が見えた。同志の名はローレンツという。彼は細身のいくらか神経質な青年で、軽騎兵に属していた。僕らはみんな彼が好きだった。彼にはどことなく古きよき時代の自由闊達さがある。当時、ほとんどだれもが理念に憑かれていた。それは先の大戦のあと訪れた不思議な時期だった。彼の理念は、機械こそ諸悪の根源とみなすものだった。それゆえ彼は工場を空に吹っ飛ばし、土地を新たに再分配して、農本国家に変革したかったのだ。そこでは、だれもがみんな、穏やかに健やかに幸せに生きていける。それを証明するために、彼はささやかな書棚を設けた——その書棚の二、三段に、ボロボロになるまで読み込んだ本が並べられ、とりわけ彼の聖人であるトルストイやサン・シモン*のような初期アナキストの本が置いてあった。

　この哀れな青年は知らなかったのだ。いまや農地改革を行うすべはただ一つ、土地収用しかない。じつは彼自身も、損失の穴が埋められず、土地を没収された農家の倅《せがれ》だった。とりわけ奇妙に思えたのは、アパート最上階の屋根裏部屋で、彼が仲間の輪のなかで仁王立ちして、その理想を鼓吹していたあの状況だった。このサークルは混乱したプランに事欠かなかったが、技術工学面では相当な水準に達していた。その結果、ローレンツが胸中の理想を披歴しだすと、からかいの合いの手が必ず入る。たとえば「石器時代に帰れ」とか「わが友、ネアンデルタール*」とか。でも、僕らは見過ごしていた。いや、すくなくともはっきりとは見えていなかった。この都会で生きてきて、僕らの友が胸を焦がしていたのは、たとえ失神寸前だとしても、聖なる憤怒に類するなにかだったのだ。なぜならヘラクレスが退治したステュムパーリデスの怪鳥のごとく、青銅の嘴《くちばし》*でつついて人を腑抜けにし、虚ろな光を放つ都会生活にはうんざりだったからだ。あのころのローレンツは、僕らのような野卑な仲間に加わらず、愛する女性に守られて、ひとりの家庭人に収まっていればよかった。モンテロンの大のお気に入りでもあったのだから。

あの恐ろしい夜、いや、むしろ昧爽《まいそう》の朝というべきか、へべれけに酔いつぶれて、頭は火照って熱かった。酒の空瓶が食卓の上や壁際にずらりと林立し、灰皿から紫煙がたなびいて、開け放たれた窓へと流れていく。その彼方に血の気のない夜空がのぞいていた。村々の静けさからここは遠く隔たっている。

僕はほとんど眠りに落ちかけていた。が、談笑する声に意識が踏みとどまる。突然、胸騒ぎがした。部屋のなかでなにかが起きている。ぜったい目の離せないなにかを僕は感じた。着信があると、受信機がびりびり振動しだすようなものだ。難破して沈みかけた客船から、救難信号が飛びこんできたように、音楽がふっと途切れた。

同志たちに沈黙が訪れる。ローレンツを見つめた。やおら起ちあがった彼は、極度に昂奮していた。熟練した医師の助けが要りそうな症状なのに、彼を笑いものにしたらまた傷つきかねない。成りゆきすべてがいかに異常だったかを、みんなが悟ったときはもう手遅れだった。とにかく彼は酒を嗜《たしな》まず、酒に溺れる癖《へき》もなかったから、明らかに一種の忘我状態《トランス》に陥っていた。彼はもうじぶんの理想を弁護しなかった。深く慨嘆していた。ひとは善の欲するところを実行しない。やってみれば、やさしいことなのに。その先例は父祖が示している。だから、時代が待ち望む犠牲を差し出すことなんか、いともたやすくできるのだ。そのとき、大地を分かつ断裂は埋められるだろう、と。

僕らは彼を見つめたが、なにが飛び出すのか分からなかった。なかば無意味な弾劾の弁説を遠目に眺めるかのように、なかばはまた、悪魔祓いのように不気味なものが迫り上がってくるのを感じていた。

ふと彼は口をつぐんだ。ことさら腑に落ちることが、思い浮かんだかのようだった。ほほ笑みを浮かべて繰り返す。「でも、とってもやさしいことなんだ。きみらに見せてあげよう」。そして叫んだ。「弥栄《はえ》あれ*――」。そして窓から身を躍らせた。

彼がどんな献辞を口走ったのか、僕はくり返したくない。僕らは夢でも見ているのかと思った。

と同時に、高圧電流に感電したみたいな衝撃が走った。僕らはまるで亡霊の車座のように、がらんどうの部屋で輪になって逆髪《さかがみ》を立てていた。

　ローレンツは、僕ら生徒仲間では最年少だったにもかかわらず、体操ではリーダーをつとめていた。彼がいかに平行棒や鞍馬《あんば》の側面降りで妙技をみせたかは、さんざん目にしてきた。二段勾配のマンサード屋根*から彼が消えたのも、そんな具合だった。窓枠に軽く手を置いて、ひらりと跳び越えながら、彼はもう一度こちらを振り返った。ほんの五秒、いや七秒か、異様な沈黙がどれだけ続いたか——僕は知らない。とにかく人は記憶のなかでさえ、理窟や必然に合わせて時間に楔《くさび》を打ち込む。取り返しのつかない時の流れに、どうにかして棹《さお》を差したがる。やがて中庭の底から、恐ろしい音が響いてきた。ぐしゃっと鈍く、嫌な衝撃音が。間違いない。死は免れようがない。

　僕らは階段を駆け下り、暗く翳った狭い中庭に飛びだした。そこにものとして蹲《うずくま》っているものを、僕は人目にさらしたくなかった。あれほどの高さから飛び降りたら、じき五体は逆さまになって頭が下になる——だが、ローレンツは足から着地していた。彼が優れた体操選手だったあかしである。二階から先、いや、おそらく三階から先は、うまく飛躍姿勢がとれたのだろう。でも、そもそも不可能なことだった。白い鎹《かすがい》が二つ見える。なにかが絡みついていた。衝撃で大腿骨が臀部を貫き、宙に突きだしていたのだ。

　だれかひとりが医者を探していた。もう一人はピストルを、三人目はモルヒネだった。僕は狂気に憑かれるのを感じて、夜の闇に逃げこんだ。あの不幸な出来事は、僕を心底から震撼させ、消しようのないショックを残した。そしてまた、僕のなにかが壊れた*のだ。だから、僕はあれを単なるエピソードとして片づけることができない。この世に無意味なことはいくらでもあるなどと、したり顔で黙殺することもできない。

あの哀れな青年は、たとえ本人の意志とは裏腹であっても、あの行為によって僕らにまさしく実例を見せてくれた。僕らのグループの大半が、生涯かけてなにが必要なのか、それを目に見えるように完遂する方法を、彼は一瞬にして見抜いた。僕らにむかって僕らの絶望を示したのである。あのおぞましい言葉「虚しさ《ウムゾンスト》」を実感したのはそのころだった。僕は敗戦ですでに身も心も朽ちている。紅蓮の炎に包まれた夜空に、禿鷹の群がる岩塊がそそり立つような、超人的な力の行使、底知れぬ苦難を見てしまったからだ。それは傷跡なき裂傷と化した。

どうやら同志たちの受け止めかたは、さほど深刻でなかったらしい。あの晩の同席者たちのなかにも強情な連中が大勢いて、あとでさんざん議論の肴《さかな》になった。あれは魔が差したようなもんさ。次の日にもう一度集まると、一決してローレンツの名を同志のリストから抹消してしまった。自殺は彼らにとって、時代精神に敬意を捧げるのはいいが、身命を粗末にする許し難い行為だったのである。

郊外の墓地のひとつで寂しい葬儀があった。参列者はまばらで、「部屋の窓から飛び降りたんだって」というたぐいの、よそよそしい言葉が聞こえた。

5

ほかの同志たちは、やがてケタ外れの猛威を振るうことになる。バルチック諸州からアストゥリアス、その他津々浦々、遥か遠方の地から、彼らの力戦ぶりが聞こえてきた。彼らは余すところなく戦火の酷《むご》さを見せつけた。驚くべき戦果を挙げたとはいえ、時代の後ろ盾があったとは言えない。あるいは、後ろ盾になったと言えるのは、少なくとも押し寄せてくる時の流れを切り裂いて、押しとどめた場合だけだった。

そのころだ。僕が歴史に没頭する＊ようになったのは。往古《いにしえ》にも一度、これと似たようなことが起きたのではないか、そこに僕は関心を抱いた。歴史の偉人たちのなかでも、勝者よりむしろ敗者たらん、とした小カトー＊に心を奪われた。僕にとって、広大無辺なこの世界という油絵に浮かぶ、敗れた亡霊の影はいよいよ強烈かつ深遠になり、悲しみこそがもの思うことへの本来の献身と思えてきた――ヘクトール＊もハンニバル＊も、米国先住民《インディアン》もボーア人＊も、モンテスマ＊もメキシコ皇帝マクシミリアン*もみなそうだ。きっとそこに僕の敗衄《はいじく》の理由のひとつが横たわっている。不運は伝染するのだ。

　同志たちが軍政に関わり、影響力が強まるにつれ、僕をひっぱりこむようになった。だれに何ができるか、彼らは正確な判断を下していた。僕については、いい教官になるという意見であった。しかり、僕は専門家としては優秀だった。とはいえ、ここで僕は、じぶんがその肩書にどこまでふさわしい人間か、どこまでふさわしくないかを問い直してみせることで、ブレーキをかけざるをえなかった。

　まちがいなく、僕には人にものを教える天賦の才がある――すなわち、若い人を先導して、学んで熟達しなければならない事柄を教える才能があった。馬場での馬術教練は、まず走路で行われ、次に障害飛越の馬場、最後に外の平地《ゲレンデ》に出て行った。戦車《パンツァー》の知識は、部品と部品間の相互機能にはじまり、火焔に包まれたらどう操縦するか、照明弾でまる見えになったり、別の意味で危険な空間に突入したらどう走行すべきか――そんな方法論や実践に及ぶが、それを人に叩きこむのは僕にとって難しいことではなかった。さきに述べたように、僕らは技術工学面ではほぼ完璧だったからだ。新しい発明も僕に本講義を聴かせれば、たちまち自家薬籠中のものにするのが分かったろう。僕はまた戦車教官の一員になった。工場を行脚して、エンジニアたちの発明に値をつけてまわるのが仕事だ。

　そうはいっても、その手の発明にだんだん反感を覚えるようになってきた。その点から言えば、古手の軽騎兵が抱く素朴な価値観の名残が、僕の内奥で払拭されていなかったのだ。初期の騎兵が歩兵よりずっと有利だったことは僕もみとめよう。その代わりまったく別の代償を支払った。硝薬《しょうやく》の発明で五分五分になったのだ。まさにアリオスト*が嘆いたとおり、豪胆公シャルル*が猪突猛進したとき、その壮麗な軍隊とともに騎士道は花と散ってしまった。それでもなお騎兵の時代はつづいた。押し寄せる騎兵が歩兵の布陣を斬り崩す寸前、まだ距離のあるうちに、二度三度歩兵が銃を構えなおすことが許されるのは、僕は不公平だと思わない。が、そのあと騎兵たちには弾幕の死が待っていた。

老いたる半人半馬のケンタウロス*が、新しい地底の巨神族《タイタン》*にそこで平伏する。僕は草むらに倒れて血を流し、殊勲をあげた歩兵を間近に見た。鞍上《あんじょう》の僕を撃ち落としたのはあいつか。ちっぽけでみすぼらしい青二才、にきび面の田舎者だった。どうせシェフィールドの刃物屋か、マンチェスターの織工《しょくこう》あたりだろう。肥塚の後ろにしゃがんで片目をつぶり、柵越えに僕を狙ってみごと仕留めたのだ。赤とグレー柄の邪悪な軍服を着ていた。これは新しき眇目《すがめ》の巨神ポリュペーモス*なのか、いや、むしろ一つ目の顔に鉄仮面をかぶせただけの下っ端の一兵卒か。いまや貴紳だって、見てくれは彼らと大差ない。森の美しさとともに戦場の花形は消えた。

僕の最初の教官の一人、ヴィットグレーヴェを思いだした。モンテロンの薫陶を受ける前のことだ。若手教官だった彼のもとで乗馬を習ったのである。ヴィットグレーヴェは新馬を調教していたし、どんな馬術競技も彼ぬきでは到底考えられなかった。大腿《ふともも》は鋼鉄のように堅く、片手で操る手綱の掌は、ビロードみたいに柔らかだった。厄介このうえない悍馬《かんば》も、未調教で手に負えない若駒も、彼の手にかかると一時間で手なずけられ、彼を主人として素直に従うようになった。彼の監督下で僕は初の演習に臨んだ。日が暮れると、彼と馬たちが休らう厩舎を訪れるのが、僕は好きだった。たとえ晴天に恵まれ、早朝から「総員休メ」まで終日鞍上《ひねもす》にいたとしても、厩舎に入るとほっとする。

厩舎には温もりがあった。馬は深々とした寝藁《ねわら》に埋もれ、横腹を茎がくすぐっている。ヴィットグレーヴェのもとでは、他の軽騎兵二、三人といつも顔を合わせた。年長の三年生たちである。僕がそこで学んだのは、長時間の騎乗のあと、じぶんの馬をどう労《いた》わってやるか、たっぷり藁を敷き、馬の毛なみを按摩して温めてやり、踝《くるぶし》に触っては水をもってくることだった。慌てて馬が水を飲まないよう、秣《まぐさ》をそこに散らしてやる。馬が甘えてこちらの肩に頭をあずけ、鼻孔を押しつけてくるまで、かいがいしく世話するのだ。地主か農民から借り上げた営舎では、厩舎の警備兵たちに秘儀を学んだ。火酒《かしゅ》をあぶり、雁首が色塗りの半煙管《きせる》でタバコをくゆらし、カルタその他に興じたものだ。フサール兵たるもの、そんな試練にも備えておくのである。ヴィットグレーヴェが姿を見せる場所がどこであれ、彼がコートの前をはだけて農場を闊歩し、逍遥し、散策するところは、いつでもたちまち女が群れをなした。金髪、茶髪、黒髪の女たち。靴先の尖った高いブーツの女たち。スカーフを頭巾にしたり、裸顔をさらす女たち。ポメラニア*やシレジア*、ポーランドやリトアニアからはるばるやって来た女たち。彼はそれを当然のごとくあしらい、逃げ隠れしなかった。緬草《こうそう》＊を撒くと猫がすり寄るように、女たちも忍び寄ってくる。農家の夫婦や、地主たちが寝静まるころ、彼女たちは厩舎にも姿を見せた。すると酒盛りが始まる。ソーセージが切り分けられ、地口の謎かけを乱発し、罰ゲームを籤引《くじ》きするのだ。ひとことで言えば、ヴィットグレーヴェは、何でもこなせる万能の男だった。彼はまた歌いだせば、素晴らしい声の持ち主でもあった。

たまたまだが、僕の演習初教程が彼の演習最終教程にあたった。彼はその秋に退役し、市中の仕事に就職したのだ。しばらく経ち、トレプトーヴ＊行きの市電に乗ったところで、彼に再会した。切符を買った瞬間、車掌が彼だと気づいて、わが目を疑いたくなった——でも、まちがいない。あのヴィットグレーヴェだった。彼は雷管みたいに見える緑色の硬い縁なし帽をかぶって革カバンを下げ、十ペニヒで切符を切りながら、三分おきに紐をひっぱってチンチンと鳴らしては、次の停留場を告げていた。その光景に僕は愕然とした。まるで野生の動物を檻に閉じこめ、二つか三つ、みじめたらしい芸を教えたかのような嫌な気分にさせられた。では、これがあの傑出した武人、ヴィットグレーヴェのなれの果てか。

ヴィットグレーヴェのほうも僕に気づいた。でも、彼の目礼は嬉しそうでなかった——お互い過去を共有しているのに、どうやら思い返したくないらしい。いよいよ驚きが募ってきたのは、彼がじぶんの騎兵時代を今より卑小な日々としか記憶しておらず、そこから見れば市電の生業《なりわい》でも進歩し前進したと思っているのと気づいたときだ。

あきらかに彼が無頓着な様子だったのをもっけの幸いに、僕は彼のアパートまで押しかけた。青年はじぶんが鑑《かがみ》としてきた手本を失いたくないものだ。そしてヴィットグレーヴェこそ、兵科教本に掲げられるような理想の軽騎兵だった。馬術の障害を飛び越える素早さといい、状況を察して一決する取捨選択といい、血のめぐりが速く、陽気な多血質*を前提としている。無鉄砲であっても、そこは目をつぶらなければならない。モンテロン自身も大目に見ていたが、それを僕らに気取《けど》らせなかった。

ヴィットグレーヴェのアパートを見て、ほとんど泣きたくなった。シュトラウアー*付近にあって、まさに「ベルリン、泣き笑い」*である。彼に案内されたのは、コーカサス産の胡桃《くるみ》材*の食堂がついた部屋で、クリスタル盌《ボウル》の照明が天井にぽつんと灯っていた。彼は妻帯していた。長年、女性たちに取り囲まれていた唯一のモテ男が、およそ魅力とはほど遠い醜女《しこめ》を娶るなんて、僕には初めての経験だった。

わけてもびっくりしたのは、アパート全体を見渡しても、馬の名残ひとつ見えないことだ。印刷した絵はおろか、写真もなければ、彼が競技で獲得した数々の賞杯まで、きれいさっぱり消えている。かつての「酒と女と歌」をしのばせるものはただ一つ、シュトラウアーの合唱団だけだった。彼の社交の欲求はそれ以上を必要としなかったのだ。

彼が望む未来はどこにあるのか。市電の管理職、いや、監督官にまで成り上がりたいという程度だった。女房も少々の遺産をあてにしていた。彼はクラブの理事の一人に選出されるかもしれない。僕ら男二人が白ビール*を汲みかわすあいだ、その痩せた女も黙って座に控えていた。僕は取り込み中にお邪魔したみたいに、気まずくなって立ち去った。たぶん、木々の花が咲き誇るころ、ヴェルダー島*にでも飲みに行こうよと誘うか、ホッペガルテン*の競馬レースに招待すべきだったのだろう。なぜなら、彼のこころの奥深く、どこかに記憶がまどろんでいるに違いない。あの日々が跡形もなく消え去るなんて、ありえないことだからだ。僕は想像していた。ヴィットグレーヴェは、深夜の夢のなかで再び颯爽《さっそう》*と馬に跨り、広々とした原野を朗々と歌いながら疾駆している。地平線の夜空には、汲み井戸の高い天秤棒が浮かんで、そこに豊かな地所があると教える光点が瞬いている、と。

僕がヴィットグレーヴェのことを思い浮かべたのは、シェフィールドかマンチェスターからやってきた片目のポリュペーモスに触れたからだった。ヴィットグレーヴェも新しき神格の前で叩頭《コウトウ》*させられた。隊長ブーリバ*だって、これでは墓のなかで安穏と横たわっていられまい。これが孤立した事例でないことを、ほどなく僕も思い知らなければならなかった。彼のようなケースはほかに何遍も繰り返されたからだ。東方地域に出征したわが隊のもとに、若い田舎出の新兵が一人送りこまれてきた。農家の倅の作男《さくおとこ》で、子どものころから馬は扱い慣れている。騎兵に仕える厩丁《べっしょ》の日々は、彼にとってお祭りにひとしい。だが、どんどん大都会に呑みこまれていくにつれ、彼らの多くがヴィットグレーヴェのような末路を迎えた。都会でありついた働き口は、一人前の男が身を捧げるのにとても値しない些末な賃仕事だった。彼らにあてがわれたのは、身を粉《こ》にする工具の一部でないとしたら、代りは彼と同じように女房子どもだったのかもしれない。

少年時代に彼らがしていたことは馬の背に跨ったり、朝から牛に犂《すき》をひかせて、濛々と靄《もや》のたちこめる畑を耕したり、日焼けした胸元にだらだら汗を流しながら、眩しいほどの炎天下で黄金《こがね》色の麦を刈ったりすることだった。これは何千年ものあいだ男たちに任された仕事である。快楽《けらく》であり、喜びだった。刈った麦を一把一把束ねていく女たちは、ほとんど男たちについていけず、緑の木陰でひとやすみしている——なにもかも大昔から詩に称えられてきた光景だ。その労働の楽しみが今や消え去った。

日に日に味気なく、平板になっていく生活。なぜこんな風潮になったのか、どう説明すればいいのだろう。たしかに仕事は、以前より健康的とはいえないまでも、楽にはなった。おかげで収入も増え、余暇も増え、たぶん娯楽も増えた。田舎の一日は、やはり長くてしんどい。それでも都会生活なんて、田舎暮らしの夕べの寛ぎ、村祭りに比べたら、なにもかもひっくるめたって一銭玉の価値もない。彼らが幸福の道を踏み外したことは、その顔を曇らせている険相からすぐ見てとれる。不満はやがて他の気分を圧倒する。それは宗教になった。嚠喨《りゅうりょう》とサイレンが鳴るところに戦慄が走るのだ。

だれもがそれを受け容れなければならない。さもなければ、僕らの兵役のように、反時代的に*騎兵にしがみつきたいと思えば、マンチェスターの伏兵が待ち構えているのだ。とうにけりはついた。今はこう言われるのがオチだ。「食え、鳥よ、さもなくば死ね！」*。ヴィットグレーヴェは僕より先に気がついた。僕だっておなじような岐路に立たされたのだから、なおさら彼やそのほかの離脱者を批判する気にはなれない。

こうも思える。マンチェスターのあの歩兵は、騎兵を薙ぎ倒す熊手がいかなるものかを、僕らに見せつけたのだ。僕らは馬を諦めざるをえなかった。そこで今度は、彼ら歩兵を「燻《いぶ》りだそう」と戦車《パンツァー》に乗りこんだ。すると、歩兵もふたたび反撃して、僕らに新たなショックを与えた。根本的に僕らは、互いに同じ綱引きの両端をひっぱりあっているだけだ。

僕は認めなくちゃならない。このいよいよ新しく、いよいよ目まぐるしく陳腐化していくモデルチェンジの連続、過剰培養の脳で研ぎ澄まされていく問答ゲームには、ある種の魅力があるのだ。それがしばらく、僕をつかんで放さなかった。とりわけ戦車検査処で働いていると、それを感じる。権力闘争は新しい段階に達した。その水先案内人は科学の公式なのだ。蜉蝣《かげろう》のゆらめく現象《ファノメーン》、火に投じられる絵画のごとく、兵器は深淵に沈んでいく。変幻自在に姿を変えるプロテウスさながら*、次々と新しい兵器が生産された。

この壮大な劇はひとを魅了してやまない。そこは僕がヴィットグレーヴェに同意するところでもある。モスクワの赤の広場か、その他の広大な中央広場で、盛大な軍事パレードが行われ、新型の兵器がつぎつぎに披露されると、居並ぶ大群衆は敬意を払って一瞬沈黙し、それから天地をどよもす喝采が湧きあがる。大地を鋼鉄の亀や真鍮の蛇が驀進し、天翔ける三角翼*とか、魚形のロケット弾やミサイルとか、矢継ぎ早にその形状を変えていくが、あの轟々たる地響きはいったい何を意味していたのか。新型兵器のお披露目は果てしなく続くが、この沈黙と喝采のあいだに、はるか蒼古《そうこ》にさかのぼる邪悪なもの、謀略家と謀反人の系譜がこっそり顔をのぞかせている。目には見えないが、創世記のトバルカイン*やレメクが、亡霊のパレードに紛れて通り過ぎていくのだ。

6

かくて僕は教官になった。特定の役職もなく、戦車検査処に雇われた身だ。今日、あらゆる分野で必要とされる専門家になったのである。僕が属した部署は、かけがえのない部門とはいえ、とりたてて尊敬されていたわけではない。その代わり、こちらも顧客をさほど尊敬する気になれなかった。どんな紳士もそれにふさわしい家令がいるものだ。専門家が割を食わされがちなことはよく知られている。でも、ほかの面からいえば有利でもある。同志と対等に振る舞う必要がないからだ。事実のなかに引き籠もってしまえばいい。

自由時間のあいだは、主に歴史の研究に打ちこむことにした。僕の生活様式だと、小さな携帯型の口糧《こうりょう》用鉄缶を除けば、本を持ち歩く余裕なんてほとんどない。だから図書室に始終通い、講義もあちこち聴いてまわった。僕はまたある理論を立てた。現代の僕らは古代ローマのアクティウム海戦*以前を生きているようなもので、世界内戦の呪いをかけられている。その後に到来する時代は、戦乱を終わらせたオクタヴィアヌスを称えるアクティウム讃歌が朗々と鳴り響き、偉大で平和な世紀がずっとつづくのだろう。むろん、内戦の渦中にある僕らの時代は浮かばれない。一生かけてもその海戦の日が来ることはなく、悲惨な日々から脱けだせないのだ。

　教官の職務については、友人たちとおなじく技術面なら無難にこなせた。そこに僕は一定の情熱を傾けた。だが、一度でも教鞭を執った人、戦車を実地走行させた人であれば、だれしもこれが主教科でないことが分かる。教科の対象を貫徹させることは教えと学びの合歓《エロス》であり、与えることと受けること、手本と模倣の相互作用でもある。蛮人が息子に弓矢を伝授し、野生の獣が仔を連れ歩く愛情が、そこになければならない。宇宙の壮大な秩序のひとつは、教えることにある。僕はそれを確信した。青年たちと親身に付き合う必要があると感じた。そこで頼れるのはじぶん一箇の資質だけなのだ。モンテロンのように個人を超越した権威は僕にない。はじめは同志感覚で地歩を固めたが、後になるとこの感覚に父性の傾向が濃くなってくる。僕は常に息子を持ちたかったが、それを拒まれてきた。この青年たちは、どうやったら人生の勝者になれるか——それこそ、僕が胸を熱くする問題だった。頼れるものなき境遇に彼らは生れてきた。モンテロンが与えてくれたような無条件の安心など、知らずに生きてきたのだ。彼らの多くは父《てて》なし子だった。だから、彼らがどれだけ窮地に立たされているか、僕にはよく見通せた。海図なき海を漂う彼らの孤独、深淵の崖っぷちに背筋も凍るほど爪先立っているのが見えたのだ。

　身体上の危険のことではない。とはいえ、彼らと別れる終業式の晩が来ると、それが僕の胸に重くのしかかった。青年たちが着席する。巣立ちの雛のようにぎっしりと。檀上からありきたりの答辞が舞いおりてきた。「われわれはここで学んだことをじき発揮できるでしょう」といったたぐいだ。そこに恐怖が忍びよる。あらがい難い真っ暗な影が。そこに着席した青年たちを見つめながら僕は思った。「そうだ、じきにきみらは踏みだすのだ――もう教師が寄り添えない場所へ。ああ、そこで何がきみらを待ち構えていることか」

彼らはいずれひとりぼっちで放りだされる。それを予め教え諭《さと》してやるのが、僕は日増しに苦痛になってきた。二度か三度、じぶんがついて行けるところまで彼らに付き添ってみた。迷惑がられたし、あまり役に立たなかった。すぐ隣にいる仲間でも、たちまち見捨てざるをえない瞬間に遭遇するからだ。まるで海を漂流しながらてんでに離れていくように、手を差し伸べることさえできない。彼らを助けるためなら、命に代えても惜しくなかった――どうせ僕はこの世で大して先があるわけじゃない。僕は一身を捨てた。が、弾丸は僕をよけて通った。

そしてくりかえし彼らの豪胆さ、任務を遂行する力には驚嘆させられた。政治家たちが思考停止に陥るところで――あきれるほどすぐ頭が真っ白になるのだが――青年たちは一歩踏みこまなければならない。父祖代々背負ってきた借りを返さなければならなかったのだ。輝かしい騎兵の日々など、もう語り草とはなりえない。どれほど惨めな境遇が彼らを待っていることか。それでも一言も愚痴をこぼさず、彼らは去っていった。この一点だけでも、モンテロンをどこかで越えている。彼には底知れぬ恥ずべきゾーンを伏せておかなければならなかった。だから知らぬが仏で次々と命令を連発できるのだ。

僕は政治云々をあまり考えなかった。僕らはだれもが、あのローレンツのように窓から身投げする運命だと感じていたからだ。遅かれ早かれ、どうせ兵役に就かなければならない。ひとが言うとおり、僕らは宙ぶらりんだった。すでに述べたことだが、僕の友人のなかには、政界でも軍組織でも昇進をめざす連中がいた。その水脈《みお》に逆らわないよう、僕は距離を置いていた。ひとはどこかの党派に加わらなければならないが、それが甲であれ乙であれ、所詮はおなじことだった。まちがいなく僕らにとって、無用というよりむしろ有害な見識がある。重箱の隅をつつくみたいに、料理の粗探しをすれば賞味が疎《おろそ》かになるものだ。物事にはかならず暗部があって、裏から見たときのように何もかも真っ暗なわけではない。それを知ることも口外することも、僕には余計なことだった。だから、どちら側にも疑心暗鬼が生じて、洞《ほら》ヶ峠でいながら漁夫の利が得られない。

僕は気を揉むたちなのだ。党派的な人間たちは熟慮などしない。そういう割り切りが僕に欠けていることはこの身の弱点だった。やがてそれを思い知ることになる。それと密接に関連しているのは、僕に敗者を好む癖《へき》があることだ。それはしばしば僕にとって奇妙な岐路に立たされる羽目になった。そのことはいずれ、スピシェルン高地*のくだりで立ちもどろう。

そうした性格的な傾向、あるいは弱さというものは、いつまでも隠しておけない。成績こそ良かったのに、僕が昇進しなかった理由はそこにある。僕の成績表には、詭弁を弄するだの、穿鑿《せんさく》好きだの、優柔不断だのと、減点評がついてまわった。どんな職務、どんな組織にも、警戒すべき知性はいるものだ。アストゥリアス攻勢のあいだ、ある参謀長*が考課表で僕を「敗北主義傾向のはぐれ者」と一刀両断にして名を馳せた。

一変したのはその時点からである。僕はもはや党派の一員とみなされず、一専門家に追いやられた。僕の性分にはお似合いだったとはいえ、これが昇進の妨げになった。そこにもうひとつ障害が加わる。時が経つにつれ、やっと見えてきた僕の短所だった。百人二百人のためならすんなりできることでも、千人を超えるともう手に負えない。一見、これは奇妙に思える。行動の質さえまず決めてしまえば、それを量的に拡大しても、差し支えなかろうとひとは考えがちなのだ。ところが、それではことが収まらない。それに気づくまで僕もずいぶんと月日がかかった。

たとえばこうなのだ。二百人の生徒の前に立つと、一方には僕の専門知識、他方には僕の個人的性向を対置してつり合いを保てるが、もっと生徒が大勢だと収拾がつかない。そうした場合、個々別々に何度も判断を重ねざるをえなくなる。問われるのは判断の是非ではなく、とにかく断固としていなければならない。モンテロンは即断即決だった。だからこそ、彼は士官学校の校長としてふさわしかった。僕にはそれが欠けていた。僕はついつい、窓から身投げする人間の目でものを見てしまう。党派の連中のように夜郎自大の俗物で通すには理が勝ちすぎて、ゆるぎない価値観を持つにいたらなかった。鉄壁の確信には秘訣がある。そのために大言壮語でじぶんをがんじ搦《がら》めにしなければならない。この世にいかなる知的立場があろうとも、頑丈な鎧に身を固めて耳栓をするようなものだ。僕がそこで多少弁解するとすれば、たぶん、すくなくとも自信満々のふりはしなかった、ということだけである。

アストゥリアスの参謀長に関しては、難なく彼もそれとおなじ結論に達した。僕の考課表に後から「上官として不適格」と書き加えたのだ。彼の名はレスナーといい、若い世代に属していたが、驚くような咄嗟の判断力の持ち主だった。日に日にそれは称賛の的となり、とうとう偶像視されるようになった。

おかげで僕はほとんど用無しになる。転々と任地は変わるが、変わりばえのしないポストばかり、ずっと下積みの日々を過ごした。これが前例のない冷遇だとは、僕らもほとんど気がつかなかった。でも、傍《はた》から見れば察しがつく。かつての生徒が上官になるという下剋上が起きたからだ。年長になるにつれ、尊敬が集まるどころか、だんだん軽んじられる。ひしひしとそれを感じた。この年齢と地位の不つり合いは、最初はよそ目にも分かるようになり、やがて僕らの目から見ても露骨になってきた。そろそろ退役の潮時だった。

救いはしばしば思いがけぬところからやって来る。それも弱者からとどく。テレーザと出逢い、彼女と盟約を結んだとき、僕にもそんなことが起きた。わが敗北主義は妻帯して満開となる。それを徹底したあげく、権力闘争の流転劇には背を向けるようになった。僕にとってそれは無意味で空虚、徒労かつ時間の浪費と思えたのだ。ああいうことは記憶から拭い去りたい。一人の人間を心底から理解し、その恵みを享けるようになれば、僕らはもっと豊かになれるし、カエサルやアレクサンダー大王が征戦で得た戦利品より、もっと大きな富を授かるのだ。僕にはそれがはっきり見えた。そこに僕らの王国がある。最高の君主制、至上の共和国がある。僕らの花園、僕らの幸福がある。

僕は感じた。じぶんの嗜好が単純なもの、自然なものへと還っていくのを。常に手のとどくありふれた歓びがいい。では、なぜ過去がいま大波のように寄せ返し、すでに島の波打ち際まで泳ぎついた人を浚《さら》って、呑みこんでしまわなければならないのか。そして、それがなぜ憎むべき汚辱にまみれたかたちで、起きなければならなかったのか。これは時代の騒擾《そうじょう》のさなかに失われた知性と引き換えに残された受領証だったのか。それとも僕の視力が鋭くなったせいで、不快な思いに悩まされているのか。

7

小川の流れる園庭を眺めやりながら、そんな思いが行き来して気が重くなった。庭の端では、あの農夫がまだ犂をひいている。しだいに褐色の土壌部分、耕された畑が大きくなってきた。彼の収穫のほうが、落ちこむ一方の僕よりましだ。

先述したように、こういう心象風景が僕らを害するわけではない。僕らは説明がつくように繋ぎあわせるのだ。思いつくままだと、とても望めないような縦列と並列に並べ変える。そこでは心奥の穹窿《きゅうりゅう》に瞬く星のように、ときに場所、ときに名称、ときに無形となって輝く。そこでは死者が生者と入り交じり、夢が体験に織りこまれる。これは何の徴候だろう。僕らは夜更けにどこを彷徨《さまよ》っているのか。窓から跳びおりるローレンツの気高い横顔がふと瞼に浮かんだ。あれは僕ら全員の運命、僕らの現実ではなかったか。いつの日か、僕らもぐしゃっと叩きつけられる。人生がほとんどこの瞬間《とき》を迎えるための準備だった、と思う一瞬が何度かあった。たぶん、落魄した僕らのいまに比べれば、無意味でない一瞬だったのだろう。しかし僕らは時代を選べない。

　微かな音がして僕はびくっとした。だれかが入ってきたに違いない。思わず起ちあがると、ひとりの老人が前に立って、僕をみつめていた。私室からあらわれたに相違ない。扉が開けっぱなしだった。向こうに大きなテーブルの角がのぞいていたが、真っ昼間なのにランプが灯っていた。テーブル一面を覆うように、手書きや印刷した紙片のほか、開いた本が散らかっていた。

　見知らぬ男は小柄な老人だった――でも、すぐに気づいた。そんなことをいくら並べ立てても何も言いあてたことにならない。では、彼は赤の他人なのか？　そして一介の小柄な老人なのか？　たしかに高齢らしいのは、眼の遮光のため目深にかぶった緑のキャップの下から白髪がのぞいていたからだ。その風貌もまた、長い人生で築きあげ、刻みこんできた筆跡《ドクトス》をとどめていた。時代精神をよく映しているという大俳優も、これと似たところがまま見えることがある。しかし俳優はいわばおのれを空洞《うつろ》にして、そこで運命に翻弄され、やがて依代《よりしろ》にされるのだが、この老人は芯まで実《み》が詰まっている。彼は演技者《ダーシュテラー》ではないのだ。

　精神は老いを知らない。だから、年齢の決め手なんて二の次でしかない。この老人はその気になれば楽にリスクを取ることができた。肉体的にも、倫理的にも、精神的にも、無数の若者たちより危ない橋が渡れる。彼なら権力と洞察が備わり、後天的な狡知、天性の気品が内部で純化されるから、ずっといい結果をもたらす。彼の紋章を飾る聖獣は何だろう。狐？　ライオン？　巨大な猛禽の一種？　むしろキメラ*を家紋にすべきか。われらの聖堂に巣を営み、したりげな冷笑を浮かべて、眼下の市街を睥睨《へいげい》するキメラのような。

　彼は老けているようで、老けていないとも見えるが、それとおなじく、小柄であってなお小柄でなかった。彼の風格がそうした印象を消し去ってしまう。僕は人生で何度か要人に会ったことがある――つまり、国家の駆動装置の内部で動輪をまわし、見えざる枢軸に極めて近い人のことだ。その名はどの新聞でも目にするが、人となりはまったく知られていないかもしれない。彼らは善人でも悪人でも、行動家でも有閑人でもありうるが、にもかかわらず、そこになにか共通のもの、なにか畏敬の念を生じさせるものがあった。それは万人ではないとしても、多くの人びとに知れわたっていることだ。単純素朴な質《たち》のほうが、複雑な人よりそれを察知できる。ふと僕らは感じるのだ。「この人はこうだ」とか、「あの人はこうなる」とか、不気味なものの息吹きさえ直感する。

　似たようなことが、ツァッパローニと相対《あいたい》した僕にも起きた――僕は直感した。「この人には公式がある」とか「この人は達人だ。それも第一人者だ」とか。僕ら共通の標語、すなわち「知は力なり」の一句が、ここでは新しく、直截的で危険な意味を帯びた。

　とりわけ、あの眼光は人を威圧する。まさしく王者の眼《まなこ》である。かっと見張った双眸《そうぼう》は上下に半ば白睛《しろめ》がのぞいて、ぽつんと虹彩を浮かせた三白眼だった。見た目の印象は、精密な手術で嵌めこんだみたいに、やや義眼めいている。そこに南欧人のまじろぎもしない凝視が加わる。それは百歳にならんとする大きな青インコ*の瞳だった。羽色は天空の蒼茫《あお》でもなければ、海原の紺碧《あお》でもなく、宝石の翡翠《あお》でもない。自然を凌駕するのが望みの工匠が、どこか僻地で考案した合成顔料の紺青《あお》＊だった。そのインコが、有史以前の川岸をかすめて身をひるがえし、森の明き地《リヒトウング》＊をひらひらと舞っている。ときおりその羽飾りから、鮮やかな赤、途方もない黄が、矢のごとく目を射るのだ。

この青いインコの瞳孔は琥珀《こはく》色だった。老人が光をふり仰ぐと、その瞳の色が黄に透けるのだが、物陰だと太古に土に埋もれた赤褐色の琥珀《こはく》＊に変じてしまう。その目は富殖に巨大な媾合《まぐわい》を見ていた。そこではまだ生殖力が散逸しておらず、大地と海洋が交わり、デルタに岩鼻が陽根のごとくそそり立っている。瞳は橙色の紅玉髄《カーネル》＊のように冷たく硬質で、愛とは無縁の非情さをたたえていた。物陰に入ると、はじめて瞳がビロードのように暗く翳る。さっと瞬膜＊が閉じられるのだ。あのまなざしも、ダイヤモンドなみに硬い胡桃《くるみ》割りで百年以上も砕いてきたというのに、依然硬く尖ったままである。そこに正解のない問題は存在しない。この炯々《けいけい》たる眼力といま取り組んでいる問題――それは鍵と鍵穴のように対をなしている。彼のまなざしは撓《たわ》めた鋼《はがね》の刃のようによく切れるのだ。その目で僕の内面を一閃する。それから、検分済みの対象を元の持ち場にもどすように、不意に目を離した。

ツァッパローニの独占の基盤は発明家からの狡猾な搾取にある、というのが僕の見立てだった――けれども、地底のプルートー＊が君臨する冥界から巨利をせしめたのは、この男が商売の神メルクリウスの狡知を出しぬき、機略縦横の活躍をみせたからなのだ。それは一目で十分察せられる。至高神ユピテルも地神ウーラヌスも海神ネプトゥーヌスも強者の星座のもとにあった。どうすれば発明できるか、この小柄な老人はよくわきまえていて——寄木細工《モザイク》が必要なとき、いつでも発明家を見つけられたのだろう。これはいかにもありそうなことだ。

じぶんが顔を合わせているのが誰なのか、会ってすぐ直感していたと気がついたのは、しばらく経ってからだ。この点は奇妙だった。どんな子どもでも知っているあの偉大なツァッパローニは、僕が図書室で出会った老人とは似ても似つかぬ風貌だったからだ。とりわけ自社製作した映画が育んできた彼の外見《ゲシュタルト》は、心優しい祖父を思わせるもので、雪深い森に工房をしつらえ、小人たちを雇って働かせながら、大きな子も小さな子も幸せにしようとしているサンタ・クロースみたいに仕立てられていた。「毎年ようこそ——」。ツァッパローニ・ヴェルケが世に氾濫させるカタログは、常にそんなトーンを鳴り響かせた。クリスマスを控えた毎年十月、胸を熱くしてこのカタログを待ち焦がれる思いは、どんな童話の本やSF小説もかなわない。

だとすると、ツァッパローニにはお抱えの影武者がいて、じぶんを代弁するこの部分だけ、肩代わりさせているにちがいない。たぶん、高貴な父《ペレ・ノーブル》*が持ち役の俳優に演じさせるとか、ロボットまで狩りだしたとか。彼が自「我」のそうした影法師、そうした投影体を複数働かせていることだってありうる。分身は人類が古来抱いてきた夢*であり、例えば「この身は四つ裂きにできない」*といった特別な慣用句もそこから生まれた。どうやらツァッパローニは分身を単に可能とみなしただけでなく、有益な人格の拡張および強化と考えたらしい。いまや、音声や画像のような僕ら人間の本質の一部まで、機械装置に分離して再生できるようになったのだから、現代人は古代の奴隷制度のある種の利点*を、その欠点抜きで享受している。それを総攬《そうらん》する人間がだれかいるとすれば、オートマトンに通暁し、ゲームでも娯楽でも贅沢品でも八面六臂の開発者であるツァッパローニだった。理想のイメージに祀《まつ》りあげた彼の虚像のひとつが、週間ニュース映画*やテレビ画面を闊歩し、生来の声よりもっと確信に満ちた声、もっと優しい見かけで愛嬌をふりまく姿なのだ。代役がシドニーで式辞を述べているあいだに、当の老師《マイスター》は書斎に身を置いて、ゆったりと瞑想に耽っていられる。

この他在性《アンダースアルティヒカイト》*の前で、僕は胸騒ぎを覚えた。光学的な幻像のようなもので、人の同一性《イデンティテート》が疑わしくなる。本物の前に僕が立っているとして、いったいだれが僕に語りかけているのか。しかしこの彼は当人に違いない。あの好々爺《こうこうや》は彼の代理なのだ。とはいえ、その声は楽しげに弾んでいた。

「騎兵隊長リヒャルト君」と彼が言った。「トワイニングス氏が貴殿を推奨してくれた。私は彼の判断を尊重する。彼が長いあいだ手掛けてきたような、より良く平和なビジネスに、貴殿も貢献したい気持ちだと彼は思っておる。そう、まだ手遅れではない」

そう言って、彼はテラスに足を運びながら、僕に座れと促す。僕は従ったが、まるで歯科医の患者さながら、ズキズキする歯根の神経を最初につつかれ、顱頂《ろちょう》まで激痛が走って麻痺したみたいに身が固くなっていた。はなから気圧《けお》されて始まる。

むろん、彼の目に僕はいかがわしい存在と映っていたろう。われながらそう見えてもしかたがない。彼の慇懃《いんぎん》無礼は僕に敬意など払っていないことを示していた。が、それで僕が怒りを覚えるわけにはいかない。いまの僕にとって、ここは感傷に甘えていい場面ではなかった。それとこれとはまったく別問題なのだ。

彼が僕の職歴を鼻先であしらうような物言いをしたので、僕の古傷、癒されぬ傷口が疼《うず》きだした。僕だって百も承知である。これまで携わってきた賎業なんか、デザイナーや建築家のような人種、心中われこそは一国一城の主《あるじ》とおのれを恃《たの》む人びとからすれば、馬泥棒とさして変わらない生業《なりわい》であり、遠ざけておくほうが無難なことなのだ。そういう処世は、トワイニングスの十八番《おはこ》であって真似ようにも真似できるものではない。

ツァッパローニのような男なら、じぶんが何をしたいかを憚《はばか》ることなく口に出せる。それがもっともらしく聞こえるのだ。うまく事が運ぶのは、社説や文芸欄で彼を誉めちぎり、広告では平身低頭の新聞を、彼がその気になれば買い占めることができるからだとは必ずしも限らない。より根本的には、彼が時代精神を体現しているせいだ。それゆえ礼賛は、カネで買われたお追従と言いきれない。同時に深いところで、そのような美辞麗句でも、ジャーナリストの知性やモラルに、陽気な賛同以上のことを要求しているわけではないと感じさせたのである。

ツァッパローニは、現代の主導的精神を支配する技術的オプティミズムの先導の白馬《パラーデプフエールト》*なのかもしれない。彼とともに、技術は快楽へと舵を切った。ひとたび念ずれば一瞬で世界を変えられる、という大昔からの魔術師の宿願を、いまやほとんど技術が実現してしまったからだ。おまけに、どの国の元首も羨むほど、いつも大勢の子どもたちに囲まれて、彼の姿が映しだされるというイメージの絶大な効果もある。

絶えず工夫を重ね、組み立てられ、大量生産されるものが、暮らしを楽にする。そこは明るいトーンが必要だから、同時に危うさを孕《はら》むことはひた隠しにされる。それでも、暗部を否定しつづけるのは難しい。危機の時代に入って、こうした超小型《リリパット》ロボット、豪華《ルクスス》オートマトンが生活を美化するだけでは済まず、むしろ生活を居ながらにして換骨奪胎し、その切り詰めに寄与することが明らかになった。かくて彼の製品群は夜の顔を見せる。全体としてツァッパローニ・ヴェルケは、極彩色の扉と黒い扉のある双面神ヤヌスの神殿*に似ていた。一天にわかに黒雲に覆われ、精緻な仕掛けの殺人装置の嵐が、門内の暗闇から浮蟲《ウンカ》のごとく湧きだし、*人を追いまわす手管はいやらしいほど執拗なのだ。黒い扉は同時にタブーでもあった。本来、存在すべきものではないからだ。だが、設計オフィスから、常に不気味な噂が流れてくる。工場のいちばん奥にある極秘部門でモデル製作が行われるのは、理由のないことではないという。「なぜ起こるべからざる悪が起きるか*」という難問は、もっとも人口に膾炙《かいしゃ》した問いのひとつだが、ここでその答えを出すことに力を貸す気にはなれない。結局、起きることは起きるのだ。むしろ僕が気にするのはただ一つ、その延長線上でたびたび心を煩わせてきた問題で、この老人から人を侮るような会釈が返ってきたので、ふと意識によみがえってきた。すなわち、かくも恐ろしく測りがたい方法で僕らの生活を脅かし、激変させてしまうこの精神は、途方もない力を解き放つとともにその手綱《たづな》を一手に握り、名声と権力と、流れ込む巨万の富を享受しながら、なぜそれで満足しないのか。彼らはどうして、à tout prix（何が何でも）聖人になろうとしなければならないのか。

ツァッパローニが一介の騎兵を見下して道義を説くなんて、やはり馬鹿げている。鮫ががぶりと咬みついた鋸歯《きょし》で、味見にはこれがいちばんと、おもむろに獲物を賞味するようなものだ。騎手は千年余も生きながらえてきた。ジンギス汗その他の騎馬の武将が——潮の満ち干《ひ》のように来襲しては退《ひ》いていったが、それでも世界は現存する。だが、ツァッパローニのような聖人があわれて以来、大地は脅かされている。森の寡黙《しじま》も、深海の奈落も、大気圏の外縁も、いまや危殆《きたい》に瀕しているのだ。

もし知は力なりと言うなら、人はまず知とは何かを知っておかねばならない。ツァッパローニは沈思黙考を重ねてきたはずだ。彼のまなざしがそれを物語っていた。彼は開祖であり智者なのだ。彼が考えてきた発展は技術を超えていた。僕はそれを彼の瞳から察した。彼はキメラのように灰色の天井に目をそらす。原始の森を明るい羽の群れに包んで命を吹きこんだ。非物質的な色彩の燦《きら》めきは、僕らの時代に剝げ落ちてしまった。彼の計画にしろ野望にしろ、めざすところはもっと高い。権力と贅沢に目がくらんで、どこまでも飢餓感を募らせる大衆の欲望を満たしてやることより、もっと高い何かに違いない。

彼の瞳には琥珀蟲《ちゅう》のような前世の遺物が宿っていた。新たに刻まれる世界時間の中にあっても、泉から盥《たらい》にしたたり落ちる水滴のように、無数に人を惑わす像が降り落ちてくるマーヤーの仮象《あやかし》*の中にあっても、無時間のまま封印された琥珀蟲をあの瞳は知っているのか。それとも新人類が生まれつつあるコンゴの広大な密林に、憧れを感じているのだろうか。おそらく超現実界への果敢な征旅を終えたら、この老師《マイスター》は地上に帰ってくるのだろう。暗黒史の歴史家たちは、僕らがモンテスマの宮殿を論じるように、彼に関する幾多の理論を書き散らしては汗牛《かんぎゅう》充棟《じゅうとう》をなすことだろう。

僕はそうした問いの数々を彼に投げかけてみたかった。まだ希望は残っているのかどうか、だれもがその診断を待ち焦がれていた。偉大な医師《フィジカー》は常に形而上学者《メタフィジカー》*でもある。彼はじぶんの知識や仕事に高い理念を抱いてきた。その作戦図なるものを一目見てみたい。僕にとっては求められた役目を果たすより、そっちのほうが価値はある。ところが、この御大は私室に僕を入れなかったばかりか、カーリー女神*の寺院の前に群がる物乞いに施しをせがまれたみたいに、僕をあしらった。街角で立ち話を聞くように、すげなく接したのである。

一瞬、僕は求職者としてここに来ていることを忘れた。が、それはほんの束の間にすぎない。このみじめな立場から僕を救うものがあるとすれば、この世界とその意味について、一人の巫祝《ふしゅく》の口から発せられる一語——天の声の短いご託宣だろう。

僕らはいったいどんな事件に巻き込まれたのか、人を幻惑するイメージの前で僕らに求められる犠牲は、はたしてどんな意味があるのか。それを智者の口から聞けたら、きっと目から鱗だろう。たとえなにか悪しきことを聞かされる羽目になっても、澱んだ世界を超越した崇高な使命がそこにあるとみてもらえるなら、もっけの幸いだろう。ここでそれを問いかける役はしかし、僕の任ではない——むしろ逆だ。

あのぞんざいな目礼は、僕に冷や水を浴びせたようなものだった。一瞬、釈明しようかという思いつきが僕の胸をかすめた。でも、それは賢明ではなさそうだ。へり下ってこう言うにとどめ

9

た。

「個人面接にお呼びいただいて恐悦至極《きょうえつしごく》です、閣下」

その尊称は、ほかの資格とともに、彼だけに使えるものだという。トワイニングスから耳打ちしてもらった情報だった。

「単純に名前で呼んでくれ。うちの工場では労働する人がみんなそうだから、私もおなじでいい」

彼は「私の工場」とも「私の労働者」とも言わなかった。僕らは二脚の庭椅子に腰をおろし、牧草地を眺め渡す。ツァッパローニは片膝を立てて脚を組み、笑みを浮かべてちらと僕を見た。彼は山羊革《サフィアン》*の上履きをつっかけ、家で寛ぎながら朝をのんびり過ごす男みたいにみえる。いまはむしろ芸術家に似ていた。成功した小説家、あるいは大作曲家か。素材がなくて齷齪《あくせく》した苦節の日々はとうに過ぎ、表現の手段にも効果にも確固とした自信を持つ芸術家といった風情だ。

はるか遠くから、微かに工場の音が漏れてくる。僕は感じた。じき質問してくるぞ。それは覚悟していたのだが、こんないきなりの対面となって、事前にどんな答えを用意しておけばよかったのか、僕には見当もつかなかった。僕になにが求められているのか、よく知りもしないのに、勝手な先回りは厳禁のはずだろう。おまけに尋問術はとてつもなく進歩している。その人間がどういう人物かは、めったに突き止められないとしても、どんな人物でないのか、何を想像しようとしていたかは、じつに正確に捕捉できるのだ。だから腹蔵《ふくぞう》なく恬淡《てんたん》と答えていくのが、まだしも賢明ということになる。

「お手数だが」とツァッパローニが口火を切った。「本を読んでいて、ちょっと気づいた点があってな。その細部について教えてもらえればありがたい」

彼は私室のほうを指さして「フィルモアの回顧録を読み始めたばかりでな。たぶん、貴殿も彼をご存じだろう――士官学校で同期だから、かなり知っとるにちがいない」

この洞察にもし棘が含まれていないとすれば、彼が思っている以上に精確だった。フィルモアは元帥の一人で、モンテロン門下で机を並べたから、僕はよく知っている。彼はパルヒム*竜騎兵*部隊出身で、トワイニングスのようにアングロ・サクソン流の合理主義*を好み、二人ともメクレンブルク州*の生まれだった。この地方の宮廷は英国を手本にしており、そこを出身地とする人びとも多くがロンドン気質《かたぎ》だった。

フィルモアも、僕を酷評したレスナーとおなじ部類である。でもレスナーよりずっと優秀で、典型的な首席の優等生だった。その当時から、彼には素晴らしい前途が待っているという見方が衆目の一致するところだった。とりたててモンテロンのお気に入りというわけではなかったが、一頭地を抜いた生徒であり、エースであることに異存はなかった。総じていえば、フィルモアには友人がいない。冷たい雰囲気を漂わせていて、群れないほうが気楽なのだ。ローレンツのような温情家、トワイニングスのような美食家なら、誰もが友人になりたがるが、フィルモアはそれと氷炭相いれぬ存在だった。各人それ相応に配属されて、ローレンツは部隊付、トワイニングスは副官付、フィルモアは総司令部付の辞令だった。

横一線のスタートだったのに、彼は成功者、僕は落伍者で終わった。だから、彼我を比べるのもあたりまえだ。僕はしばしば考えた。正々粛々としているはずの昇進に、なぜ梯子《はしご》から転落するような破局が起こるのか、あの明暗をどう説明するのだろう。なんといっても傑出していたのは彼の驚くべき記憶力である。耳で聴いたことをそっくり覚えてしまうので、彼は予習復習が要らない生徒だった。記憶にいつまでも埋めこまれているのだ。彼にゆっくりと一篇の詩を朗読してやると、一字一句違わずに暗誦《そら》で詩を復唱できた。彼ほど楽々と外国語を習得した生徒はいない。単語を千語覚えると、外国語の本や新聞をいきなり読みはじめ、同時に歴史と政治の知識を広げていく。彼は言語に精通するというより、言霊《ことだま》そのものに直に飛びこむのだ。彼の計算もこれとよく似ている。やたらとケタの多い数列を覚えて、頭のなかで暗算できたからだ。

これが教官たちといざこざを起こす火種になった。何の予習もしていないのに、すらすらと訳文を答案用紙に書いたり、出題を解くのに、問題とその解だけで済ましたりするからだ。教官たちはこの生徒の知能に気づくまで、厳禁のカンニングに頼ったに違いないと信じてしまう。難解な作家が書いた、手の幅ほどもありそうな長文を苦労して抽き出し、生徒の脳みそを散々しぼらせて授業で苦しめようにも、フィルモアの手にかかると、教官が制止しないかぎりは、一分間ですらすら翻訳してしまう。つとにこういう天稟《てんぴん》は教師にとって災厄である。そのことでは彼を責められないので、彼らは argumentum ad hominem（人身攻撃）にすり替えようとする。が、これも難しい。フィルモアの態度には、予め計算された優越心が露骨にちらつくからだ。さらに後になると、モンテロンの逆鱗に触れそうな月曜には、汚点の影すら見せなくなった。彼が不当に扱われたときは、ミスが明白になるまでじっと待って屈辱を晴らし、礼儀正しく許しを得たあとで訂正させた。やがて透けて見えてきたのは、小事にこだわる学校の狐たちにとっては、本当の知識《ヴィッセン》よりも教師の知ったかぶり《ベッサーヴィッセン》のほうが重要だったことだ。しかし彼の悪戯《いたずら》はよく仕組まれていて、教官たちは怖くなってきた。彼を無視したくないなら、彼の知能がじぶんより優れていることを認めざるをえなくなる。かくて教室では、首席の彼が黙って聴いているだけで、ひとつも教壇から質問が飛んでこない、という光景になった。この厄介な生徒から逃れられたら、十字を三つ書いて*せいせいするぞ、というのだろう。ただ、彼がいずれ summa cum laude（最優等賞）*に輝くことは、火を見るよりあきらかだった。

　この尋常ならざる資質は、軍歴でもついてまわった。おかげで出世を遂げたのだが、たとえば名前の記憶が価値を持つところで、人は記憶力の利点というものを過小評価しがちだ。僕らが名前で知っている人間の数と、じかに影響を及ぼす個人的な力が、そこで結びつく。拡張された行動範囲にとってこれは何より大切なことだ。人間は名前の価値を重くみる。僕について言えば、いつだってあまりに感情に流されすぎだった。僕はじぶんと気の合う人たちの名前も、気の合わない人たちの名前も知っている。それ以外の人たちは、名前を忘れたり、あるいはもっと気まずいことに名前を混同したりもした。フィルモアは、電話交換手のように会ったこともない人まで姓名で呼んでひとを仰天させた。それによって、彼とひとつのシステムを共有しているという印象を植えつけたのである。

時間と空間、そして事実に関して、彼より通暁していることなどありえない。彼の脳は計器盤みたいに見えるに違いない。目隠ししたチェスの名人が、五十組の同時多面指しに挑み、一つの盤面から別の盤面へと、イメージの記憶のなかを飛びまわって駒を指すように、彼はきわめて多くの状況を支配している。あらゆる瞬間に、潜在兵力と予備兵力を把握しているのだ。何が可能か、何が最短の道か、を彼は熟知している。まさしく今日、天才と呼ばれるような天賦の才能、普遍的意識《アルゲマインベヴストザイン》*の支持を確実に得られる資質を持っている。おまけに、大向こう受けを狙わないという野心以外は、ほとんど激情というものと無縁だった。彼は動かす力を操りたい。意のままになる権力が欲しいのだ。

フィルモアは常に何が可能かを知っていた。世がどんな風潮であろうと知ったことではない。だから政治の潮流がどう変わろうとも、統治者に盛衰があろうとも、こともなげに生き延びてきた。人を没落させる大波も、彼なら押し上げていく。彼のような人間は、君主制でも民主制でも独裁制であっても、どんな種類であれ、あらゆる環境で必要とされるのだ。僕はまさに風よけのために専門性に身を隠したのだが、彼は権力者にとってかけがえのない専門家*だった。新たに覇者の座にのぼりつめた権力者のタイプは、機関車を手に入れたものの、操縦法がわからない列車強盗にしばしば似ている。手をつかねて途方に暮れていると、フィルモアのような練達の専門家がやってきて、どうやってハンドルや桿《かん》を動かすかを教えこむ。すると汽笛一声、ぴくりとも動かなかった車輪がまた回りだす。そうした精神の持ち主は、権力行使の純粋な継続性、機能の継続性を体現している。それ抜きだと革命も砂上の楼閣と化し、非行とくだらぬお喋りのごった煮の域を出なくなるからだ。

言うまでもなく、フィルモアは年来の同志《アルテ・カメラーデン》たちから裏切り者と陰口をたたかれ、本人は同志たちを阿呆どもと片づけた。フィルモアは静止像のままで、おそらくそこに光学的な幻像が乱立*しているのだ。彼は時代精神の原型《プロトテュープ》にずっと寄り添って離れない。そこでは万人が右往左往させられるが、彼だけは変化を免れる。上天に光りつづける特別な星が加勢してくれたに違いない。ときどき僕は、不倒翁《ふとうおう》のタレーラン*やベルナドット*のことを思い浮かべた。でも、彼らの魅力、あの生きる歓びが彼には欠けている。彼はただの一度だっておいしい料理をこしらえたことがなかった。僕がそう判断できるのは、年来の同志たちを招いてときどき宴席を設けるのだって、「伝統を斟酌《しんしゃく》して」のことだからだ。食卓は失敗作のオンパレードで、紛《まが》い物のワインと、アメリカ産の身の毛のよだつ代物とともに、みんなそれを腹いっぱい詰め込まされた。それが必然の成り行きだったのだ。ほんとうに手助けが必要なら、トワイニングスの戸をたたいたほうがましである。

そうしたあれこれから、フィルモアをまったく想像力が欠如した男だ、と結論づけていいのかもしれない。何が可能かを知っている男は誰であれ、不条理や不可能なことなど見向きもしないからだ。いつもこれは僕の側の失態だった。子どものころ、定番メニューに満足せず、不可能に見える料理ばかり追い求めていたからだ。なぜ世界はこうなのか、どうして別な風になれないのか、それを正確に説き明かすあらゆる理論体系は、常に僕のなかに同種の不快感を引き起こした。照明がぎらつく独房で監獄の規則を学ばせられるような気がしてならない。たとえ獄中で生を享け、星空も海原も森林も見たことがない身であっても、果てなき空間に時間を超えた自由がある、という理念を持つべきなのだ。

いずれにせよ、僕の天狼星《シリウス》*は、直線できっちり仕切られ、厳密に計算できる様式が支配的なこの時代に、僕を産み落としてくれた。必ずしも政治だけでなく、権柄《けんぺい》ずくで野蛮極まりない公安の行動様式がここでは優勢だった。このタコ壺状の岩塊のさなかで、フィルモアはだれよりも高所から一望できる一人だった。長いあいだ、僕はこの種の始末屋タイプの知性に憧れていたし、とりわけ戦車検査に従事していた日々は、そこに多くを期待していたことは認めよう。さらに、僕のその判断にしたって、まばゆいほどの称賛に包まれた同期生を仰ぎ見ながら、じぶんは怪しげな職にありつくのさえ四苦八苦している身の上ゆえの僻目《ひがめ》とみなされかねない。その是非は人に任せよう。フィルモアは栄光に栄光を重ね、回顧録を出版するに至った。彼にとってはすべてが計算ずくだから、この出版もまちがいなくその履歴に新しい章をひらくことになるはずだ。僕らの時代の輝ける将軍、常に勝者の側に立つ元帥には、財界と政界のどちらでも位人臣《くらいじんしん》を極める未来が待っている。兵士が疎《うと》んじられる時代に出現したこのパラドクス。この明暗もその一端に属しているのだ。

ツァッパローニがこの男の回顧録を精読して、朝を過ごしたのだとすれば、きっと単なる暇つぶしの読書ではなかったのだ。しかし、彼の読みかたに対し、僕はどう判断すべきなのだろう。それは章を改めよう。

10

最初にツァッパローニが気づいたのは、世界大戦の開戦時に触れた箇所だった。フィルモアは、緒戦でドイツ軍の兵員損傷が甚大だったことに触れているが、その理由の一端を前線部隊の経験の浅さに帰している。とりわけ敵兵が白旗を振るのを見て、油断して無警戒のまま近づき、いきなり斉射で薙ぎ倒されたものだから、ドイツ兵の犠牲者数が膨れあがったという。ツァッパロー*ニは、僕がそれとおなじような目にあったかどうか、騙し討ちがありふれた戦法なのかどうかをいま知りたがっている。

その問いは正鵠《せいこく》を射ている。僕もそのことを考えてきた。どうやらツァッパローニは無愛想な挨拶で気まずくなったあと、話題を転じたがっているらしい。僕が経験したことのうち信ずるに足る土俵に移りたいのだ。これは悪い*徴候ではない。白旗についていえば、いざ戦端を開こうとしたとたん、いつも白旗が振られるという噂があり、これが傍証のひとつと言える。そもそも白旗は、その一部をジャーナリストの発明に負っている。敵対者を暗黒の人物に仕立てるのが彼らの仕事だからだ。他面、いくばくかの真実もそこにある。

攻撃を受ける守備隊の内部では、徹底抗戦しようという意志は、攻撃側が思っているほど一丸なわけではない。状況が切迫すると、分蜂《ぶんほう》*が起きる――一方の群れはいかなる犠牲を払っても死守しようとし、他方はこの戦闘でもう負けたと腰が引ける。だから、戦意なしとの意思表示の旗が振られると、攻撃側もつられて怯んでしまい、そこに斉射を浴びるという光景が生じかねないのだ。攻撃側は敵兵の動機がバラバラだということが認識できずに被害を蒙って、横一列*にバラけているものを縦一列と錯覚してしまう。必然的に、待ち伏せの罠にかかったと彼らは即断することになる。ここで問題になるのは避けがたい目の錯覚の問題であった。事実、彼らは必要な警戒心を抱かず、危険な相手に対処したのだ。僕らが両刃のナイフで怪我をして、腹立ちまぎれに壁に投げつけるのと、まったく同じ経験をしていることになる。天に唾して己が面を汚したのは、唾した側の咎《とが》であってその逆ではない。失態は攻撃側にある。無邪気にも部下に進め！　と号令するなんて、指揮官の風上にも置けない判断だ。頭でしか戦術を考えないからそうなる。

ツァッパローニは、ときおり和やかに頷きながら、僕の所論を聞いていた。

「あまりに人間的な見方*ではあるにせよ、そう悪くはない――貴殿がすぐ処方箋をみつけたのはいいことだ。天はそうした奸策《かんさく》から人をお守りくださる。元帥はそんな細々《こまごま》した議論には拘泥しとらんがね」

彼は心地よさそうに笑うと、主題に踏みこんだ。

「正しく貴殿の所論を理解したとすれば、ことはこんな具合だったのだ。私がビジネスの競争相手、すなわち、某コンツェルンと交渉中だとしよう。私は連中を崖っぷちに追い詰めた――彼らは好条件を出してくる。こちらは資産を流動化させ、準備金を供給して、合併の準備を整える。いざ契約書にサインしようとする瞬間、彼らは私に宣言する。交渉は子会社が相手だから、親会社には何の義務も生じない、と。とにかくこれで劣勢を挽回して、また私と丁々発止さ。交渉全体が一からやり直しとなる」

彼は一息入れてから続けた。

「これだって、そう珍しくもない戦術《マネーヴァー》のひとつだ。私が折衝せねばならん相手が、権限外のことを空約束するような交渉先だったり、ことを棚上げしてひたすら時間稼ぎに明け暮れたり、釣り餌でおびき寄せたりする老獪《ろうかい》な相手だということもありうる。たぶん、降伏条件を差し出され、崖っぷちに追いつめられて、もうジタバタできないと腹をくってはじめて、全員が同意に至るのだろう。ともあれ目先の局面さえ好転すれば、言い訳なんか後講釈で探すものだ」

彼は顔を曇らせて首を振った。

「裏で相手が何を画策しているか、私はあれこれ推理せねばならんのか。私が交渉相手とする人間は、業務代理権《プロクーラ*》を委任されていると信じたって構わんはずだ。おかげでこっちは損失を被り、時間を浪費し、出費を強いられたんだ。いまは別の不安に駆られる。それを償う義務はいったい誰が負担するのかね」

何を言わんとしているのか、見当もつかない。ツァッパローニの声はいま、首切り役人みたいに容赦なく、次から次へと質問を畳みかけてくるので、僕に考えるいとまを与えない。

「この事例でいえば、貴殿なら誰に責任を負わせるんだ？」

「まずコンツェルンです」

「もし連中が責任をまっとうしなかったら？」

「それなら、署名した交渉の当事者でしょう」

「どうだ、わかるだろ。カネのことになると、物事がすっきりして見える。それがカネの功徳《くどく》というものだ」

彼は満足そうに椅子に背をあずけると、僕に片目をつぶってみせた。

「では、敵の若造どもを捕虜にしたら、どれくらいを殺処分にするのかね」

何て言い草だ、まるで彼が僕を捕虜にしているみたいな気分になった。かつて体験した地獄の記憶*、ひとが忘れたいと思っているものが目覚めた。

ツァッパローニは返答を待たない。すかさず言った。

「そんなことをしたって、ろくな結末にはならんと思いたいな。法的にもそうなのだ。ここで人と人は切っても切り離せない。しかも頭ごと連鎖している」

歓談からどんどん尋問に切りかわっていく*。僕はそんな印象を抱いた。

「ひとまず想定してみよう。貴殿が交渉当事者の一人を捕えたとする——彼こそ白旗を振ったあの当人と信ずべきだとしたら？」

「いかにもありそうなことです」

「ほんとうにそう思うか？　まだ武器を手放していない優秀な伏兵を、そいつが送りこんでいるのかもしれん」

「それもありそうだと思わざるをえません」

「実際、怒りに駆られた当初は、おそらく前後の見境がつかず、迷わず凶行に及ぶと思えるな」

「残念ながらおっしゃる通りです」

一瞬、沈黙が舞い下りた。灼けるような陽射しがテラスに照りつけ、境界の花壇に群がる蜜蜂の羽音しか聞こえない。この質疑応答ゲームによって、僕にはとても座視できない意味を持つ場所に追い込まれていくのを感じた。そこには落とし穴があちこちに仕掛けられている。陥穽に落ちたかどうか、僕自身も判断しかねるような穴だった。たぶん、これは良くない兆しだ。結局、ツァッパローニは本題に立ちもどった。

「私は三問だけ貴殿に解を求めた。貴殿は断を下さず、いずれもどっちつかずで答えた」

「わたしと法的な立場を議論されたいのかと思ったのです」

「いかなる立場も法的な立場である、というのが貴殿の見方かね」

「いいえ、しかしいかなる立場であれ、それは法的な立場でもあります」

「なるほど。だが、この合法性は最低限の質でいいのかもしれん。やかまし屋どもを相手にすれば、貴殿もそれが分かるだろう。さらにまた、どの立場も社会的な立場であり、かつ戦闘における立場であり、かつ純粋に鼎《かなえ》の軽重を問われる立場であり、その他なんやかやの立場になるのだ。しかしそこはもう放っておこう。議論が脱線しかねん。付言しておくが、このケースを理論的に検分しようとしても、これまた不満足に終わるからな」

ツァッパローニの口ぶりは辛辣《しんらつ》でなく、むしろ穏やかなもの言いだった。そこで僕の最初の論点に立ち至った。全体を俯瞰《ふかん》する局面からこの問題を見れば、わが拙論はナンセンスで敵方を利することになる。だから、僕はフィルモアが騙し討ちと断じた局面に限定して、あれは目の錯覚の問題だと仮定した。攻撃側が直面したのは、むしろ欺こうという魂胆ではなく、悪意のたくらみでもなく、ただ多数の連隊がてんでに違う原理で行動している事態だったということだ。彼、ツァッパローニは、少なくともその可能性があることを僕に示したように思えた。

では、この攻撃が見晴らしのいい平地であっさりしくじったとしたら、どうすべきだろうか。白旗を掲げている敵の連隊それぞれは、あくまでも降伏した立場を堅持すべきなのか。それとも逆に、すかさず武器を取り直し、ドンデン返しの勝利感に浸って全面斉射で応戦するだろうか。いや、ここで敵軍に一体感が生じる。僕もそうだろうと確信した。負け戦は隊伍が乱れて四散するが、勝ち戦の兵は感覚も行動も一丸になる。だれだって落ち武者になりたくない。みんな勝ちたいのだ。

ただ戦術的な駆け引き、諸刃《もろは》の剣の論点に限れば、ツァッパローニは僕に賛意を示したかに思えた。でも、人は敵に対する備えを万端整えて油断してはならない。敵に対して用心しながら近づかなければならないのは自明のことだ。フィルモアが騙し討ちとみなしたとすれば、それは教育上からも効果の面からも単純化する方便だったのだ。単純化すれば将兵にも理解しやすく、大向こう受けも得やすい。それに対して、僕の「目の錯覚」論は、あくまでもアカデミックな理窟をこねまわしたにすぎなかった。

「貴殿は国防法案*をめぐる議論を知っとるかね。中世に先祖返りするような組織のために、またもや我々から途方もないカネをふんだくっていいものか。もはや時代遅れになった用心棒兼錠前屋*ごときにだぞ。しかも馬や犬、鳩まで予算に計上しおって。あの元帥はなぜ軍でなく新しい職を探し求めたのかね。それはとうに先が見えたからだ」

そこでツァッパローニは、最初のよそよそしい口調にもどった。僕は議会の論戦の行方なんて逐一追ってはいない。まだ羽ぶりがよかった時代でも、政治は関心外だった。退屈したらヘロドトスか*――フェーゼの宮廷史*でも読んでいたほうがまだましだ。ふだん新聞をどう読んでいるかといえば、見出しや雑報記事や文芸欄*にざっと目を通してから、あとは落穂拾い程度で済ましている。その日暮らしに汲々《きゅうきゅう》としていたから、あれやこれやの新聞を何紙も渉猟するカネもなければ、その気にもなれなかった。せいぜい求人欄の広告を調べるくらいだ。どうせ寿命が一日しかもたない新聞より長生きするものなんて、この世にありはしない。そのうえ僕は、押し寄せる債鬼たちから身をかわそうと、逃げ口上を考えるのが精いっぱいで、政治よりそっちのほうが切実だったのである。

　加えて、ツァッパローニが国軍をどう思っているか、その本音を探るというのも気乗りがしない。おそらく、じぶんの工場の一部門とおなじく、教授やエンジニアたちが胸当てズボン《オーバーオール》姿で働くコンビナート組織か、呼び鈴をちりんと鳴らすのが好きな非騎兵の勤め人や、義歯を光らす自然食愛好家たちの企業社会と思っているのだろう。彼らはほんの一瞬、ささいな数学的チョンボ*を犯すだけで、フリードリッヒ大王の三度にわたるシレジア戦役*にまさる大災厄をもたらしてしまう。そのころ、フィルモアのような連中はまだ元帥になっていなかった。むしろ人情にほだされると、「猪突元帥」ブリュッヒャー*みたいな半狂人を起用してしまう。頭のなかは従者のままなのだ。けれど、僕はこのテラスにいて、歴史の回想とは別の不安に駆られて、胸がつぶれそうになった。

　僕の想像が裏づけられたわけではないが、だからこそまず間違いなかろう。ツァッパローニは僕に胸の内を語らせようとおびきだし、植木を見てまわる庭師のように、僕の周囲をぐるりと歩いてみて、たちまち葉のないむきだしの急所を見つける人なのだ。僕に注ぐまなざしときたら、まるでいい年をした中隊長*が昇級面接を受けたものの、本人を除く面接官全員が少佐昇級なんて無理に決まっている、と予め承知しているような目だった。人は置き去りにされると、いったいこの芝居は何のためかと考えこむ。皮肉なことに、実はツァッパローニが僕の唱えた意見の持ち主なのであって、僕は彼の唱えた意見の持ち主だから、これは入れ違いになっている。そのかわり彼は僕の仮面を剝いで、リベラルな饒舌家という素顔を暴きだした。

ツァッパローニが起ちあがる。いよいよ落第を告げたいのだろう。ところが、驚いたことにもう一度チャンスを与えられた。彼は園庭の藁葺き屋根を指さす。川床の端にある緑の木立から破風がのぞいていた。

「私にはまだ所用があってな、リヒャルト君、たぶん、あちらでまた会おう。貴殿も退屈はすまい。あそこは心地いい場所だぞ」

と同時に、彼は親しげに頷いてみせた。あたかもすこぶる刺激的な歓談を終えて、まだ続きを彼が望んでいるかとさえ思える。僕は石段を下りていった。内心は彼が僕に許した面談時間の長さに驚き、かつ戸惑いながら。たぶん、これは彼の気まぐれだろう。あの訊問に僕は気を張りつめっ放しで、綿のような疲れを覚えた。ま、終わってよかった。庭の小径《こみち》を歩き始めた僕は、学科テストの終了ベルが鳴りわたり、やれやれ休憩時間かと安堵した生徒の気分になっていた。小径の曲がり端《はな》でふり返る。ツァッパローニはまだテラスに立っていて、目で僕を追っていた。やおら手を振ると声をはりあげた。

「蜂に気をつけてな！」

11

邸内でもテラスでも時はゆるやかに流れていた。まるで父祖の時代のようだ。森に入って古い間伐地をそぞろ歩きすると、人はこれと似た感覚に襲われる。十九世紀前半の、あるいはもっと良かった十八世紀前半のたたずまいが、遠く過ぎ去った昔のことだという感じがしない。石材、腰板、織物、絵画と書籍、すべてが手堅い匠《たくみ》の工芸品であることを示していた。古い尺度が息づくのを感じる。フィート、エル*、ツォル、リニー*。さらに感じた。射しこむ光と揺らめく炎、ベッドとテーブルも昔ながらに丹精こめた調度だった。人手をかけた家具の贅沢が味わえる。

戸外に出ると、それとは様変わりだ。柔らかな黄金《こがね》の砂地を踏むのは心地よいものだが、二、三歩歩むと、あとからみるみる足跡が消えていく。小さなつむじ風が目にとまった。まるで地面に身を潜めた生きものが、ぶるぶる身を震わせているかのようだ。やがて道は元どおり伸びていく。そこでは時が速く流れ、人は身構えて目を爛々と光らせていなければならない。そうと気づくのに、さっきのような感覚は必要としなかった。古き良き時代には、人が遭遇する危うい場所には、そこはかとなく「火薬の臭い」が漂っていたから鼻が利いた。今日の脅威はもっと出所不明《アノニマス》で、気化してぼやけている。だが、感じとれるのだ。危地《ベライヒ》*に入った、と。

この小径《こみち》は人を惑わす。夢想に誘いこむのだ。ときどき小川がそばに寄りそってきて、そこが境界になる。川岸には黄のアイリスが咲き乱れ、砂の堤に蕗《ふき》*の花が揺れていた。鶮《かわせみ》*が飛びまわり、胸を水に濡らしている。

修道士たちが鯉を飼っていた池では、藻が緑の絨毯のように繁茂して、澄んだ水が縁《へり》を浸していた。そこでは青浮草《あおうきくさ》*が黄ばみ、白鳥《しらとり》ドブ貝*や平巻貝《ひらまきがい》*の貝殻が漂白されている。土の匂い、ミントや榛《はん》の木の樹皮の香り、そして沼地の熱く蒸れた温気。暑い日ざかりの夏を思いだした。少年のころ、僕らはこういう池を渉《わた》って、小さな網で魚を掬《すく》ったものだ。ずぶずぶ沈む泥土からどうにか脚をひっこ抜くと、こんな匂いが足跡の潦《にわたずみ》から立ちのぼってきた。

すでに牆壁まで来ていた。小川は鉄格子の彼方に流れ去っていく。左手に藁葺き屋根があらわれた。仕切り壁なしの赤い柱に支えられていて、園亭というより四阿《あずまや》*の趣を添えている。庭のこの一角だと、驟雨《にわかあめ》に見舞われたら雨宿り、油照りなら日除けになるが、風と寒さに襲われたら吹きっさらしの目にあう。屋根の一部がパラソルみたいに突きだしていて、その下に編み椅子が数脚と、緑のガーデンテーブルが置いてあった。では、ここで僕は、わが運命を待たなければならないというわけか。

大富豪は素朴を愛する。この家《や》の主人も、ここがさぞかし快適なのだろう。見てすぐわかる。用具が立てかけてあったり、吊りさげてあったり、ずらりと並んでいて、愉《たの》しい気晴らしの様子が知れた。そこにあったのは釣り竿、玉網《タモ》、筌《うけ》*、ザリガニ籠、*餌箱、龕灯《がんどう》などで、日中の釣りも夜釣りもできる淡水用の釣具一式だった。支柱の一つには養蜂用マスク帽の隣に猟銃がぶら下がり、ゴルフに興じるためのクラブを収めたバッグが、別の支柱に吊ってあった。テーブルには双眼鏡も置いてある。この光景のうっとりするような心地よさ、それは否定しようもないことだが、この静けさでも、やはりここが危地だという意識がつきまとって離れない。四阿《あずまや》を囲んで鬼百合*が咲いていた。

農夫が耕していた畑は、今はすぐ間近に見えるが、人影はもう見えない。農作業は終わっていた。そろそろ真昼どきである。昔ながらに耕作は朝だけ*なのだろう。このうえなく柔らかな緑の芝生が、まるでデヴォンシャー*から輸入したみたいに耕地を縁取りしていた。一筋の径《みち》が小橋を渡って彼方に伸びている。ここはゴルフコースにちがいない。ビロードのように刈りこまれていて、僕は芝をむしってフェアウエーを調べてみた。ホールのグリーン以外、愛くるしい雑草は見あたらない。

それにしても優秀な双眼鏡だった。素晴らしく眼を研ぎ澄ませてくれる。*戦車を検査していた時期、光学検査は僕の任務だったから、性能が鑑定できるのだ。その双眼鏡はオペラグラスとよく似ていて、視野が限られていた。近距離と中距離では、ものが近く見えるばかりか、同時に拡大されて見えた。

小川の手前にも芝はつづいているが、こちらは刈られずに生い茂っている。僕は虎斑《とらふ》のある花にレンズの焦点を合わせ、しばらく目を楽しませた。タンポポ*の花はとうに綿ボウシになっていて、その小さな冠毛の玉が、どれも僕にウィンクするようだった。地面は泥濘《ぬか》っている。どこもここも、すぐ足もとまで水びたしだ。清水の湧いてくる穴が、まだ去年の末枯れた穂を残している葦*の茂みに覆われていた。僕はその穂架《ほわた》が見えるまで焦点を絞って、双眼鏡の鮮鋭度《シャープネス》を試してみた。最高の解像度だった。鏡のような水面を縁どる泥炭の水際に、食虫植物の毛氈苔《もうせんごけ》*が生えている。「太陽の雫《しずく》」という通称に恥じない。昼の陽射しを浴びて、露玉がきらきら光っていた。葉身のひとつが蚊を捕えると、赤い粘毛でそっと包みこんでいく。こいつは極上の双眼鏡だった。

すぐ背後の裏庭は、牆壁に視野が遮られてここから見えない。蔦の葉がみっしり繁り、蔓づたいに楽々と乗り越えられそうな壁だが、ツァッパローニにその必要はない。門戸も金網も、吠える番犬も要らなかった。このゾーン内では、だれもが小径からそれないよう、気をつけて歩くからだ。

牆壁の小暗い日陰に蜂の巣箱が隠れていた。ふとツァッパローニの警告を思いだす。でも、うららかなこの陽だまりにくつろいでいると、座った場所から動く気になれない。蜂にも昼休みがあるのかどうか、僕には分からない。ともあれ今は、ごくわずかしか飛んでいない。

ツァッパローニは、この昆虫に油断するなと僕に言ったが、彼の肩をもつなら――ただの気くばりだろう。蜂は争いを好まぬ虫で、刺激さえしなければ、怖がる必要はないからだ。

　ただし、例外はある。僕らが東プロイセン*に駐屯していたころ、そこは騎乗の人と馬が隔てなく生きている気さくな国だったが、養蜂*も盛んなので、コロニーが分かれて蜂球*をつくる季節は、用心しなければならなかった。繁殖期の蜜蜂たちは、火照った馬肌や、深酒した酔漢のような、さまざまな匂いに苛ついて過敏になる。

　ある日、僕らは果樹園で朝食を摂っていた。すでにワインやビールの杯がテーブルに林立していたから、あれはなにかお祝いごと、たぶん誕生日のお祝いだったにちがいない。朝酒にホロ酔い加減になるのはたまらない悦楽である。僕らは乗馬から帰ってきたばかりで、たちまち上機嫌になった。ヴィットグレーヴェもそこにいた。大気は甘い香りがして、無数の花の匂いに満ちている。蜂があちこちせわしなく飛びまわっていた。じきに気づいた。蜂たちの挙動はいつもほど穏やかではない。やがて、無礼講の大はしゃぎにまじって、あちこちで痛っ、と刺された声が聞こえてきた。

　この年ごろだと、何でもジョークのきっかけになる。僕らは我慢比べをして、誰が蜂の王になるかを決めることにした。いちばん多く刺されたやつが、勘定全部持ちってことにしようぜ。テーブルにありとあらゆる酒が供せられ、僕らは人形みたいに身を堅くして座ったまま、そっとグラスを唇に運んだ。にもかかわらず、蜜蜂たちの襲撃はひっきりなしだった。やがて蜂の一匹が髪にからまってだれかの額を刺し、別の一匹はすぐに手をつたってカラーのなかに突っ込み、第三の蜂はたちまち火のように赤らんだ耳たぶを襲った。えらく汗っかきで肥った赤毛の飼料長が、十二ヵ所も刺されたあげく、ほとんど誰の顔だか見分けられないようになると、たまらず僕らも中断した。彼の頭は亜麻色のカボチャみたいに腫れあがり、ぞっとする容貌になっていた。「あんた、もう養蜂家にはなれませんよ」と宿の亭主*が言っていた。ほかの連中はみんな一度か二度刺されたか、まったく無事かで、実は蜂も選り好みするらしい。僕も刺されずじまいだった。

それを思いだすたび、あのころの逸話として懐かしさがこみあげてくる。僕らは何の屈託もなく日を過ごしていた。国境のすぐそばに駐屯していて、柵の彼方にはコサックの連隊が駐屯していた。お互い乗馬レースや狩猟に招待したり、招待されたりと行き来したものだ。騎兵同士で仲よく轡《くつわ》をならべたが、もうあんな日は二度と来ない。人生の一行路、わずか一世代のうちに、あっという間に様変わりした——あまりにも早く時代は暗転する。どうしてあんなことが起こりうるのだろう。ついさっきまで美しい部屋に座って談笑していたのに、ふらりと三部屋か四部屋渡り歩くうちに、すべてが凶変したかのようなのだ。僕にはいつもそう見えた。コサックの隊長といっしょに酒を汲みかわしていたあのとき、僕ら個々人の背に死神がどれだけ張りついているかを誰が知っていたろう。やがて僕らは敵味方に分かれて戦うことになった。なのに、僕ら騎兵は敵味方双方とも、まったく同じように機関銃《マシン》*に滅ぼされたのだ。まだ槍やサーベルでどう戦い抜くかを教わっていた生徒たちは、今いずこにありや。優雅に主人とともに疾駆していた、疲れ知らずのアラブ馬やトラケナー馬*、そして草原育ちの馬たちも、騎兵ともどもどこに消え失せたのだろう。結局、あれはなにもかも一場の夢だったのか——。

　僕を待たせたまま、ツァッパローニはまだあらわれない。僕はもう一度、テラスの対話を思い返した。浮ついた気分が消える。彼にとって勘どころとなる僕の性格の一面を探りあてるのに、たった二つか三つの質問で何とやすやすと見破ったことだろう。彼は僕がどこで馬脚を現すかを知ろうとした。そこで僕のある領域、僕が強みを発揮できる分野に誘いこんだのだ。ほんの十五分ほどで、彼は弱点を突きとめた。僕の敗北主義——この弱点があるからこそ、僕はフィルモアのような大物にはなれず、人に軽んじられる退役騎兵隊長の身に甘んじたのだ。フィルモアについて言えば、彼は軍馬が滅び去っても一滴の涙もこぼさなかった。馬上で威風堂々としていたことは、僕もまざまざと覚えている。でも、まるでコーベル*の描いた絵みたいに、いつも空威張りの紳士のままだった。偉大な神のごとき人馬一体の境地は、ついに彼の知るところではなかった。

　人がじぶんの短所を自覚するまでには時間がかかる。多くは短所に気づきもしない。僕の欠点は常軌を逸するところにある。じぶんなりに判断したり、しばしば行動を起こす段になると、周りから逸脱してしまう。この性癖はすでに家庭内であらわになり、壮年まで尾を引いた。早くも当時から、定食に縛られるのが好きでない天邪鬼だったのだ。

　人がなにかじぶんなりの意見をもつのは、いいことだと思われている。だが、それはあくまでも一定限度内でのことである。実際には、当の意見そのものより、本人のものの言いよう次第なのだ。フィルモアのような大物がくると、本質的には決まり文句しか口にしない。が、それを断固たる口調で居丈高に言い切ってしまう。すると、誰もが感じるのは「おれにも言えそうだな」となる。そこに力が存する。僕にはこの手の同意が欠けていた。

白旗のケースのような風説について、なにか一家言あったとしても、胸の奥に秘めておいたほうがいい。とりわけ激情が煮えたぎっているところでは。おそらく僕の言動で、ツァッパローニの胸に疑念が兆したにちがいない。僕を雇ったら、またひとり口やかましいやつを抱えることになる、と。それでも家にはテレーザがいて、僕の帰りを待っている。

12

鳥が黙した。蒸し暑い地面を流れる小川のせせらぎの音が、また耳に入ってくる。そこで目が覚めた。明日のパン代を稼がねばという焦燥に駆られ、朝早くから僕はずっとあたふたしてきた。そんな状態だと、盗人のように忍び寄る睡魔に襲われる。

太陽はほとんど動いていなかったから、つかのま、転《うた》た寐《ね》したにすぎないのかもしれない。眩しい日ざかりに微睡《まどろ》むなんて、と戸惑いを覚えた。気を取り直すのに一苦労する。ここは気を許す場所ではない。蜜蜂たちはいまや午睡《ひるね》を終えたようだ。蜂のうなる羽音が大気に満ち満ちてきた。*蜜の採集につどう草原では、空高くから浮蝨《ウンカ》のような白い泡となって野を淩《さら》い、色とりどりの花の奥に飛びこんでいる。道の縁《へり》に咲く真っ白なジャスミンの列に、蜂の群れが房をなしてぶら下がっていた。四阿《あずまや》のかたわら、花咲く楓《アホルン》のあたりから、蜂の羽音が殷々《いんいん》と鳴りわたる。*正午の鐘を鳴らしたあと、大きな釣鐘の内闇に、いつまでも荘厳な残響がこもるように。

花天は酣《たけなわ》*、花に不足はない。いまは一年のうちでも、垣根の杭まで蜜がしたたると養蜂家が言うような、花々の咲き誇る季節だ。

それでもこの平和な営みには、どこか奇異な感じが漂っていた。飼い馬とか、猟する禽獣《きんじゅう》なら見知っていても、生きもの一般の生態となると、僕はとんと素人なのだ。好奇心をそそってくれるような師匠にもめぐりあっていない。植物なら熱心なボタニストがいて、僕らを採集行のお伴にしてくれたものだが、それとは事情が異なる。そうした出会いの有無に、僕らの人生行路はどれほど左右されることか。もし知っている動物《ティーレ》のリストを出せと言われたら、僕は紙一枚きりで済んでしまうだろう。とりわけそれは、自然の無数の種を占める害虫や害獣について言えることだった。

とにかく僕が知っているのは、蜜蜂や狩り蜂やスズメ蜂が、おおよそどんな虫かぐらいだ。いまこうして座って、蜂の群れを凝視《みつ》めていると、とりわけ不気味な、どことなく稀有な幽体《ヴェーゼン》*が、眼前をよぎっている気がする。僕の目は頼りになる*のだ。目のよさを試したのは鷓鴣《しゃこ》*の猟の時だけではない。幽体の一つが花にとまるまで、じっと目で追うことなんか、おやすいご用である。そこで双眼鏡を手に取ると、欺かれないよう目を皿にして観察してみた。

さっき言ったとおり、僕は昆虫のことなんてほとんど知らないが、たちまち突拍子もない印象、ひどく奇怪な、月から飛んできた虫、といったような印象を持った。かつて蜜蜂について聞き知った別世界の王国の造物主《デミウルゴス》が、この幽体を創造したのかもしれない。

幽体を精査するのに、僕はたっぷり時間があった。おまけに、ありとあらゆるところから、サイレンの鳴る工場の門に蝟集《いしゅう》する労働者のように、同じようなのが湧いてきた。最初、この蜂の大きさに目を見張った。なるほど、ガリヴァーがブロブディンナグ国*で遭遇し、剣でわが身を守った巨人族ほど巨大なわけではないが、ありきたりの蜜蜂よりずっと大きく、スズメ蜂さえ凌駕するほどだった。おおよその胴まわりは、まだ緑の莢《さや》に収まっている胡桃《くるみ》の仮果《かりのみ》*くらいある。その羽は可動でなく、鳥の翼や虫の翅《はね》のように羽ばたくことができない。固定した帯を胴に回して羽交《はがい》に背負う形をしており、むしろ空中では安定翼および支持翼*になっていた。

そんなサイズでも、思ったほど目立たないのは、この動物が完璧に透明だからである。じっさい、僕があれから得ているイメージは、陽射しを浴びてきらきら反射する光の動線を追った残像なのだ。昼顔*の花のまえで、今みたいにあれが滞空したまま、吻管《ふんかん》*の形をしたガラス製ゾンデを花芯にするりと差しこんでも、ほとんど目に見えない。

この光景はある意味ですっかり僕を魅了し、思わず時間も場所も忘れるところだった。外形も機能も、まったく斬新なアイデアを実現したマシンが公開されると、僕らは似たような驚愕の念に打たれる。十九世紀前半のビーダーマイヤー時代*の人が、いきなり現代の交差点のひとつに魔法で舞い下りたら、ひっきりなしの往来に唖然とするばかりだろう。でも一瞬、戸惑いを覚えたあとに、バイクが走ってくれば、乗用車やトラックとは別の乗り物だな、くらいは理解が多少進むようになる。

この蜂たちが新種の動物でなく、メカニズムだと気づいたあと、僕が感じたのはまさにそんな感覚だった。ツァッパローニ、この悪魔の使徒はまたしても自然の領分を侵したのか、むしろ自然の不完全さを補って自然の作業工程を短縮し、スピードアップすることで自然を改良したのか。ぼくはあちこちにしきりと双眼鏡を向けては、強力なカタパルトから撃ちだされ、空中に舞うダイヤモンドの輝きのような、この幽体を追いかけた。耳にはまた微かな警笛の音が聞こえる。それが鳴ると、蜂は花のまえで急停止し、ぴくっと振り返るのだ。そして背後の、いまは日向になってきた蜜蜂の巣箱のまえで、その音色が甲高くなって、ピーッと途切れない音になっていた。蜂同士の衝突を避けるため、呼子で微妙な交通整理をしているにちがいない。巣箱の巣門《すもん》に滑りこむまえに、オートマトンの群れが渋滞して揉みあっているからだ。

この処理法を見て痛快さを感じたことは、僕も告白せねばなるまい。技術の粋を凝らしたうえで正解を得ると、僕らの胸に快感が呼び覚まされる。と同時にこの喜びは、最初に先鞭*をつけた功をみとめるにひとしい――僕らの精神のなかの生粋の精神を寿《ことほ》ぐのはまさにここだ。そして先にも述べたように、ツァッパローニは複数のシステムの同時作動までやってのけた。僕の目はいま、さまざまな別モデル、さまざまなオートマトンの狩人まで見分けられる。こいつらは野も藪も荒らしまわっている。とりわけがっしり組み立てた躯体のものは、吻管のセットをひとそろい備えていて、繖《きぬがさ》状*の花序や花房から蜜を吸いあげていた。別の躯体は触手を持っていて、花の房々のまわりに鉗子《かんし》状の顎*を伸ばし、花蜜《ネクタル》*をごくごく飲みほしている。とはいえ、ほかの器械《アパラート》は僕には謎のままだった。紛れもなくツァッパローニは、庭のこの一角を、素晴らしい彼の閃きの実験場にあてている。

この風景を楽しんでいるうちに、時が過ぎた。しだいに僕のまなざしはこの庭の建造物やシステムにも侵入していく。蜂の巣箱は牆壁の前に並べられ、ずらりと長い一列になっていた。一部はふつうの巣箱のかたちをしていたが、一部は透明の巣箱*になっていて、人工の蜂とおなじ素材らしい。旧式の巣には天然の蜜蜂が棲んでいる。おそらく彼らがここにいるのは、自然を克服した偉大さを測る目安としてでしかない。きっとツァッパローニは計算したのだ。このガラスの蜂一つで毎日、毎時、毎秒、いくらの蜜《ネクタル》を集められるかを。オートマトンの目の前にある試験場で、いま彼はそれを実験しているのだ。

僕の得た印象では、時代遅れ*の狩猟経済を営む天然の蜜蜂たちを、ツァッパローニは戸惑わせていた。なぜなら、天然の蜜蜂の一匹が花に近づこうとしても、ガラスの帷子《かたびら》を着たライバルが先に触れた花だと、ぱっと飛びのくのを始終見かけたからである。他方、生きた蜜蜂が先に萼《うてな》を吸っても、なおまだ食後のデザートの余地を残している。ツァッパローニの作りものはもっと経済的でせちがらく、つまり、とことん吸い尽くしてしまう、というのが僕の結論だった。それとも、ガラスのゾンデが触れた花々は、天の恵みを贈る力*を失い、萎《しお》れてその口を閉ざしてしまうのか。

ともあれ、こうした観察が物語るのは、ツァッパローニがここで再び人騒がせな発明を完成させたということだ。僕はいま、ガラスの巣箱の動静を偵察していた。その動きから仕組みのあらかたを見通すことができた。僕は、人が蜜蜂の秘密を解き明かすまでに、今日まで何世紀もかかったと思う。椅子に座ったまま、小一時間もじっと目で追っていて、このツァッパローニの発明品から、僕はある結論にたどりついた。

ガラスの巣箱は、一目見ればその大きな巣門の数からして、旧来の巣箱とは違っている。むしろ蜜蜂の巣箱らしくなく、電話局の自動交換台に似ていた。蜂たちは巣箱に入りこむわけではないから、巣門にも通りぬける穴が開いてない。おそらく蜂は四六時中働きづめではなさそうだから、どこかで休むか、駐機するか、ガレージがあるにしても、それがどこなのか、僕にはわからない。すくなくとも巣のなかでは何もしていない。

巣門はむしろ、オートマトンがくぐる躙《にじ》り口、かつソケット式の接続プラグという一人二役の機能を兼ねていた。蜂たちは磁力に引き寄せられて巣門に群がると、吻管をソケットに差し込み、なみなみと蜜をたたえた腹腔から、空っぽになるまで蜜を注ぎこむ。あとは、銃弾射出に匹敵する衝撃で外にはじき飛ばされるのだ。この過密な出入りを、いくら飛行速度が高速だといっても、玉突《カラムボラージェ》＊きひとつなく制御するシステムは、とびぬけた傑作なのだろう。厖大な数のユニットをさばくプロセスなのに、完璧な精確さで統御されている。中央管制、もしくは中央司令の原理が貫徹しているにちがいない。

自然のプロセスが、ここでは単純化と省略化と規範化により、単列の工程に整序してあることはあきらかだった。たとえば、巣づくり用の蜜蠟*を産出するプロセスは残らず削除してあった。大小を問わず巣房は皆無で、多様な性差に応じた部屋*がひとつもない。じっさい、この施設全体《ベトリープ》は一片の影もなく、エロスのかけらもない蛍光灯に煌々《こうこう》と照らされているようだ。そこには産卵もなければ揺籃《ようらん》もなく、怠けものの雄蜂《ドローン》*もいなければ王者もいない。あくまでもアナロジーにこだわるなら、ツァッパローニは性差なき労働集団《アルバイツヴェーゼン》にだけ存在を許し、そこに光をあてたのだ。ここでも彼は自然を単純化していた。自然もまたすでに、交尾後の雄蜂を抹殺するという、経済性に則った処分*を選択している。最初から彼はこの計画に雄も雌も入れず、女王も乳母たちも持ち込まなかった。

　僕の記憶が正確だとすれば、蜜蜂が花から吸った蜜は、その腹腔で調合されて、さまざまな分泌物に変成*されている。ツァッパローニはここでも、彼の作りものにそうした消化の労を取らせず、中央制御の化学工程を代用に置き換えていた。見ていると、蜂から接続プラグに注入された無色の蜜は、ガラス製の配管システムをつたって落ちていくうちに変色していく。はじめは黄の濁りがまじり、やがて藁のような黄色に変わり、底に達するころは立派な蜂蜜色に濃縮されている。

　巣箱の下部はあきらかに、タンクか貯蔵空間として機能しており、黄金《こがね》色の光をたたえた蜂蜜にみるみる満たされていく。ガラスの表面に刻んである目盛で、その溜り具合を確かめることができる。僕が双眼鏡をあちこちに向け、しばらく藪や芝生に遊ばせてから、また巣箱にもどすと、嵩《かさ》が数目盛ほど増えていたからだ。

おそらくこの溜り具合や、何よりも作業の全貌は、僕一人だけが観察していたのではなかった。僕は別タイプのオートマトンがいることを見分けた。巣箱の前を往き来して滞空しているが、彼らは工場か工事現場にいる作業長か技師みたいだった。燻《くす》んだグレーなので、透明な群れのなかではひときわ目立つ。

物見にかまけているうちに、すっかり忘れてしまった。僕はツァッパローニが再びあらわれるのを待つ身だったのだ。それでも彼は見えざるボスとしてそこに現前していた。僕はこの見世物*の土台をなす力《マハト》を感じた。

このより深い技術の領域、禁断の分野では、その経済性よりも、そう、権力性でさえも、ゲームの引力*ほど強い魔力を持っていない。そのとき僕らは、精神のダンスともいうべきゲームの虜になっていて、どんな計算術も及ばないことに気づく。科学に残された極点は予感であり、宿命の呼び声であり、純粋な造形*なのだ。

ゲームの引力は、現世を闊歩する巨人族《ギガンテンヴェーゼン》よりも、微細なミニチュアのほうが鮮明になる。粗雑な視力の持ち主だけが物量《マス》に感動し、とりわけマスが動くと褒めそやすものだ。でも、蚊の体内器官の数だって、怪獣リヴァイアサン*とその数はさして変わらない。

13

そこなのだ。僕がツァッパローニの試験場に心を奪われ、無我夢中になって学校を忘れた子どものように、時も所も忘れてしまったのは。この作りものが弾丸みたいにひゅうひゅう音をたてて、僕の前を始終通り過ぎるので、危険だとさえ思わなかった。やつらは巣箱から群れをなして飛び立ち、きらきら輝く羽衣のように絢爛たる花園に散って覆い尽くしたかと思うと、矢のように帰参して急停止し、みっしりと団塊のまま待機している。耳には聴こえない点呼か、目に視えない合図が発せられると、そこから一匹また一匹と採集者が出頭して、収穫した蜜を順に注入していく――これは人を魅了するとともに、催眠術のように精神を麻痺させる見世物である。これほど僕を驚愕させるものが、ほかにあるとは思えない――個々の単体、もしくはその相互ゲームという芸術的な発明だ。たぶん、僕を陶然とさせるこの光景の、ダンスのような動き《クラフト》*のいちばん深い奥底には、高度な秩序に集中化された無目的の権力*がある。

僕は一時間も極度に緊張してこの進化を観察してきたから、技術的な秘密まで見抜けたとは言えないにしろ、この機構のシステムのあらましは見通せたと思う。それができたとたんに、僕はもう粗探し《クリティーク》に着手し、どう改善すべきかに思いを馳せた。この不安、この不満は、われわれの時代の通弊だとしても、やっぱり特異である。考えてみよう。たとえば、オーストラリアかどこかで、これまで見たこともない未知の生物種に遭遇したとする。僕らは腰が抜けるほど仰天するだろうが、すぐさまどうやって品種改良してやろうかとは考えない。これが作りものの場合だと、つい干渉する気が起きるから、そこで自然と人工の権威に天と地ほども差のあることが知れる。

いまや自転車を買ってもらった少年なら、誰だって技術的な評価《クリティーク》ができる。僕についていえば、戦車の装甲品減らし*に関わった時期にそんな訓練を受けた。常になにか談判すべきことがあった。工場で僕の悪名が高かったのは、不可能なことを要求する一人だったからだ。こうした構造物の基礎計算は単純なのだ——その仕事は、攻撃性と作動性と安全性という戦車の潜在性能を最適配分することにある。この三つの要素のいずれも、他の要素を犠牲にしないかぎり強化できない。安全性がいちばん後回しだった。コストはほとんど度外視、乗り心地も顧慮しない。そこが並みの交通機関と違うところだ。あちらはコストと安全性と乗り心地を最優先させる。速度にかぎっては双方とも要求するが。それが時代の原理の一つだからだ。それゆえ、戦時のみならず平時でも、犠牲にされるものが出てくる。

ツァッパローニの機構《アンラーゲ》については、最初の驚きが過ぎ去ると、すぐさま僕の頭にコストの問題が浮かんできた。このガラスの作りものは、見るからに贅沢なオートマトンという印象で——単体で値踏みすれば、一つあたりのコストは高級車か、飛行機にさえ匹敵してもおかしくないと思えた。ツァッパローニの他の発明品もすべてそうだが、試作のあとで彼はきっと大量生産に動きだすだろう。彼がそうした軍団*を動員して得られる蜂蜜は、おそらくたった一匹のガラスの蜂が春の一日に野を飛びまわるだけで、天然の蜂の群れが一年かけてやっと集める量を凌駕してしまうのは目に見えていた。彼らはたぶん雨の日でも夜中でも働ける。しかし莫大なコストに到底見合わない、これっぽっちの利点はいったい何を意味するのか？

そう、たしかに蜂蜜はおいしい嗜好品だ。しかし収入を増やしたいのなら、それはオートマトン産業の要件ではなく、むしろ化学の出番*だろう。僕はかつて訪れた南仏プロヴァンスの実験室のことを思い浮かべた。たとえば香水の都といわれるグラース*では、何百万もの花から香りを集めている。橙《だいだい》*の森があり、一面に菫《すみれ》が咲き乱れる野とか、灌木地《マッキア》*には月下香《チューベローズ》*の花や青いラヴェンダー*の垂れる斜面があった。あそこでも似たようなプロセスで蜜を集めることができる。緑地からは、石炭層を露天掘りするように、なんでも掠《かす》めとれるからだ。燃料だけでなく、無数の化学物質——エキス、染料、ありとあらゆる薬剤、紡ぎ絲まで採集できる。どうしてだれもそこに思い至らないのか、僕には不思議でならなかった。

もちろん、ツァッパローニは、コスト問題を長らく考えてきたはずだ。さもなければ、肝心の算盤《ソロバン》勘定も知らずに、億万長者になれた最初のケースになったろう。大金持ちがどれほど一銭《ペニヒ》の価値を知《ち》悉《しつ》しているかは、多くの人が自ら損失を蒙ることで思い知る。そういう天分に恵まれていなかったら、富豪にはなれっこない。

そこから考えられるのは、あの機構《アンラーゲ》には普通の経済原則から外れた別の意味があるということだ。もともとはゴルフか釣りの帰りにただ目の保養にするだけという、英国人のインド成金《ネイボッブ》*ばりの道楽だったのかもしれない。技術の時代には、技術の粋を凝らしたおもちゃ*ができる。すでにそうした冗談みたいな浪費で、百万長者ですら身代をつぶしている。こういう遊蕩《シュピール》三昧になると、だれも財布の紐は締められない。

とはいえ、そうした臆測もここでは成り立ちそうにない。もしツァッパローニがそういう王者のささやかな愉しみ《メニュ・プラジール》*のために時間と金を浪費したいのなら、いくらでも映画に注ぎこむチャンスがあるからだ。ツァッパローニ・フィルムは彼の壮大な道楽だった。彼はそこで、他人を残らず救貧院に放りこみかねない実験に取り組んでいた。それ自体は、オートマトンが演技する作品を創作しようというアイデアである。もちろん、過去にもあった。映画史においてはすでに、そうしたことは何度も試みられている。でも、オートマトンのキャラクター設定となると、これまで疑念ひとつ呈されたことがない。だから過去の実験では、童話かグロテスク劇*に限られてしまい、人形劇か古い幻灯機《ラテルナ・マギカ》の原理的効果の域を出ていなかった。ところが、ツァッパローニが実現したいのは、昔の意味での自動人形《オートマトン》、すなわち十二世紀の神学者アルベルトゥス・マグヌス*の自動人形か、または十五世紀の天文学者レギオモンタヌス*のそれなのだ。彼は等身大の人造人間、人間そっくりの容姿にしたい。この考えを聞いて全世界は面白がるとともに怖気をふるい、とんでもなく悪趣味な思いつきと決めつけてしまった。

それでも、いざ最初の作品が公開されるや大ヒットしたから、危惧はすべて的外れになった。それは人形師もいなければ操り糸もない人形芝居であり、新作の映画であるばかりか、新しい芸術ジャンルの初興行《プレミア》だったのだ。容姿は見慣れた人間の俳優と少しばかり違うが、むしろそれを好都合に転じている。目鼻立ちはくっきりして、短所がめっきり減り、瞳はぱっちり宝石のように輝いている。所作はゆっくりと淑《しと》やかになるが、ひとたび血をたぎらすと、現実の体験よりずっと激しく機敏に動くのだ。さらに、醜怪なものや畸形なものも、心を洗うような新しい領域か、怖いけれど魅せられてしまう領域へ移された。怪物キャリバン*や、金貸しシャイロック、ノートルダムの鐘打ち男*といった半端な化け物は、ツァッパローニが見せる世界では、たとえ人間の母親がどんな奇異な天命に翻弄されたとしても、その産褥《しとね》から生まれてくることなどありえない。かくして純粋な魔物類*が登場する。ゴリアテ*のような巨漢、親指トム*のような稚子《ちいさご》、『黄金の壺』の文書管理官《アーキヴァリウス》リントホルスト*とか、身も翼も光暈《こううん》に包まれて、背後が透けて見える受胎告知の天使*のような化生《けしょう》である。

人はなかば当惑、なかば驚愕して、このフィギュア*たちを、単なる人類*の模倣ではなく、むしろその可能性もスケールも凌駕したものと思った。その声はどんなナイチンゲールも恥じ入る高音にまで達し、どんなバス歌手も及ばない低音に届く。その動作も表情も、自然を研究してそれを乗り越えたことを表している。

与えた印象は途方もなかった。世論はつい昨晩せせら笑ったものを、いまは熱狂して褒めちぎるようになった。提灯《ちょうちん》持ちたちのことばを、僕はここで繰り返す気になれない。彼らは人形劇に新しい芸術作品を見いだし、理想型に見立てたのだ。むろん、人形に魅入られてしまった子どもたちのように、画期的な発明に我を忘れる時代精神のナイーヴさは、勘定に入れておかなければならない。テームズ川*に身を投げた青年の不運を、新聞はしきりと嘆いてみせた。彼はツァッパローニのヒロインを血も肉もある女性と思いこみ、生身でないことに耐えられなかった*のだ。

工場の幹部は弔意を表するとともに、美しい女ロボットが生きた青年と相思相愛の仲になることは、思いもよらない椿事だったわけではないことをほのめかした。彼の行動はせっかちに過ぎ、技術の究極の可能性を読めていなかったのだ。いずれにせよ、目覚ましい成功作となったから、たしかに採算はとれた。ツァッパローニは黄金の手*の持ち主なのだ。

いや、人造人間を相手に戯れる《シュピーレン》ことができるひとなら、彼はもう十分な気晴らしができているのだ。わざわざガラスの蜂を相手に別の気晴らしをする必要はない。僕が今いる場所だって遊び場《シュピールフェルト》ではなかった。しかし、採算を度外視していい他の分野がある。

たしかに、ガラスの蜂がここで蜜を採集していること自体、取るに足りないお遊び《シュピーラライ》だ。芸術作品にしては馬鹿げた仕事である。しかしながら、それができる幽体《ヴエーゼン》であれば、ほとんど何でもやってのけるだろう。こうしたオートマトンにとって、花から蜜《ネクタル》を抽出するより、金の粒やダイヤモンドを集めるほうがずっと朝飯前だ。でも、そこで最上の仕事をしてみせたところで、なおあまりにも金食い虫《コストシュピーリヒ》すぎる。カネに糸目をつけぬ野放図が許されるのは、権力を賭す《アウフス・シュピール》ところだけだ。

そしてじっさい、この軍団に号令を下す者は、誰であれ権力を行使する人になれるだろう。ガラスの蜂を動員する権力者*は、同数の空軍機を発進させる別の権力者より、はるかに強大な力を持てるかもしれない。小兵ダヴィデは巨兵ゴリアテよりも剛毅で奸知《かんち》に長けているものだ。

ここまでくると、経済はほとんど何の役割も演じる《シュピーレン》余地がない。あるいは別次元の経済、巨神《タイタン》の次元に入らなければならない。そこでは別種の会計原則に従うべきなのだ。あの蜂一匹の価格を査定するなんて、とてもそんな力量は僕にないが、たとえ簿価を千ポンド*にとどめたとしても、養蜂家の視点からすれば正気の沙汰の値段ではない。ただ、別の視点もある。たとえば、成層圏を飛行する空飛ぶクルーザーを建造する*とすれば、百万ポンドかかるかもしれない。これまた養蜂家のみならず、軽騎兵の視点から見ても、負けず劣らず法外な値段だろう。こうした空飛ぶクルーザーが、行先まで運ぶ怪しい積み荷を思えば、輸送費は想像を絶する価格にはね上がる。そこを狙いすまして襲いかかれば、想定される損失額に比べ、蜂のコストなんてふたたび雀の涙とみなせる。このクルーザーは身体と生命のリスクを勘定に入れてないから、数十億ポンドが宙に吹っ飛ぶ。あの蜂の一匹をこの怪物クルーザーの翼に齧《かじ》りつかせ、墜落させてしまえばいいのだ。千ポンドなんてほんのはした金《バガテル》になるし、捨て扶持《パッペンシュティール》*も同然だろう。これは認めざるをえない。卓越した精度、さらには機械ですら計算に入れている。ただし例外はあるものだ。ときには「強健王」アウグスト二世*とその廷臣ブリュール*の酒池肉林以上に、濫費のタガがはずれることがある。だからといって、それを是とするわけではないが。

そう、僕はまちがいなくツァッパローニ・ヴェルケの試験場、あの極小ロボットの専用飛行場に身を置いている。こいつはなにか兵器に関与しているという僕の推察は、おそらく当たっているだろう。まっさきに考えるのは、有事と平時の効用である。ツァッパローニはあれを雌の働き蜂にとどめたからこそ、逆に毒針*を除去しなかったのだ。

14

この光景を僕はたっぷり堪能した。最初は目を遊ばせ《シュピーレン》てうっとりと酔い、あとで自然と人工の組み合わせをじっくり眺めた。だが今は、この光景の重大な意味を理解して、オフィル＊の黄金郷＊に入った金鉱掘りみたいに陶然としていた。あの御大、なぜ僕にこの庭に入ることを許したのだろう。

「蜂には気をつけてな！」。どうして彼のことばは、すべて言外の意味がありそうなんだろう。たぶん、あくまでも冷静沈着たるべし、という意味なのだ。じっさい、あの見世物を見て、精神の蝶番《ちょうつがい》がガタつくのを感じた。おそらく老師《マイスター》は、この見世物で僕を試している。これはテストの実地部分なのだ。僕の理解が彼の射程に届くかどうか、僕が彼の思考についていけるかどうか、それを知りたいというわけだ。おそらく前任のカレッティの頭は、この庭を見て霍乱《かくらん》をきたしたのだろうか？

「蜂には気をつけてな」――これは、いたずらな好奇心への警告かもしれない。おそらく彼が見たいのは、隠れた秘密が露見したとき、僕がどう振る舞うかだ。でも、僕はまだ椅子から身じろぎもできない。

頭がいっぱいで、じぶんのことなど考えていられなかった。蜂のあの行動性に僕はすっかり魅せられていた。その昔、なにか発明があって、それが大当たりしても、発明家本人がその意義を自覚していないことがよくあった。博物館に陳列してある作図や、みすぼらしい寄せ集めは、つい笑いを誘う。しかしここで見る新しいアイデアは、結果として後から真価が分かるだけでなく、直ちに巨大なスケールで、かつ細部まで緻密に現実のものになっている。創造したのは、実用化のために要求される条件をはるかに凌駕したモデルだった。関わった多くの従業員や技術者にこの機密が漏洩《ろうえい》しかねないと恐れ、ツァッパローニがやきもき神経を尖らす気持ちは、僕にもよくわかる。

午後に入って、飛んでいる物体《オブイエクト》の数がめっきり増えた。二、三時間のうちに浮蟲《ウンカ》のごとく湧いてきて、一生で見かける蜂を合算したくらい群れ飛ぶようになった――つまり、はじめこそ例外的な現象だったが、ごく普通の現象に変わってきたのだ。自動車や飛行機といった現代の利器でも、僕はそんな経験をしている。最初こそ、散発的に起きる現象に目を丸くするのだが、最後は軍団をなして次々と飛ぶように通過する光景を目にしても慣れっこになってしまう。馬ですらもう後ろを振り返らない。第二の光景*のほうが驚きなのだ。しかしそれは連続の法則、すなわち習慣*に根ざすことになる。

ツァッパローニはいち早く、このオートマトン開発を果敢に推進してきたにちがいない。工場では可能なかぎり、流れ生産の体制を組んでいるはずだ。しかし、ここで見ていると、新商品の売り出しを準備しているようには見えない――彼が毎年カタログで公表するサプライズの一つになるとは思えないのだ。後になって突然、大化けするのかもしれない。これはなかば独立した事業のはずだ。巣別れ期の蜂球、または都会のラッシュアワーを思わせるような、この賑やかな雑踏の急膨張ぶりを見ていると、それは明らかだ。いまは何列にも分岐して、園庭の別の箇所にたなびいている。

組織としてみれば、この挙動からいろいろ異なった解釈が可能になる。中央司令所があるとは思えなくなってきた。それはツァッパローニのスタイルではない。彼にとって、オートマトンの序列は、どこまで自立しているかの度合いによる。彼が世界的な成功を収めたのは、屋内でも外庭でも、とにかく最小の空間で経済的に自立した閉回路を極力完結させてきたことによる。彼はケーブルや回線網、チューブやレール、連結器といった管制装置に宣戦布告してきた。十九世紀の産業様式、あの無骨さとはちがうのだ。

むしろ僕には、実験室群《ラボラトーリエン》や蓄電装置*、タンク網*からなる集配システム*に思えた。モノの授受があるからだ。この養蜂場でも、蜂たちは蜜《ネクタル》を貢ぐだけでなく、どうも動力源《クラフト》の配給を受けているらしい。だって、あのガラスの作りものが腹腔の蜜を空にしたとたん、文字どおりポンと射出されるのを僕も見たのだから。

　あたりの大気に満ち満ちているのは、ピーッという甲高く一色《ひといろ》の笛音だ。けっして眠気を催すわけではないが、催眠術にかけられたように知覚を麻痺させる笛音*だった。ツァッパローニの主題が紡ぎだすヴィジョンに、うかうか釣りこまれてなるものかと思ったら、夢と現実のあいだに一線を引かなければならない。

　さっき言ったように、僕はガラスの蜂に別種のモデルがあることを見抜いていた。しばらくすると、それとも異なる器械《アパラーテ》が、渦をなす群れに紛れこんでくる。サイズも形状も体色も違い、あきらかに蜂や養蜂とはほとんど関係がない。この新しい作りものを、僕はそのまま受け入れるしかなかった——僕の理解力では追いつけない。これは岩礁から眼下の海の鱗類《うろくず》を眺めたとき、僕らが感じることかもしれない。海中の魚貝や蟹が透けて見え、水母《メドゥーサ》*も見つかるが、深海から湧いてくる無数の生きとし生けるもの《ヴェーゼン》は、解き難く悩ましい謎を僕らに投げかける。ここでの僕は、一昔前の文化からいきなり現代の交差点に迷いこんだ人になってしまう。しばらく唖然としてしまうが、自動車というのは新種の馬車なのだと推し量ることはたやすい。だが、そのうちにジャック・カロ*の銅版画風の稠密《ちゅうみつ》な構成があるとわかってきて、背筋が冷たくなるのだ。

ツァッパローニの建物に乗りこむやいなや、どう改善すべきかが僕の脳裏をかすめた。それがいまの時代の趨勢《すうせい》なのだ。なにか不透明なものが現れると、僕は胸騒ぎがして、いたたまれなくなる。時代の序列が、どこまで器械《アパラーテ》を使いこなせるかで決まってしまうのも、これまた当今の風潮なのだ。

蜂の群れに割りこんできたこの新しい器械《アパラーテ》の意味は、はたして何でありうるのか。それは常におなじ理窟で、新しい技術《テヒニク》を習得するやいなや、すでにアンチテーゼを切り離していることにある。ガラスの奔流のなかで、きらきら輝く個々の飛体は、ガラスの数珠《じゅず》に嵌《は》めこまれた陶製の真珠のように、ひとつに織りこまれていく。救急車や消防車、パトカーの車列かなにかのように迅速だった。ほかは往来の上で宙を旋回している。そのサイズは働き蜂より大きいに違いないが、僕には遠目でそれを決める目安がない。僕はとりわけグレーの器械《アパラーテ》が気になった。巣箱の前にい

15

たのが、いまやすぐ近くまで飛来している。そのうちの一体は、艶消しの角彫《つのぼり》か、煙《けむり》水晶*から切り出したもののように見えた。四阿《あずまや》のあたりをやけに低空でぎごちなく飛びまわり、あわや鬼百合に触れかけたほどで、ときおり宙に滞空したまま静止する。敵状偵察に送りこまれた戦車も、これと同じように索敵してまわったものだ。たぶん、裏には監督者か司令細胞《ベフェールスツェレ》がいる。僕はとりわけこの「燻《いぶ》し銀」の一匹から目を離さず、その動きの変化が、オートマトンの群れと呼応しているのか、追随しているのかを見さだめようとした。

　そのサイズ比を双眼鏡で目測するのはなかなか難しい。従来の経験を超えた物体《オプイエクト》であり、意識のなかにそれに相応する基準がないからだ。経験がないと尺度もまたない。騎手や象、フォルクスワーゲン*を遠目に覗いているだけなら、見慣れているから遠近なんてどうでも構わない。しかしここでは、感覚そのものが惑乱してしまう。

　そうした場合、往々にして、試しに何かをよすがとして経験に頼ることになりがちだ。で、あの「燻し銀」ヘッドが、僕のテリトリーにやってきたとき、比べる物差しとなりそうな慣れ親しんだ物体を目で探した。これはさほど難しいことではなかった。あの「燻し銀」がほんのしばらく、僕と次の芦ガ淵《ズンプフロッホ》*のあいだをうろうろしていたからだ。この煙水晶から目を離さないよう、おもむろに首をまわすあいだ、僕はふと魔に魅入られてしまった。おかげで、オートマトンの表面に現れたと思った変化が、現実に起きたことなのか、ただの錯覚だったのか、さだかには言えなくなった。僕は信号灯のように色が変わったのを目撃した。ふっと色が褪めたかと思うと、突然、血のように赤い光が灯ったのだ。蝸牛《かたつむり》が角を出すような黒い突起が見えた。

と同時に、「燻し銀」が振子のように後戻りして、芦ガ淵のうえで一秒ほど宙に静止した。おかげでサイズを目測できたことが忘れられない。オートマトンの群れはいまや消え失せてしまったのか、それとも僕が物の怪に憑かれて目が昏《くら》んだのか、庭は水を打ったように静まり返っていた。夢の景色のように影ひとつない。

「鴨の卵大にカットした水晶」――「燻し銀」がほとんど葦の穂に触れそうになったとき、穂とサイズを見比べて僕はそんな結論に達した。子どものころからそうした葦の穂はよく見知っている。僕らがあれを「煙突掃除」と呼んだのは、穂絮《ほわた》を摘もうとすると服が泥だらけになったからだ。穂を摘むのは葦の原っぱが氷原になるまで待たなければならない。それでも葦に近づくのは危うい。薄氷が葦の帯状の茂みで割れやすくなり、鴨の穿った巣穴がそこに隠れているからだ。

比較のお試しに格好の相手は蚊だった。ルビーに彫りこまれた細密画のように、蚊は毛氈苔《もうせんごけ》の葉を飾っている。毛氈苔も僕にとってはお馴染みだった。僕らは湿原の遠足に出かけると、毛氈苔を掘りおこしては、ペットの飼育箱に植えかえたものだ。ボタニストはあれを「食虫植物」と呼ぶ――いかにも野蛮な誇張だが、その呼称ゆえに僕らもこの繊細なハーブを観察するようになった。いま、あの「燻し銀」が低徊してうろつきまわり、ほとんど芦ガ淵の縁《へり》に接しそうになったとき、毛氈苔とともに双眼鏡の視野に入ってきた。僕の目分量では、じっさい天然の蜂と比べると、かなり大きなサイズと知れた。

目を爛々と光らせ、一心不乱に偵察していると、仮幻に誑《たぶら》かされる危険に直面する。雪原や砂丘の彼方をめざす隊商の列や、果てしない直線路を突っ走るドライバーなら、だれしも覚えがあることだ。僕らは夢を見はじめる。幻に僕らは屈服させられる――。

「毛氈苔は結局、食虫植物であり肉食の野草なのだ」

なぜ僕はそう考えようとするのか。あの赤い、ねばねばした捕獲の触手で虫を咥《くわ》えこむ葉が、ぐっと大きくなって見えたような気がした。番人が餌を投げたのか。

僕は目をこすった。小が大に化けるこの庭では、夢幻が僕を惑わす。が、同時に僕の内耳に、警告のシグナルが鳴りわたった。ジリリンと鳴る目覚ましのように。猛スピードで突っ込んでくる車が鳴らすけたたましい警笛。僕が怖気《おぞけ》をふるうような、禁断のなにか、恥ずべきなにかが見えたにちがいない。

ここはおぞましい場所なのだ。ぞくりと鳥肌が立って思わず跳びあがった。この椅子に腰をおろし、芦ガ淵を観察しだしてからはじめてだ。「燻し銀」がふたたび近くに寄ってくる。うろろ徘徊するのをやめて、僕のまわりを旋回し、触角をそよがせて聞き耳を立てている。僕が目を奪われたのはその「燻し銀」ではない。山鶉《やまうずら》猟のポインター犬のように、「燻し銀」が僕の目線を誘導した先に見えたもの、それが僕を金縛りにした。

毛氈苔は以前のように小さくなった。蚊が一匹、すでにその好餌と化している。だが、そのすぐそばに、肉色のいかがわしいものが水に浮いていた。僕は双眼鏡をズームして像を鮮明に捉えた。いま、目をかっと見ひらく。錯視ではありえない。

　芦ガ淵には格子状に葦が生えている。その隙間から、褐色の泥炭層がのぞいていた。浮草の群《むら》葉《ば》がモザイクをなす。その一葉に、あのいかがわしいものが乗っていた。くっきりと見える。僕はもう一度目で確かめた。疑いようもない。あれは人間の耳だ。

　まさか見損なうことなんてありえない。あれは切断された耳*なのだ。加えて、僕がまったく正気で、判断に一点の曇りもないこともまた否定できない。僕はワインの一滴、薬品の一錠たりとも口にしておらず、タバコだって一本も吸っていないのだ。すでに長らく日銭にも事欠く身だったから、僕は素面《しらふ》のつましい暮らしを送ってきた。カレッティみたいに、突然、あれやこれやと幻覚を見るような連中の一人に、じぶんが数えられるとは思えない。

　僕は芦ガ淵に双眼鏡を向け、他にないか、順を追って隈なく探索*し始めたが、しだいに恐怖が募ってきた。点々と耳介《じかい》が散乱している！　大きな耳、小さな耳、愛らしい耳、粗野な耳。それらを僕は見分けたが、どれも鋭利な刃物ですぱりと刵《みみき》られていた。僕が「燻し銀」ヘッドを目で追ううちに見つけた最初の耳のように、いくつかは浮草の葉の上にちょこんと乗っている。ほかの耳はなかば葉陰に隠れていた。さらに残りは湿地の褐色の水のなかに沈んでいて、朧《おぼ》ろな微光を放っている。

　この光景に僕は嘔吐の荒波に襲われた。見知らぬ土地に漂着した難破者が、思いがけず人食いの焚火の跡に遭遇したみたいに。僕はこの光景が孕む破廉恥な挑発*に気づいた。この光景は現実の一段と深い層に通じている。さっきまであれほど完璧に僕を虜にしていたオートマトンの賑わいが、不意にかき消すように空無に帰した。僕の目や耳はもう蜂を感知していない。あれが蜃気《しんき》楼《ろう》ということだって、ありうると思った。

と同時に、冷気を感じて悪寒が走った。すぐそこに危機が迫っている。膝がわななくのを感じ、椅子の背にへたりこんだ。僕の前任者も失踪する直前、ここに座っていたのか。ひょっとしたら、たぶんあの耳のひとつが、彼の耳ってこともありうるのか。髪が逆立って、毛根がひりひり灼けつくようだ。いまはもう就職なんて論外だ。いまの僕は絶体絶命だった。無事にこの庭から出ていけたら、それだけで幸運と言うべきだろう。

これはとことん考え抜かなければならない。

16

じっさい、ツァッパローニの園庭を一目見たとき、僕は有頂天になったが、よき前兆があったわけではなく、そこで尻込みすべきだった。僕は軽率だったのだ。それでもまだ経験というものがある。だが、こんな経験をした人など誰かいるだろうか？

あの切断された器官の残忍なさらしものに、僕は度を失っていた。ただ、この一連の出来事には、必然のモチーフが絡んでいる。これは必ずしも技術の完璧がもたらした結果ではなく、熱狂が終止符を打ったただけのことではないのか？　世界史のどこをひもといても、人体の八つ裂きなど枚挙にいとまなく、われわれの時代と同じくらい、五体を切り刻んできた*ではないか？　そもそも世界の開闢《かいびゃく》以来、人間は戦ってきたのだ。それでも、叙事詩『イーリアス』全巻を通じて、腕や脚が失われた場面など、僕は一つも思いだせない。四肢の切断は、もっぱら非人類の神話に跡をとどめるのみで、それもタンタロス*とかプロクルステス*のような悪鬼のたぐいである。

僕らに別の基軸があることを知るには、駅のプラットフォームに立って目を凝らすだけでいい。軍医ドミニク・ラレー*からこのかた、僕らが進歩したのは外科だけではない。ああした戦傷*を偶然のせいにするのは、僕らの目の錯覚のひとつなのだ。ほんとうは、すでにこの世界の胚種を汚してしまった傷痍《しょうい》の後から、つけたりとして偶然を加えたにすぎない。手足切断が増えているのは、なんでも切り苛《さいな》む精神が勝ち誇っている徴候のひとつなのだ。先に損失が生じ、それが目に見えるものとなって、あれこれ慮《おもんぱか》るのは事後になってからだ。砲弾はずっと前に撃ち放たれ——科学の進歩などと称して時差で着弾すると、そこが月の表面であれば、*ぽっかり爆心に穴があく。

人間の完成と技術の完璧。その二兎は追えない。片方を望むなら、他方は犠牲にせざるをえないのだ。どちらを選ぶかの決断で、運命の岐路に立つ。そう見極めがつくひとはだれでもみな、あれかこれかに物事を整理してしまう。

完璧は予見可能性をひたすらめざし、完成は予見不可能性へ一途に進んでいく。それゆえ完璧なメカニズムは恐怖を呼び覚ますが、また巨神族《タイタン》の傲慢も目覚めさせるので、その鼻っ柱をへし折るには、理性的な洞察ではなく壮大な破局《カタストローフェ》しかない。

完璧なメカニズムを目のあたりにして、僕らが共有した恐怖とそしてまた熱狂は、完成した芸術品を鑑賞しながら、僕らが覚える静謐な悦びとはまさに正反対だった。僕らはおのが純潔《インタクトハイト》、わが均斉《エーベンマス》*が攻撃にさらされているのを感じる。腕や脚が捥《も》がれるだけなら、それは最悪の危険ではない。

そんなことを考えるのも、ツァッパローニの庭の景色と、そこに漂う雰囲気には秩序があって、最初に一目見て僕が仰天したほど、突拍子もないものではないことを、ここに示さんがためなのだ。技術の天才が発展させてきたものを一瞥して、僕はすっかり熱狂してしまったが、やがて頭痛が生じ、それが宿酔《ふつかよ》いに転じ、とうとう無残に削《そ》がれたさらし耳に行きついた。一つのものが他を挑発している。

当然ながら、こうした考察に立ち入ることなど、ツァッパローニが計画していたはずはない。彼には別の意図があった。まちがいなく恐怖に震えあがらせたかったのだ。みごとにそれは成功した。僕が罠にかかるのを見て、今ごろはきっと私室でご満悦だろう。おそらくあそこで本に囲まれてゆったりと寛ぎながら、ときどきスクリーンに目をやって「燻し銀」が送ってくる画像を追いかけているのだろう。僕がどう反応するか、見ていたいのだ。もっけの幸いだったのは、僕

17

が独りごとを呟かなかったことだ。そこは僕だって経験がある。だが、椅子から跳びあがったのは浅はかだった。

以前、こうした場合に僕がとっさに考えること、さらには正しくもあった反応は、ひとまず当局に通報することだった。森をぶらぶら歩いていて、ぞっとするものをみつけたら、近所の警察署に電話するに如《し》くはない。

だが、それは最初から論外だった。人をあっと言わせる技巧の極を解する感度が、僕にまだあった時代はとうに過ぎ去っている。ツァッパローニのことを警察に告げ口するなんて、ピラトにポンティウスを告発する*にひとしい愚挙である。そんなことをしたら、たちまちその晩、耳切り魔に仕立てられ、獄窓《ごくそう》の闇に消えるのはこの僕に決まっている。まさしく自明の理だった。夕刊紙にどう書かれるか、げに恐ろしやである。いや、僕にどうすべきかを助言できるのは、十七世紀の三十年戦争の間、乱世をよそにまどろんで夢を見ていた人*くらいしかいない。ことばは意味がくるくる変転し*、警察だってもう警察ではないのだから。

ところで、さっきのぶらぶら歩きに話をもどそう——切られた耳を一つ見つけたら、たぶん今でも通報するだろう。でも、森の片隅で紅天狗《べにてんぐ》茸《だけ》*みたいに物陰にたくさん耳介が散らばっているのを見つけたら、どうするか。きっと抜き足差し足で、後ずさりしていく。おそらく口をぬぐって、そんなものを見つけたとは、親友にも妻にも黙して語らないはずだ。壁に耳ありだから。「さわらぬ神に祟りなし」——それがここでは従うべき鉄則なのだ。しかしながら一難去ってまた一難。犯罪行為に目をつぶり、市民に課せられた明白な夜間の通報義務をわざと遅らせているのだ。そこから人非人まではほんの一歩である。たぶん、これは故意なのだ。僕を恥ずべき秘密に引きずりこみたいのだろう。最初は事情通として、ついで共犯者として。

それに応えようにも、有為にせよ、無為にせよ、どっちにしたって抜き差しならない状況だった。僕の最上の処世訓は、かつてウィーンのカフェで聞いた一言に尽きる。すなわち「断じて黙殺すべからず」――あれを肝に銘ずべきだ。

それでも先行きの暗雲は晴れない。ツァッパローニが失敗して破産することだってありうる。でもまさか、彼はそんな風に消えていく超人《ユーバーメンシュ》第一号ではあるまい。僕がこの庭で見たものは、世界的大企業の新製品展示場というより、予備的な動員令*に似ていた。これは悪しき結末を招きかねない。その場合、憤怒の嵐が吹き荒れるだろう。今まで安全地帯にいた人が我も我もと血眼になり、覇者ツァッパローニに媚びへつらう人たちと張り合いだす。償い欲しさの人もいれば、弁解したい人もいる。しかし、切断された耳のスキャンダルに巻き込まれたこの落魄の騎兵隊長からすれば、ああいうペンギンどもはみな烏合の衆にすぎず、どれも大差ない。「見ざる、聞かざる――古典的な事案だな」と団長が宣《のたま》うと、白い胴着をお召しのペンギン団員たちの頭が、一斉にごもっともとうなずく。

どう転んでも尻尾を巻くしかない窮地に僕は陥っていた。いまは精いっぱい頭をひねっても、窮地を脱する見込みは半々がやっとだろう。テレーザが待っている。彼女を放っておけなかった。

まだこの場所から動かないほうがいい。結局、椅子から慌てて跳びあがったからって、気に病むほどのことじゃない。「燻し銀」ヘッドのせいで、あんなことも起きる。僕は芦ガ淵から目をそらし、くたびれたみたいに両手で頭を抱えこんだ。

いまは、どうやって無事にこの庭から出られるか、という問題だった。むろん、カレッティは仕損じたのだ。もし好きなだけたくさん耳を削ぎ落としたいのなら、モラル云々なんて考慮してはいられない。それが僕の考えを混乱させたわけではなかった。何か別のもの、生理的なむかつきが鳩尾《みぞおち》のあたりにつかえていた。

僕はその嘔吐感を振り払おうとした。こいつは子どものころからお馴染みだ。モラルの圏域より下方にあり、食わず嫌いの偏食と同様、なんの得にもならない。苺《いちご》や蟹《かに》を一目見ただけで赤いビーツ料理を連想し、口がまずくなる人がいる。そのほかにも、たとえば僕のように、削がれた耳を直視できない人だっているのだ。

人生が順調だった時代、僕は暴力否定論者ではなかった。しかし僕にとって、暴力が興味をそそるのは、互いの力がそこそこ釣り合っている場合に限られていた。力の拮抗、均衡が保たれていなければならない。フェンシングのサーブル競技*で耳を斬り落としたのなら、胸の悪くなるような事故だと思って僕も心が揺れたろうが、いまみたいに敵意は感じなかったろう。そこにはほとんど区別し難い微妙なニュアンスがある。が、往々にしてニュアンスがそうであるように、ほぼ何にでもこれは拡張できるのだ。

力の均衡が失われたら、不快さが蔓延する。釣り合いを失うと、船酔いのような感覚に見舞われる。敵*は武装していなければならない。さもなければ、もはや敵ではない。僕は狩猟が好きだが、みな殺しの一網打尽は避けてきた。釣りは僕の情熱の対象だが、小川や養魚池に電流を通せば*、最後の糸魚《いとよ》*まで獲り尽くせると聞いて、やるせなくなった。そんな漁法があるという単純な事実、単なる風説を聞かされるだけで、もうじゅうぶんだった。僕はそんな風にして一尾も釣ったことがない。冷たい電極の影が忍び寄って、鱒《ます》のゆらめく早瀬や、苔むした鯉や鯰《なまず》がまどろむ古池に差しこまれ、一撃でその魅力を奪ってしまうなんてあんまりである。

　そこには何の美点もない。純粋に吐き気を催すだけだ。寄ってたかって多勢に無勢とか、嵩《かさ》にかかって大が小を呑むとか、大型のマスティフ犬がちっぽけなスピッツに襲いかかるような弱い者いじめを見ると、僕は腸《はらわた》が煮えくりかえる。それは僕の負け犬人生でも初期の筆下ろしにあたっていたが、やがて世間でじぶんの首を絞めることになる時代遅れのこだわりに身を賭すことになった。いったん馬上の騎兵となりながら、それを戦車に乗り換えたのであれば、ものの考えかたもまた学び直すべきだ、と内心呟きながら、そんなじぶんを責めつづけた。とはいえ、思考だけで克服するのは難しい事柄だった。

18

万犬《ばんけん》虚に吠えたら、和して吠えなければならない。さもないと、じぶんがひどい目にあう。それを最初に、しかも後のちまで尾を引くように僕に叩きこんだのは、アチェ・ハーネブートだった。この初体験によって、僕の運命を司るシリウスは、どうも徹底して意地が悪いらしいと腹をくくることになった。以来、それが僕の終生の課題の一つになったし、そのあとの多事多難も洗いざらいここで触れておくことにしよう。

人生の師となった恩人たちを指折り思いだしていくと、僕らを少年期から連れ出し、生意気盛りの青年期に導いてくれた人物にたどりつく。僕や近所のほかの家の息子たちの面倒を見たのがアチェ・ハーネブート*だった。当時の彼は十六歳か十七歳そこそこだったかもしれない。その彼がたかだか十二歳のガキ集団に絶対の規律をもたらした。僕らに教えたのは、権威への服従という新しい概念であり、統率者をひたすら崇め、たとえ火の中水の中でも飛びこむ献身を学ばせたのだ。そうした統率者は、僕らの常住坐臥《じょうじゅうざが》を支配するばかりか、夜寝ていても夢にあらわれるようになる。夢の世界にまで支配が及んできたら、すでに歴とした症状である。誰かの夢を見はじめたとたん、それが吉夢であれ、悪夢であれ、ひとは囚われの身になっている。すぐれた作家に求められるのも、ひとの夢枕に立つことなのだ。そこに力《マハト》が始まる。

僕らは町の外縁*に住んでいた。ヴァインシュトラーセでは、どの家も広い庭に囲まれていた。町の端から草地が広がり、毎年水浸しになって、スケートには格好の氷原となった。初冬の季節だと、刈り残しの枯れ萊《くさ》がまだぼさぼさ茂っている。氷面下に透けて見えるのは、夏を冷凍したような水中花だった。僕の母親がこの浸水の季節に悩まされたのは、秋になると無数の野鼠が家のなかに逃げこんでくるからだ。

草地は森の池を過ぎると、ウーレンホルスター湿原につながっている。その舷側に沿った境の水際に、「クラインガルテン」*の貸し農園の緑地帯《コロニー》があって、僕らは連中を「コサック」と呼んでいた。わが家の隣人は宮廷顧問官《ホフラート》*メディングといい、古い流派の名高い医師で、堂々たる大立者の屋敷を構えていた。召使たちとともに、お抱えの料理人や馭者《ぎょしゃ》を雇っている。談話室にはマホガニー製のロールトップ机*が置いてあり、いつも金貨を何枚か処方箋のうえに載せて文鎮代わりにしていた。貧しい患者が来たら、神様にお賽銭をあげるつもりで診察代はタダにするのだ。

この宮廷顧問官の公園みたいな庭は、伸び放題の草むらだったが、そこを僕らが遊び場《シュピール》にしても見咎められなかった。むろん、いちばんのお目当ては馬である。僕らは厩舎や馬車庫や飼葉《かいば》置き場の隅から隅まで知っていたし、馭者の住まいにも精通していた。運よく馭者の倅、ヴィルヘルム・ビントザイルと友だちになっていたからだ。

　ビントザイル家では、つねに馬が要所を占めてきた。老ビントザイルは、東プロイセンのティルジット*に駐屯していた竜騎兵だった。室内に飾られている戦友一同の写真から、粋な口髭を生やした往時の雄姿をいまも目にすることができる。その下に掲げられたモットーは「リトアニア竜騎兵は敵に手加減せず、敵の手加減も望まず」だった。実物の老ビントザイルを目のあたりにすると、それはなかなか想像し難い。口を開けばしどろもどろ、彼になにか手加減しないものがあるとすれば、火酒《ケーム》*のボトルくらいだろう。

　その弟、つまりヴィルヘルムの叔父さんは、騎兵学校で門番をしていた。彼は第一級鉄十字章*を佩用《はいよう》し、普仏戦争のマルス・ラ・トゥールの戦い*に参戦したという。ヴィルヘルムはときどき僕らを案内して、遠巻きにこの偉人を拝ませてくれた。僕の父もそれを満更でもなさそうに見ていた。父も軍人魂を鼓舞する方面の本を僕らに買い与えていたからだ。僕らが当時読んだのは『或るドイツ騎兵の生涯』*や『或るリュッツオーヴ猟兵の回想』*、『大王と新兵』*とかである。

　そのころすでに僕らは、徘徊する地域を湿原まで広げていた。でも冒険は必ずついてまわる。僕らが庭をうろついていたころ、納屋であの事件が起きた。湿原の土手で失火したのだ。僕の弟ヘルマンが、束ねた柴を燻《いぶ》って、あちこちつつく悪戯《いたずら》をはじめた。突然、小さな葦の帯に火がつき、めらめらと炎《ほむら》立つのが見えた。たちまちヘザー《ハイデクラウト》*の枯草に燃えひろがり、はじめ僕らは小枝を連枷《からさお》にして火を叩き消そうとした。が、湿原の枯野は導火線みたいに乾いていて、広がる火は手に負えない。すでに火消しにへとへとで、熱気にあてられ、足裏まで火に焙《あぶ》られかけたとき、火の舌が納屋をちょろちょろ舐めだした。

僕らは小枝を投げ捨てた。まるで悪魔が追いかけてくるみたいに、わっと後も見ずに町なかへ逃げだす。それでもいたたまれない。気が咎めて右往左往した。とうとう僕らは貯金箱を割って小銭を取りだし、町の教会に聳え立つ高さ百メートルのゴシック風の塔に駆け上がってみた。塔の観覧料は一人十ペニヒだった。その見返りに、湿原を覆う燹《のやき》の凄まじい全舞台《シャウシュピール》を眼下に鳥瞰《ちょうかん》できた。出動して懸命に消火にあたる三人の消防士が見える。すでに僕らは数え切れぬほどの階段を息せき切って駆け上がり、膝が震えていたうえ、遠くから鳴り響く消防車のサイレンが耳にこだまし、真っ赤に染まる空をふり仰いで、卒倒せんばかりに悄気《しょげ》かえった。よろよろと階段を下り、旧市街をつたって、隠れるように家まで逃げ帰り、這うようにベッドに潜りこむ。幸いなことに、僕らに嫌疑はかからなかった。でも、長いあいだ、僕は野火の夢に魘《うな》され、夜中に何度も悲鳴をあげた。呼ばれた隣家の宮廷顧問官メディングが、両親を安心させるとともに、吉草酸《きっそうさん》*ドロップの処方を書いてくれた。診断《みたて》はこうだ。ま、思春期ですから。

あれはしかし、まだ子どもの世界の出来事*だった。数カ月過ぎてから、アチェ・ハーネブートが統率を始めた。彼ならひょっとしたら、いっぱしの英雄譚にだって仕立てたろう。彼は足跡を残さない狡猾《こうかつ》さを重視して、僕らにはそれを狙いとした任務を与えた。僕らが知りあってすぐのころ、アチェが聞きつけたのは、別の隣人の一人、クラモア・ボッドジークが両親からターレル銀貨をくすね、それをどこかに隠しているというネタだった。ほとぼりが冷めるのを待って、ネコババして使う気でいるらしい。アチェは僕らにその探索を任せた。そこで僕らはクラモア・ボッドジークの思考経路をたどって、ついに隠し場所を突き止めた。これは千里眼で探し物をみつけるような気の利いた離れ業で、いまだに僕は驚きを禁じえない。僕らは彼の活動範囲を小さな碁盤の目に分けて逐一洗ったのだ。くすねた硬貨は両親の前庭にある植木鉢のひとつに埋められていた。僕らはこっそり横取りしてアチェに献上する。この成り行きは、当時の僕らが彼のご機嫌取りに汲々としていたことを示している。もちろん、モラルとして見れば、湿地の失火よりよっぽど悪どい。でも、ボッドジークがそのあと何日間も間抜け面で植木鉢を探しまわっているのをかいま見て、僕ら少年愚連隊はわれながら狡猾さにほくそ笑む思いだった。

宮廷顧問官メディングの馭者は、日ごろこき使われるので、たびたび人が入れ代わる。医師が患者の家で往診しているあいだ、野外で長時間待たなければならないからだ。とりわけ冬は酒瓶で暖をとらざるを得ず、つい飲み過ごして主人が堪忍袋の緒を切らす。すると、馭者はお屋敷の常雇いから、流しの辻馬車に転じ、エナメル塗りのシルクハットをかぶって駅の前で旅客を待つ身となる。そんな風にヴィルヘルム・ビントザイルの父も馘《くび》となって、ハーネブートの父と馭者を交代した。そのハーネブートの父もほとんど一年と保たなかった。馬が痩せてきたのに気づいた宮廷顧問官が、雷を落としたからだ。馭者が「素面《しらふ》」でないのは大目に見ても、動物をこき使うのはけしからん、という理屈である。

ハーネブートの母親は心配性の女で、ひたすら宮廷顧問官にかしずいていた。馭者の父親はほとんど家庭を省みない男だった。往診に同行しているか、厩舎で働いているかで、あとは鍋屋横丁の居酒屋でクダを巻いていた。なにか急患のお呼びがかかると、宮廷顧問官はそこから彼を呼び出したものである。

その息子のアチェはお山の大将*だった。ささいな賃仕事を生業《なりわい》にしていて、転々と変わる。小遣い稼ぎに本屋には新聞の綴じ込み、貸本屋には書籍を持ちこんだ。秋になると、農夫たちと町にやってきて、荷台いっぱい泥炭を積んでくるか、「洗い砂*だよ」と街路で売り歩くかである。彼に取り入ろうとする少年は、高等中学《ギムナジウム》の生徒たちだったから、階級は天と地ほども違っていた。といって、それで彼が暴君ぶりを手控えたわけではない。

僕の父は、僕らとヴィルヘルム・ビントザイルが親しくなるのは歓迎しても、この新しい仲間との付き合いをあまり喜ばなかった。一度、隣の部屋で母にこう言っているのが聞こえた。

「この新任の馭者の息子アチェは、不良仲間だぞ――生粋のプロレタリア式の不作法をうちの子たちに教えとるからな」

父が言わんとしていたのはたぶん、アチェ・ハーネブートが履いていたワークブーツ*のことだろう。その理由は、なんでも彼の真似をしたがる僕ら取り巻きが、しきりと母親にブーツをせがみ、拝み倒して買ってもらっていたからだ。このブーツは森が疎であれ密であれ、葦の茂みだろうが蘖《ひこばえ》の下藪であろうが、ずかずか踏んづけていけるから、「森の伝令*」には欠かせない足まわりだったのだ。

その言葉を僕らのあいだに持ちこんだのは、アチェ・ハーネブートである。彼は「森の伝令」を、白い王軍の猟兵というより、赤い左派の遊撃兵*と解していた。僕らの志望校が騎兵学校だと見てとるや、正規兵に対する反感を隠そうとしなくなる。

「やつらは、気をつけの号令一下、直立不動でなきゃなんねえだろ。でも森の伝令はな、拷問の柱に縛られる以外、直立不動なんかまっぴらご免なのさ」

彼はこうも言った。「伏せ！　と言われたら、兵士は伏せなきゃならん。森の伝令は、だれかに忍び寄るとき以外は伏せないんだぜ。命令には従わない――森の伝令はいかなる指令も断じて受けないんだ」

こうして僕らは野生に開眼させられた。たまたまだが、その直後の秋の射撃大会で北米先住民《インディアン》の見世物があった。興行師がテントにインディアンを並べ、一人一人名を呼んで、触れ口上よろしく何人の頭皮を剥いだかを披露する。口になにか頰張っているみたいなもったいぶった声を張り上げて、口上役が呼ばわっていた。

「名は『黒の野生馬《ムスタング》』、小酋長《しゅうちょう》――七人の白人の頭皮を剥いだ利口者でござあい」

戦士たちは、観衆のまなざしを浴びても、凝然としてたじろがない。彼らは顔に戦《いくさ》の隈取《くまどり》を施し、羽飾りの盛装をしていた。アチェ・ハーネブートは僕らをそこに連れていった。確かに、騎兵学校やビントザイル叔父さんとはまるで違うなにかだ――インディアンも馬を乗りこなすから、それ以上の存在に見えた。こうやって見比べて、彼らがメキシコ人や他の白人と互角に戦えるかどうかが、僕らのお気に入りの話題になった。きっと勇猛に戦えるさ、というのが僕らの確信だった。そんなことを延々と議論した目的はほかでもない、優れた者はありうべきどんな相手でも組み伏せられる、という証明をなし遂げたい一心だったからだ。僕らが口角泡を飛ばしたせいで、もうひとつ、僕らの読書傾向まで一変することになった。

夕食をすませると、僕らは馬具庫に集まった。そこは厩《うまや》の上にあって、鞍《くら》の台架や、アチェの臥所《ふしど》になっている馬着《ばちゃく》*の山にてんでに腰かける。そこで彼は僕らにカール・マイの『叉鬼《マタギ》の息子』*を読んでくれた――あれこそ本だった。馬の匂いやら、飼い葉や革の香りやらが蒸れて立ちこめ、冬になると鉄製の達磨《だるま》ストーヴが赤々と燃えていた。宮廷顧問官は薪をたっぷり蓄えていたのである。厩のランタンの前に、アチェが本を手にして座っていた。僕らは緊張して耳を澄ます。眼前にひらけたのは新しい世界だった。熱気が籠りすぎた部屋に座る僕らは、半ズボンとワークブーツだけの半裸になっていた。ときどきアチェが僕らを鍛錬してやろうと喝を入れ、外の氷の庭を走ってこいと命じた。

夏はいつもウーレンホルスターの湿原にいた。僕らはすでに、どんな片隅でも、どんな泥炭地や、どんな切れ込みの溝でもよく知っていた。煙を出さずに焚火《たきび》もできる。ある熅《いき》れの籠る日、僕らは鎖蛇《クロイツオター》*をつかまえた。鎖蛇は僕らのボスの収入源のひとつになっていた。ウーレンホルスターの市長が、一匹あたり三グロッシェン*で買い上げてくれたからだ。アチェ・ハーネブートはこの毒蛇狩りを胆だめし*に結びつけた。

この蛟《くちなわ》はある時期になるとずるりと匍《は》いだしてきて、湿原の土手に長々と寝そべるか、とぐろを巻いている。見つけるには、よく鍛錬した目が要る。僕らは最初のうち、柳の叉木《またぎ》で蛇の頭を押さえこみ、若枝で叩き殺さなければならなかった。次の段階に進むと、生け捕りにしなければならない。アチェが袋《ザック》に放りこむまで、鎌首を後ろから指で挟みつけておくのだ。飼育器で飼うペットにできれば、いいカネになった。最後の段階は、身をくねらせて逃れようとする鎖蛇の尻尾を摑んだまま、腕を伸ばしてぶら下げていなければならなかった。咬まれずに蛇をつかむ技である。放っておくと、鎖蛇が三分の一ほど頭を擡《もた》げるので、その姿勢のままアチェ・ハーネブートの検分を受けるのだ。大きさと色合いから、飼育器のペットにふさわしいとなれば、袋に放り込まれてとぐろを巻く身となるが、ふさわしくないとなれば、蛇は地面に放りだされ、なぶり殺し*の目にあう。「地獄蝮《ヘレンオター》」と呼ばれる真っ黒な鎖蛇がいて、原色の地肌にギザギザの文様が入っていた。これが蛇好きには垂涎《すいぜん》のまとなのだ。

この湿地の徘徊にちょっぴりでも参じた少年なら、だれでも一目置くに値するとアチェ・ハーネブートは思っていて、この肝だめしの大試練に挑むことを許した。いやしくも蛇捕りならだれにも知れている蛇の習性を、アチェは自家薬籠中のものにしていた。蛇にかざした手を動かさず、じっと息を凝らしていると、蛇は他の物体とおなじように凝視したままでいる。この動物は、動かない手を敵性の生きものとは考えないのだ。
鎖蛇をつかむってのは大ごとなんだぜ。ボスは胆だめしで豪胆を示した少年だけを選んで——そう言い聞かせながら、ゆっくりと右手で蛇を下ろしていき、左の掌にするりと滑りこませ、それから腕に巻きつかせた。奇蹟だった。蛇にひとつも咬まれない。だが、僕らが言っていたように、アチェはこの胆だめしばかりは、じぶん以外の誰にもやらせなかった。彼は承知していたのだ。人を信じて託せるものが何なのかを。

僕自身についていえば、思いだすのもおぞましい、ああした光景ばかりの僕の人生でも、虫唾《むしず》が走るような最悪の瞬間のひとつだった。とにかく蛇という生きものが、僕は嫌でたまらないし、夢にまで忍びこんできて*僕をおびやかす存在に思えた。あの冷たい鏃《やじり》形の頭が手に滑りこむのを感じると、剃刀《かみそり》のように殺意のぬめりが鞘走《さやばし》るのだ。けれど僕は彫像のように微動だにしない。それほどボスのためになりたい、ボスの笑顔を見たい、ボスの前で目立ちたい、という願望が強かったのである。この胆だめしが済むと、僕らはボスをインディアンのような戦士名で呼ぶことを許された。その戦士名はほかの誰にも明かさないことを誓い、僕らも戦士名をもらって、お気に入りの近習《きんじゅ》に加えられた。まだ年端もいかない若造のくせに、彼はすでに他人を意のままに動かす術を心得ていた。

クラインガルテンの「コサック」たちとの諍《いさか》いは、ハーネブートが引き継いだ。喧嘩はもう何世代も前からあって、おそらくずっと昔から、沼地の両岸に陣取った敵味方の間でいがみあってきたのだ。アチェの境遇からすれば、むしろ敵側についたほうがふさわしかったが、彼が僕らのボスになった。向う岸には掘立小屋の集落やらコテージやら、植木畑や猫の額の食堂が、ごちゃごちゃと肩を寄せ合っていて、僕ら高等中学《ギムナジウム》の生徒が足を踏み入れようものなら、拳骨が乱れ飛ばずには通り抜けられない場所だった。逆にヴァインシュトラーセでは、僕らのほうがコサックたちに仕返しの鉄拳を見舞った。僕らは赤い学帽を被っていたから、連中には襟首の赤い鳥になぞらえて「鷽《うそ》*」と呼ばれていた。どちらの徒党も誰ひとりとして、あえて単身で敵の縄張りに踏みこもうとはしなかった。衝突が起きるのは、アイススケートの季節か、僕らが凧揚げをはじめる秋である。

　アチェ・ハーネブートは僕らの喧嘩に首をつっこむや、たちまち事を改善した。ひとつが森の伝令に斥候役をやらせたこと、もうひとつは武器として飛び道具のスリングショット*を持ちこんだことだ。二股の枝にくくりつけたゴムバンドで撃ち放つパチンコのことである。弾にこめたのは、散弾の粒か「おはじき玉《クニッカー》」だった。こういう新兵器は常に類が友を呼ぶように、やがてコサック側にもスリングショットが現れる。弾は単なる石礫《いしつぶて》だったが。そこから果てしない散開戦に陥ってしまう。

　この種の応酬は、なにかやり過ぎの一件が起きてそれで峠を越えたり、休戦を迫る外からの干渉があったりして、やっと終止符を打つものだ。ここでも同じことが起きた。ある朝、ぱっと噂が広まった。四年生以下の生徒の一人、それもターレル銀貨で僕らが出しぬいたあのクラモア・

ボッドジークが、通学の途上にスリングショットが命中し、片目を失明したというのだ。あとで判明したことだが、当初聞いて血相を変えたほど、怪我は深刻なものでなかったそうだ。しかしあの日ばかりは、みんな異常なほど逆上した。

僕らは昼食のあと即刻、アチェ・ハーネブートのもとに結集した。彼は直ちに膺懲《しかえし》の命令を下した。ちょうど僕の母の誕生日だったので、家で大きなお茶会があり、僕も新調の服を誂《あつら》えてもらっていた。僕はほかの客のように何食わぬ顔で、食事の最後のひとかけを嚥《の》みくだすと、そのまま服も着替えず、そっと席を外してワークブーツを履いてから、ポケットにスリングショットを忍ばせた。失明事件ですっかり頭がいっぱいで、ほかのことなど考える余地さえなかった。

全員が顔をそろえると、僕らは宮廷顧問官の庭を出て、朽ちた柵をすり抜け、アチェ・ハーネブートのあとについていった。暑い日だった。僕らは憤怒で力がみなぎっていた。おそらく浮立っていないのはアチェだけだった。

草地が地続きになっていて、宮廷顧問官の敷地の境界は、私講師*の庭に接していた。暑い日だといつも、その学者はガラス張りのサンルーム*を書斎にしている。そこは庭に張りだした離れになっていて、両脇の戸を開けっ放しにしていた。僕らは気が急《せ》いていたし、そこを駆け抜ければ近道になるので、アチェ・ハーネブートが構わず、この庭の書斎になだれこんだ。ぎょっとした学者が、宙に舞う紙ひらを追って、慌てて跳びあがり、何が起きたかを悟ったころ、アチェはとっくに反対の戸から飛びだしていた。その後から、どどっと十余人のワークブーツが響きわたる。それからまた柵を突きぬけ、広い草地を越えて、平坦な野原を斜めによぎり、僕らはコサックの縄張りに闖入《ちんにゅう》した。

柵と生垣のあいだの細道は、昼の陽射しがぎらついていた。僕らは禁断の地にいる。隊伍を小さく分けた。三、四人の他の仲間といっしょに、僕はまだアチェ・ハーネブートの背に張りついて走っていた。曲がり角をまわると、向うからコサックがやって来るのが見えた。背嚢《トルニスター》を背負った生徒が一人ぼっちだ。たぶん、放課後も居残り組だったにちがいない。その子にとってはとんだ不運の日になった。

僕らの姿に気づいたとたん、くるりと背を向けると、彼は鼬《いたち》みたいに逃げだした。僕らは一斉にあとを追いかけた。横合いから別の分隊がいきなり飛びだしてきて、退路を断たなかったら、うまく逃げおおせたかもしれない。もはや袋の鼠だった。一人が彼の背嚢を押さえ、他の仲間が挟み打ちにして、雨あられと拳骨を振るいだす。

最初、僕は思っていた。クラモア・ボッドジークがやられた眼の仕返しに、こいつが折檻されるのはまったく道理だし、目には目をの報復も当然だろう、と。相手は痩せた少年で、ほとんど抵抗もみせず、まず背嚢を剝ぎとられ、それから学帽も失った。さらに、そう強い打擲《ちょうちゃく》でもないのに、鼻から血が流れだす。たまたま、最初にそれに気づいたのは僕じゃなかった。蛇の肝だめしをやり遂げたわけではなく、やり遂げる気もなかったけれど、偶然の成り行きでここまでついてきた別のやつが、鼻血に気づいたのだ。ヴァイガントという名で眼鏡をかけていて、実はこの打擲《ちょうちゃく》に加わっていなかった。最初に気づいたのはヴァイガントだ。彼がこう告げたのが僕の耳にとどいた。「あいつ、もう鼻血出してるよ」

いまは僕にも衂《はなぢ》が見えた。この椿事に急に嫌気が差す。この乱暴は不公平すぎる。ボスがふりかぶって、新たに一発見舞おうとしているのが見えた。コサックの少年は、庭の垣根を背にしていまや棒立ちだった。もうこれで十分だ。僕はアチェの腕にぶら下がって、重ねてこう言った。

「あいつ、もう鼻血出してるよ」

そんな動作に僕を駆り立てたのは、不服従からではなかった。コサックが鼻血を流しているのに、アチェはまだ目に入っていないと咄嗟に知らせるつもりで、それを指摘しようとしただけだ。僕は不服従のゆえにアチェの腕にすがりついたわけでもなく、誰かを邪魔しようとしてああ言ったわけでもない。ただ、彼が見過ごした鼻血を気づかせようとしただけだ。このミスを最初に見つけたのはあくまでもヴァイガントだった。そして僕がその橋渡し役になって、ボスに伝えたのである。これは単なるミスの処理であり、それについて見方は一つしかない、と僕は心底信じていた。アチェもきっとふりあげた拳《こぶし》をおろすだろう、と。

あきらかに裏切られた。アチェは身をふりちぎると、これ以上ないほど驚愕した目で僕を睨みつけた。どうやら彼は、コサックの鼻血をミスと見ていないばかりか、断固正しいと思っていたらしい。彼はもう一度拳をかざすと、僕の顔を殴りつけた。と同時に、彼の怒号が聞こえた。「この野郎、とっちめたれ」。すると全員が飛びかかってきた。みんな、アチェ・ハーネブートより前から僕を知っている親友たちばかりだ。その僕を敵に追いやるのは、彼のひとことで足りた。ヴァイガントだけが立ちすくんでいた。でも、僕をかばってくれたわけじゃない。するりと姿を消した。彼の寛容の罰は僕が贖《あがな》った。

恐怖に襲われると、拳骨の嵐に見舞われても無感覚になる。ただ殴打されているという知覚だけだ。新調した服もずたずたに破られる。でも敗衣《やれぎぬ》こそ分相応だった。

とにかくコサックの少年は、僕が袋だたきにあっている隙に、学帽と背嚢をひろい、こっそり逃げ去ってしまう。とうとう彼らも僕を突っ放して立ち去る。柵に寄りかかったまま、ひとり取り残された。胸がふるえて喉もとで動悸が脈打っている。藪に太陽がぎらついていた。眩しい日ざかりに、森の緑も黝《くろず》んで見える。口のなかで苦い味がした。

長いあいだ柵のまえで棒立ちになったまま、肩で荒い息をしていたが、やっと気を取り直して、ヴァインシュトラーセにむかってとぼとぼ歩きだした。不案内な土地なので、入り組んだ庭と庭を脱けだすのに、しばらく手間どった。ようやく境界の道に達する。

僕はまだ惑乱していて、アチェたちが引き返してきたような気がした。鉄鋲を打ちつけたブーツがどかどか迫る足音と、息せききった声が後ろから聞こえたのだ。

「いたぞ——鷽《うそ》がいた、あいつだ、あいつがやったんだ」

何が起きたか察する前に、僕は取り囲まれていた。僕らの闖入に激したコサックの連中だ。たちまち僕を拿捕《だほ》する。大柄な首領格の声が聞こえた。

「この豚どもめ、よってたかって、病気の子をいじめやがって——お仕置きしてやる」。今度は鉄拳の痛みを感じた。地面に倒れると、蹴りの痛みも加わる。せめてものことだが、幸いにも彼らは先を争って僕を懲らしめようと、互いに肘で邪魔しあっていた。

こういうとき、細部までくっきりと、知覚が鮮明《くきやか》になるのは奇妙なことだ。だから僕にも見えた。僕を囲んで殴る蹴るの揉みあいのさなか、一人だけ加われない子がいる。彼は何度も押しのけられていた。一度、ほかの少年たちの脚の間から、顔がはっきり見えた。鼻血を流したあの少年だった。見覚えがある。彼は何度か、背嚢から取り出した石筆*で僕を突っつこうとした。でも、手がとどかない。

まちがいなくそのことが、この仕返しには一点の非もないと思わせ、醜悪な結末に僕を追いやろうとしていた。ほかの子が犬をけしかけながら、加勢にやって来る声も聞こえた。幸いなことに、ビールを積んだ荷馬車が、境界の道を通りかかった。馭者台から、革の前掛けをした男が二人下りてくる。彼らは代わるがわる長い鞭を群れに打ちこみ、子どもたちを竦《すく》ませた。狼藉を制するのが愉快だったのだろう。僕も耳朶《じだ》に痛打をくらった。みんな、蜘蛛の子のようにわっと散っていく。僕は息も絶え絶え、半死半生で家にたどりついた。そっと控えの廊下に忍びこみ、階段までたどりつくと、ちょうど誕生会の広間から出てきた父と鉢合わせした。お茶会はとうに終わっていた。僕は父と真正面からむかいあった。ワークブーツ以外はボロぎれと化した僕の服。髪はぐちゃぐちゃで泥だらけ、顔は見る影もなく腫れあがっている。父は察したにちがいない。

よりによってこのお祝いの日に、僕があの馭者の子の子分たちと、また殴り合いの大喧嘩をしたと。まさに正鵠を得た結論だった。僕は母の誕生会を台なしにしたばかりか、高価な新調の服まで初日にオシャカにしてしまったのだ。せっかくお昼どきに母の目を喜ばせたのに。おまけに、隣家の私講師からすでに苦情が届いていていた。

僕の父は物静かで己れを持す人だった。僕はその時まで、叱られるような悪さをしても、父からほとんど折檻されたことがない。しかし今度ばかりは、じろりと僕を睨みつけ、みるみる父の顔が紅潮した。二度、痛烈な平手打ちが飛んできた。

この打擲もまた僕には感覚がない。あんまりびっくりしたからだ。心が傷つくというよりぞっとして恐怖を感じた。父はすぐ気づいたにちがいない。憮然として背を向けると、食事は抜きだ、さっさと寝ろ、と告げた。

それが、まったくの孤独を僕が感じた最初の晩だった。それ以来、すでに嫌というほど僕は孤独な晩を過ごしてきた。「孤独」という、ちいさな一語は、僕にとって新しい意味を持つようになった。僕らの時代はちょうどこういう経験をするのにはうってつけだった。こういう経験を多くの人間がしたのだが、しかしなかなか言葉に表わせないのだ。

やがて親父は、何が起きたかを小耳にはさんだにちがいない。数日経って、あのことが親子のあいだで再び話頭にのぼると、ある詩を口ずさんで冗談に紛らした。

三たび、銃弾　雨あられ
鉄火の嵐ぞ、この山地——

それは僕らが暗誦しなければならなかった詩のひとつ*だが、とうに忘れ去られた戦闘、すなわちスピシェルン高地への突撃*に捧げられた一句だった。僕はしかし三度もぶちのめされたのだ。あのビール馬車の馭者の痛打を数に入れなかったとしても。

親子はまた胸襟《きょうきん》を開いた。でも、あの平手打ちは忘れられない。たとえ、親子でお互いにあれ以上、重箱の隅をつつこうとしなかったにしても。肉体の接触で新しい関係が生じる。ひとはそれを受け容れなければならない。

僕はこの経験にしばらく考える余地をあたえた。単なる過ぎ去った逸話では済まなかったからだ。人生において、ある女、ある敵、ある出来事が、ふたたび舞いもどってくるように、この経験も再帰する。蒸し返されるのだ。ことは別のペルソナで始まる。でも、おなじ人物がそこにいる。アストゥリアスの内乱*が始まったとき、今度はもうあんな冗談が通じないと分かっていた。いくらか慣れたにしたって、あれは世も末の出来事だった。僕らの部隊が足を踏み入れた最初の都会では、修道院が襲われて掠奪され、墓地の棺《ひつぎ》まで暴かれて、街路にグロテスクな骸骨が何体も散らばっていた。そして、ここでは厳格な規律など期待されず、そんな国に僕らは迷いこんだのだと思い知らされた。僕らが肉屋の店先を通ると、修道士たちの屍体が「hoy matado」の札とともに鈎《かぎ》にぶら下がっていた。屠《ほふ》ったばかりの「本日の生肉＊」の意味である。僕はこの目でそれを見てしまった。

あの日、僕は巨大な悲しみに打ちのめされた。ひとが尊《たっと》ぶもの、誉れとするものが、ことごとく滅びたと悟った。「名誉」や「尊厳」といった言葉はもう滑稽でしかない。かつての晩、僕の頭上に舞いおりた「孤独」という言葉がまたせりあがってきた。絶滅に瀕した星の瞬きのごとく、非道が心と心を孤立させる。モンテロンのあの熱情、あの思考こそ、僕の生きる道だった。こんな光景に遭遇したら、彼はなんて慨嘆したろう。けれど、モンテロンの時代は終わった。彼のような人びとは二度と現れない。「金輪際、知りたくないことがある」。それゆえ、門前で彼らは先に斃《たお》れたのだ。

あのとき、僕のスピシェルンの戦いの日が、おなじペルソナで繰り返されることになった。もっとも今度、僕が腕にすがりついたボスは、もうハーネブートではなかった。さらに言えば、もはや単純な鼻血沙汰でもなかった。むしろ耶り《みみき》の刑に近い蛮行だったのだ。僕が以前、コサックの少年を助けたように、助けてやった者たちは、やっぱり今回も感謝ひとつ示さなかった。逆に恩を仇で返した。ヴァイガントも後日ぬけぬけと再登場する。いまや世界に知られた新聞でモラルの取り持ち役を任じていた。人は何をすべきか、彼ほどよく知る人はいない。だが、あの時、彼は現場から逃げ出したのだ。

ふとした折に、まだ少年だったころのヴァイガントに、僕は校庭で聞いてみたことがある。僕が集団リンチに遭ってるあいだ、どこにいたんだい？　答えはこうだ。たまたまだけど、まだ宿題を終えていなかったんでね。さらにこう付け加えた。「みんなで殴る蹴るのイジメなんて気色悪いや」。彼はこの成り行きから、まさに自分に好都合な部分だけを切り離し、つまみ食いしたのだ。Così fan tutte（人はみんなそんなもの）*——それが彼のモットーだった。

19

あのおぞましいものを双眼鏡でみつけてから、そうした記憶が残らずよみがえってきた。無力感が抗《あらが》いようもなく僕を呑みこんでいく。船酔いのような嘔吐感と戦ったが、僕にとってこれはいい徴候ではない。アチェ・ハーネブートの腕にすがりつこうとした結果、僕が耐えに耐えてきたことが、いままた繰り返されるような気がした。ツァッパローニのもとを退散するのだって、そうたやすく済むはずがない。そこで僕は病床の児をあやすように、じぶんに言い聞かせようとした。たとえば*「ちぎれた耳くらい、どんな高速道路にも転がっている」とか、または「すでに別の惨劇だって目撃したんだ。これくらいどうってことない。いまはフランス流に黙って立ち去る*ほうがいい」とか。

　そして、フラウィウス・ヨセフス*の『ユダヤ戦記』の逸話を思いだそうとした。僕はヨセフスを常にお気に入りの歴史家に数えていた。時代はしかし今とまるで違う。崇高な使命を背負い、ふさわしい不動不壊《ふえ》の良心を抱懐していた。なんという巨大な意識、なんという信念の持ち主が、かつては生きていたことか。ローマ人や、四分五裂のユダヤ人諸派や、援軍の武人たち、山の砦*に籠城し、最後の男、最後の女まで屈しなかった人びとである。百年後のテルトゥリアヌス*のような、頽廃的《デカダン》なおチャラケ*がそこにはない。ヨセフスの主君ティトゥス*は苛烈な命令を下した。が、それは至高の静けさだった。その口を通して、運命が物語っているかのように。歴史のなかには何度となく、行動と正義の信条とが完璧に合致する時代があったにちがいない。登場するあらゆる敵対者や党派が、おなじ気氛《きふん》を分かちあう時代である。おそらくツァッパローニは、すでにそういう時代に舞いもどっている。今日、人はその計画の一齣《ひとこま》にならざるをえない。犠牲が出ても惜しむに足らない。計画の中心に近づけば近づくほど、犠牲者は無意味な存在になるからだ。この計画のただなかにいる人びと、そう信じるしかない人びとが、何百万人となく剿滅《そうめつ》させられる*と、大衆はやんやの喝采を送る。他方で、馬から下りた騎兵が汚名を着せられ、武装した敵兵以外に銃を向けたことすらないのに、とんだ貧乏くじを引かされる。こんな不条理はこれきりにすべきだ。また心を鬼にして、戦車に乗り換えなければならないのか。

ところで、僕のポケットには、トワイニングスが恵んでくれた捨てガネの残りがまだあった。なろうことなら今晩、テレーザと外で食事を楽しみたい。北欧料理店「アルター・シュヴェーデ*」にでも連れていって、優しくしてやりたいのだ。僕はじぶんの煩悩に忙殺されていて、彼女のことはほったらかしだった。僕はこう言って彼女を慰めるだろう。ツァッパローニの件はうまくいかなかったけれど、またいいチャンスがめぐってくるからね、と。あすになったら、僕はトワイニングスを訪ね、彼が先日口を濁した別の求人先を聞き直してみよう。どうせ僕では無理な仕事と思ったからこそ、彼も取り除けたのだろう。でも、カジノ台《シュピールティッシュ》*の用心棒なら引き受けてもいいのだ。きっとスキャンダルに巻き込まれ、鰻のようにするりと身をかわさないと、身の破滅になりかねないのだろうけれど。心づけのチップは断るに断れまい。軽騎兵時代に博打の味を知った年来の同志《アルテ・カメラーデン》たちは、いまでも多少の賭博をたしなむから、はじめこそ用心棒の僕を見て目を丸くするだろうが、やがてツキが回れば、丸いチップ一枚どころか、そっと四角い高額チップ*まで、僕の手に滑りこませてくれるかもしれない。なにごとも慣れである。誰のために泥をかぶるのかくらい、僕だって百も承知だ。僕は喜んでそんな仕事にも手を染めるし、別の仕事まで背負いこむかもしれない。テレーザには内緒にしておこう。事務屋の仕事、と表向きは説明して。

20

あれこれ考えて行きつ戻りつしたものの、収まりどころが見つからない。帆柱のてっぺんまで船全体が揺れている。あの芦ガ淵には何度も後ろ髪を引かれる思いがしたが、そちらは僕がどうしても避けたい方角だった。依然として僕は、うなだれた頭を両手で抱えこんだままだ。「燻し銀」は、僕の椅子の前で大きな8の字を描いていた。

きっとこの状況は仕組まれたものだ。まだ家主が姿を見せないという一事からして、自ずと察せられる。あきらかに彼は、ある結果が出るのを待っているか、待たせているかだ。でも、意味のある結果とは何だろう。この園庭から僕は出るに出られない。椅子を蹴ってテラスにもどるべきか。何食わぬ顔をしてカマトトを演じるべきなのか。残念ながら、あの異物を見つけたとき、はからずも僕は取り乱した姿を見せてしまった。

この状況が予め仕組まれていて、しかもそれがジレンマになるような仕掛けだとしたら、この舞台演出を僕がどの程度まで見抜いているかに拠るところが大きい。そうであれば、僕の態度だって、後からつじつま合わせができる。僕があの物体を見たことなんか、空とぼけてしまえばいい。でも、たぶんこういう挑発には、想定内の反応をみせたほうが無難なんだろう。いまはこうして物思いに沈んだまま、じっと動かずにいるほうが、僕にとって差し障りはきたすまい。だって、あの発見に僕が心底震えあがり、恐慌をきたすことなんて、とうに見越していたはずだ。僕はもう一度、この件をとことん考え抜き、頭をふり絞らなければならない。

最初に全身がわなないたとき、僕は手違いで亡者の墓穴に迷いこんだかと思ったが、いまはそんなことなどありえないと思うばかりか、断固としてその可能性を否定する。そうした物忘れ、そうした手落ちなど、ツァッパローニの縄張り内では考えられないからだ。ここでは計画外のことはなにも起きない。一見、無秩序と見えても、すべて分子ひとつひとつまで統御されていると感じる。僕はこの園庭に足を踏み入れた瞬間、たちまちそれを直感した。いったいどこの誰が、うっかりド忘れして、自宅の近くに耳なんか散らばせておくもんか。

こんな具合にわざわざ恐怖のイメージが湧くように仕組んだのだとすれば、ここに僕が呼ばれたことに、どこかで関係しているにちがいない。オートマトンのパレードだって、計算ずくの気まぐれとしてそこに含まれているはずだ。称賛と恐怖をいかに人心に刷りこむかは、どんな時代にあっても覇者の関心事である。舞台袖の振付師の指示があったにちがいない。そして、いったいだれが小道具の面倒をみたのか。

ツァッパローニ・ヴェルケは、不可能を可能にする場所だとはいえ、耳を貯蔵しておく必要があるとはまず思えない。そんなことがありそうなところでは、必ず噂が流れるものだ。誰も知らないことは誰もが知っている。名高き「誰もいない」*が闊歩するのだ。

いままでは好々爺ツァッパローニという書割の裏で起きている幾つかのこと、たとえばカレッティの失踪のように、白日の下に曝されない幾つかのことが、たしかに漏れ聞こえてきた。でも、それはまだ常軌を逸しているわけではなかった。ここで起きていることは、ツァッパローニのスタイルにそぐわない。そしてこれは、僕が是とする矩《のり》も最終的に超えている。それでは、この僕は二十か三十の切られた耳の拝謁《はいえつ》を許されたってことか。そんな奇想天外なことはいくら何でも起きそうにない。そして単なるジョークとしても、ダホメ王国のスルタン*の一人が好んだ残虐趣味よりずっと劣っている。僕は御大の邸宅はおろか、その顔もその手も見たのだ。これはきっと誑《たぶら》かされているのだろう。僕は幻影に憑かれた犠牲にちがいない。蒸し暑かった。この園庭はほとんど魔性を帯びている。群れをなすオートマトンの浮蟲《ウンカ》に、僕は生酔いしたのだ。

いまひとたび、眼前の双眼鏡を取りあげて、湿原の淵をうかがってみた。日はいま西に傾き、なにもかも赤と黄の色調に染まって、あたりはいよいよ壮麗になってくる。もちろん、双眼鏡の性能も被写体の近さも申し分ない。やはりあれは耳、人間の耳に相違なかった。

でも、本物の耳にまちがいないのか。それとも、あれが模造品で、精巧な仕掛けの騙し絵だったらどうする？　そんな考えが僕の頭をよぎったとたん、ありそうなことだと思えた。それなら最小限の出費で、狙いどおりテストの効果は保てる。フリーメイスンも、入会儀礼には蠟人形の死体を横たえておくと聞いた。入会者は薄明の暗室で前に連れ出され、上位会員の命令一下、ぐさりとナイフを突き立てなければならないという。

たしかに、僕が判じ絵の鑑定を迫られていることだってありうる。むしろ、そうかもしれない。ガラスの蜂が飛び交うところで、蠟製の耳がどうしてばら撒かれてはいけないのか。恐怖の瞬間に不意に蒙が啓《ひら》けた。曙光が射しこみ、ほとんど胸を撫でおろす。ただのおふざけ、そんな気味さえあった。割を食っているのは僕ばかりだが――これからのお相手は悪戯好きなクセモノだと、たぶん暗示しているにちがいない。

よし、それならいまは、身を挺して阿呆を演じてやろう。仕掛けられた罠なんて、知らぬ顔の半兵衛で通せばいい。ふたたび僕は手に面を伏せた。でも今度は、安堵の笑みで頬がゆるむのを見せまいとしたからだ。それからまた双眼鏡を手に取る。あの物体は、ぞっとするほど精緻だった――ほとんど過剰なまでのリアルさと言いたくなる。でも、あの物体は僕を欺くことなんかできない。ツァッパローニにだって人は慣れるのだから。

いましも僕は、再びまざまざと、絶句させられるものを見た。新たに生唾を咽《の》みこむ。耳状の組織体の一つに、大きな蒼蠅がたかろうとしていたのだ。肉屋の店先でよく見かける蒼蠅である。いかにも凶々《まがまが》しい光景だったが、それでも僕の確信は揺るがない。僕がツァッパローニの人となりを正しく見抜いているとすれば――べつにしたり顔をするわけではないが、その点に限ってはどんな賭けに応じてもいい——あれは模造の耳でしかありえない。兜か紋章か、ツァッパローニかダホメ王の。

僕らはじぶんの理論に固執し、ややもすれば外観をそれに合わせて見てしまう。あの蠅にしたって、模造の耳が迫真の芸術品だったので、僕の目だけでなく、まんまと生物の目まで欺きおおせたのだろう。伝説の画家ゼウクシス*が描いた葡萄の絵を啄《ついば》もうと、小鳥が飛んできたことはよく知られている。そして、ボタン穴に挿した菫《すみれ》の造花に魅せられ、花虻《はなあぶ》が宙に滞空しているのを、僕も見たことがある。

かてて加えて、この園庭でこれは自然、あれは人工などと、切り分ける酔狂がいるだろうか。僕の前を通り過ぎるのは、一人の人間なのか、それとも仲睦まじく語らう恋人たちか——彼らに血肉が備わっていることをきっぱりと誓うなんて、僕はしたいと思わないだろう。僕は最近、室内スクリーンで『ロメオとジュリエット』*を堪能して得心がいった。演劇芸術《シャウシュピールクンスト》を一新する美しい時代が、ツァッパローニのオートマトンとともに幕を開けたのだ。人間の俳優が演じる厚化粧の個人像は、なんとまた退屈なことか。十年また十年と経つにつれ、いよいよ影が薄くなり、その英雄ぶった臭い演技も、台詞まわしの韻文はもとより、擬古調の散文の口説きまで、いまや調子っ外れになった。コンゴから黒人でも連れてこないかぎり、肉体とは何か、激情とは何か、歌とは何かが、もう分からなくなっている。ツァッパローニの操り人形《マリオネット》には、バストやヒップのサイズを測るような美人コンテストがない。彼らはオーダーメイドなのだ。

もちろん、オートマトンが人間を凌駕していると言いたいわけではない――軍馬と騎兵の滅亡を綿々と語りながら、そんなことを言いだすのはばかげている。むしろ、オートマトンは人間に新しい尺度を与えた、という意味だ。かつては絵画が、彫像が、流行ばかりか、人間にも影響を及ぼした。ボッティチェリが新人類を生んだと僕は確信している。ギリシャ悲劇が人間の容姿《ゲシュタルト》を高めた、とも。ツァッパローニは、彼のオートマトンで似たようなことを試みている。そのことは、単なる技術的手段をはるかに飛び越えて、芸術家もしくは芸術品としてオートマトンを応用していることに、如実に現れている。

ツァッパローニがアトリエや研究所でお抱えにしている魔術師たちにとって、蝿の模造なんておやすいご用なのだ。人工の蜂と人工の耳の在庫があるなら、ついでに人工の蒼蝿の可能性があってもおかしくない。だからこの光景にぎくりとして、過剰なリアルさに衝撃を受けたとしても、僕は惑わされるべきではない。

とにかく、こうして気をはりつめて、検証したり偵察しているうちに、何が自然で、何が人工か、その違いを見分ける眼力を僕は失っていた。個々の物体に向かいあうと疑わしく思えてくるし、知覚に関して言えば、全体として知覚は内と外、実景と妄想の区別が十分につかなくなっている。虚実の層が接近して、混ぜこぜとなり、内容も意味も重なりあってしまうのだ。

*

これまで体験したことに比べれば、まだしも気が楽だった。耳のことが内面の意味を喪失するのは大歓迎である。僕は不必要に狼狽したのだ。あれは自然の人工、または人工の自然だった。

あの操り人形のおかげで苦痛は無意味になる。それは異論の余地がない。寸鉄人を刺すジョークさえそこに飛び出す。僕らが腕を引きちぎった人形が革製だということ、射的の黒人がハリボテだということを知っている限り、大したことではないのだ。僕らが好んで照準を定めるのは、人の雛型なのだから。

　しかしこの操り人形の世界はとても強力で、それ自体で繊細かつ徹底したゲーム《シュピール》を繰り広げる。彼らは人間もどきになり、生に踏みこんでくるのだ。以前はまず考えつかなかったような飛躍、道化、奇想《カプリッチオ》*が可能になる。もうここに敗北主義はない。苦痛なき世界への入口が見えた。そこを誰が通過しようと、時は妨げられない。ひとが畏《おそ》れ慄《おのの》くこともはやなくなる。破壊されたエルサレム神殿に入城する*ティトゥスのように、焼け爛《ただ》れた至聖所に入っていくのだ。彼のために時の霊は賞杯を捧げ持ち、花輪が待っている。

21

　この企みに僕が感じたのは、ツァッパローニのもとで、大仕事の職にありつけるかもしれないという予感だった。ということは、彼が仕組んだあの見世物に、僕も気をそそられて――もの欲しそうな顔を見せていたにちがいない。この場合、僕はあれを権力者の象徴、ローマの執政官に許された束桿《ファスケス》と儀鉞《ラブリス》*ととらえていた。じっさい――僕が自らの限界を脱し、どうにか敗北主義を克服できたら、ツァッパローニに扈従《こじゅう》する身の、吹けば飛ぶような先導警吏《リクトル》*のひとりにならなくてもいいのだ。元帥になったフィルモアとだって、僕は堂々と張り合える。

　とはいえ、以前にも僕はしくじってすっかり落ちこみ、この地点に到達したことがある。あのときもこれと同じく、窮地に立たされて時間を浪費するばかりだった。そして何らかの乱暴狼藉のまえに尻ごみして、今日みたいに否応ない失敗を仕出かした。ここではまた、賭けてもいいくらい確実なことがあった。古代都市の僭主《せんしゅ》にまで連想を広げているというのに、この僕ときたら、あの耳ひとつ、人工であれ本物であれ、手で触れることさえできそうにないとはいかにも情けない。滑稽きわまりないことだ。

僕が耳をひとつ摘《つま》みあげたら、ツァッパローニは何と考えるだろう。彼は一言だけ、蜂に気をつけろと僕に警告した。おそらく、あの耳に触れることのできる男こそ、彼の探している人間なのだ。そこで僕は、四阿《あずまや》に立てかけてあった玉網《タモ》のひとつを手に取って、芦ガ淵へ歩いていった。そこで耳のひとつを選び、ひょいと網ですくった。それは大きな美しい耳だった。成人の男性にあるような耳で、非のうちどころのない模造品である。あいにく虫眼鏡は持っていないが、僕の視力なら肉眼でも十分だった。

その鹵《ろ》獲《かく》品をガーデンテーブルのうえに置いて、手で触って確かめてみた。この複製品の完璧な至芸はみとめざるをえない。芸術家はありのままをとことん再現しようと、壮年に達した男性の耳の特徴であり、ふつうは剃刀《かみそり》で剃ってしまう耳毛《みみげ》の房まで忘れていなかった。小さな傷跡もつけている――ロマンチックなひと刷毛《はけ》だった。ツァッパローニがカネ儲けのためにのみ働いているのではないことが、これではっきりとわかる。彼らは超現実的な緻密さを究めんとする芸術家たちなのだ。

「燻し銀」がまたこちらに近づいてきた。突起した蝸牛《かたつむり》の角をほとんど動かさず、宙に浮いてかすかに身を顫《ふる》わせているだけだ。僕は蜂に注意を払っていなかった。緑のテーブルの表面から耳がくっきり浮き立つほど、眼前の物体に目を凝らしていたからだ。

すでに学校で学んだことだが、目で長時間凝視した事物は、視線をよそに移すと、ある種の模像*となって新たな像を結ぶ。僕らの眼前の壁にその残像がありありと浮かぶか、または目を閉じた瞼の裏に像が見えてくる。しばしば際立つのは、それがすぐれて鮮明だったり、無意識でしか感受できないほど細密だからだ。その残像は色だけが違い、眼底の網膜に新しい補色の光を帯びて現れる。物思いに沈んで一瞬気を許すと、それがまた揺らいで、眼前の耳があえかな緑に輝き、テーブルの表面が血のような赤に変じる。

おなじように、僕らを魅了した事物が、心に灼きつけた残像がある。僕らが抑圧してきた知覚の一部が、あらわになる直観的な心像である。そうした抑圧は、あらゆる知覚で行われている。知覚とは温存することなのだ。

あの耳をまじまじと見つめながら、これが亡霊であり、贋作であり、人形の耳であり、かつ責苦とは無縁であったらいいのに、という思いが募ってきた。でも、それはいま残像にとどまる。内なる心眼から鱗が落ちた気がした。僕は最初から、あれに目を奪われて以来ずっと、耳をこの庭の焦点とみなしてきた。あの光景は、僕の胸に「聴け*」という一語を囁きかける。アストゥリアスまでさかのぼれば、彼ら暴徒は人間性を蔑《なみ》せんがために、墓を暴いて遺骸を引きずりだした。僕らは知っている。ああいうことを受け容れたあとでは、次から次と邪悪なことしか起きない――僕らは門をくぐって黄泉の国に入っていく*のだ。

けれどもここには、自由で純潔な人間のイメージを否定する心が働いている。そういう精神がこの侮辱を編み出した。長年、馬力をあてにしてきたので、今度は人力を頼りにしたいのだ。しかも均等で分割可能なユニットが望ましい。そのためには、かつて馬を絶滅させたように、人も絶滅させなければならない。そうしたことは、地獄門上の扁額にしっかり大書しておくべきだ。それに同意したひとは、しかり、単に正体を見破れなかっただけでも、だれしも片棒をかつぐことになる。

22

それは恥ずべき扁額であり、地獄への入場券なのだ。僕らを悪場所に引きずりこむポン引きが、淫らなイメージを手元に押しつける。わがデーモン*が僕にアラームを告げた。

策略が透けて見える。僕はやみくもな怒りに駆られた。かつては戦士で、軽騎兵で、モンテロンの門下生だった僕が、削がれた耳を陳列した店の前で色目をつかい、背後から忍び笑いが聞こえてくるとは、何たるざまか。いままで僕は優れた殺傷兵器にあらがい、悪辣なおべっか屋どもが死の炎を編みだす前に、先手を打って退散してきた。だから、ここは向こうも新機軸を用意して僕を出しぬかなければならないのだろう。それが超小型《リリパット》のミニチュアなのだ。例によって、サプライズの機が熟すまで、最初はカーテンを引いて隠しておく。警官が不足しているわけではない。万人が万人を監視し*、それでも十分ではない、と自ら糾弾する国はすでに存在する。これは僕の仕事じゃない。もう十分だった。カジノ《シュピールバンク》のほうがまだましだ。

僕は机をひっくり返し、耳ごと足で蹴りとばした。「燻し銀」がいまブンブン翅音《はねおと》を立てて、上を下へと飛跡を変えはじめる。四方八方から索敵する斥候兵のようだ。僕は手を伸ばしてゴルフバッグを摑むと、強化鉄のアイアンを一本抜きだして、肩口まで振りかぶった。身構えた瞬間、短い警告音が鳴った。空襲警報のサイレンのようだ。怯《ひる》むもんか。体軸を回して一閃、アイアンのフェイス面で、ぴしゃっと「燻し銀」を打った。粉々に砕け散る。腹部からはじけ飛ぶコイルが見えた。爆竹が炸裂するみたいに、立て続けにバチバチと発火して、アイアンから赤褐色の雲が噴きだす。ふたたび声が聞こえた。「目を閉じろ！」。ミニ放水砲が発射され、上着の袖に焦げ穴があいた。さらに声がする。火傷したら、軟膏は離れ《パヴィリオン》にある、と告げていた。そういえば、あそこには空襲避難用の備品らしきものがあったっけ。覚えていたから、探して軟膏を見つけた。二の腕には目につくほどの火傷はない。あの爆発も、僕を脅《おびや》かすような損傷を残したわけではなかった。

さっきの声は、まるで機械の辞書が発するような合成音に聞こえた。交差点の信号みたいに、あれは頭を冷やす効果がある。僕は逆上して蛮行に走ったが、理性に相談するのを怠っていた。挑発されるとよく僕が犯す、お馴染みの愚挙である。僕はこの失態を取り返さなくてはならない。たとえば《ツム・バイシュピール》これがカジノなら、客に侮辱されても耐え忍び、それによって信を取りもどそうと考えたろう。それにしても、こんな粗相をしたうえで仕事をもらうなんて、虫がよすぎるのは明らかだった。そこで、ここから僕がどうやって出ていけるか、まずはそれを胸に問い返した。

加えて、ツァッパローニの私的な趣味にこの身を捧げたい、という気持ちもいまは根こそぎ消え失せていた。おそらく僕は、すでにあまりにも見すぎてしまったのだ。

23

太陽はもう沈みかけていた。が、いまでも小径《こみち》には温もりの名残が消えないらしい。園庭はふたたび森閑として、平和ですらあった。生きた蜂たちはまだ花の周囲でさざめいていたが、オートマトンの亡霊はかき消されたように見えなくなった。おそらくガラスの蜂たちにとって、きょうという赫々《かっかく》たる一日は過ぎ去り、演習が終了したのだ。

長く暑い一日だった。僕は四阿《あずまや》のまえで茫然と立ち尽くして、小径をみつめていた。不意に曲がり角からツァッパローニが現れ、僕のほうに歩いてくるのが見えた。いざ彼の姿が目に入ると、そぞろ空恐ろしさを感じるのは、どうしてなんだろう。僕ら下々の者に近づくときの権力者は、恐怖という威嚇の後光を放射するが、僕が感じたのはそれではない。むしろ、彼が来るのを待ち構えているあいだも、とりとめのない後ろめたさ、良心が疼くような感覚に襲われた。廊下で父と鉢合わせしたあのときも、同じように服は千切れて襤褸《らんる》のごとく垂れ、顔は黝《あおぐろ》い痣だらけで僕は突っ立っていた。その僕がなぜいま、裏返しになったテーブルの下に、削がれた耳をそっと押しこんで、彼の目に触れないよう隠したのか。僕がそんなことをしたのは、じぶんの好奇心を隠すためというより、彼に見せちゃいけないものだと感じたからだ。

ゆっくりと小径をくだって、彼が僕のほうにやってくる。僕のまえで立ちどまると、琥珀《こはく》色の瞳で僕をじっと見つめた。いまその瞳が光を封じこめて、深く濃い褐色に変じた。沈黙が僕に重くのしかかる。とうとう彼の声が聞こえた。

「だから貴殿に言ったのだ。蜂のまえではくれぐれも気をつけてとな」

ゴルフクラブを手に取ると、焼け爛れたアイアンを見つめた。まだ燻《くすぶ》って烟《けむり》が揺らめいている。

「燻し銀」の破片をちらっと見たあと、彼のまなざしが僕の上着の袖にじっと注がれた。彼の目は何ものも見逃さない。そんな印象を僕は持った。それから彼はこう言った。

「しかも貴殿は、無害なのを一匹捕獲した」

その口調に刺々《とげとげ》しさはなかった。このロボットの値段がいくらなのか、僕には一片の知識もない。おそらく僕がここで職を得たとしても、請求できる給与の総額をはるかに超えた金額だろう。とりわけ、これはあくまでも試作モデルの値段で、量産品ではないからだ。あの製品には、ぎっしり装置が詰まっていたにちがいない。

「軽率だったな。あの製品はゴルフボールではないんだぞ」

そのことばにも、うっすらと好意が滲んで聞こえる。貴殿のゴルフスイングはどうもいただけないな、とでも言いたそうだった。あの「燻し銀」ヘッドのほうから悪さを仕掛けたなんて、僕の口からはとても言えない。慣用句が言うように、*僕はつい我を忘れたのだ。耳を調べているあいだ、「燻し銀」が執拗に滞空しつづけるものだから、堪忍袋の緒が切れた。しかしあの耳、いや、むしろ多くの削がれた耳は、ひとを仰天させるに足る理由になる。ああした光景を見れば、大半がユーモアを失って凍りつく。でも、僕は保身に走ったわけではない。ツァッパローニには耳を見せないのがいちばん、と信じたのだ。

　ところが、彼はすでに耳を見つけてしまった。ゴルフクラブでそっと触れると、頭を揺らしながら、足の爪先、つまりスリッパの尖端で小突いて裏返した。その顔はいま、怒ったインコの表情にすっかり覆われている。瞳が澄んだ黄色に輝き、暗色の滓《おり》が消えた。

「ここでの貴殿の行状は、私を責めたてる大衆社会《ゲゼルシャフト》の分からず屋どもの典型*と、ちっとも変わらんな——せめて精神病院にでも連中を閉じこめておければいいんだが」

　僕がテーブルをもとに戻し、彼の隣に腰をおろすと、あの耳の経緯を彼が縷々《るる》明かしはじめた。もう一度、僕の内面で、あの耳が変形を余儀なくされる。耳はじっさい切りとられたものだが、削いでも無痛であって、そしてまた僕がここにいることも、その耳切りと関係があるという。

　貴殿は知っておくべきだな、とツァッパローニが説明した。『ロメオとジュリエット』で僕を感嘆させたような、実物大の操り人形がもたらす奇蹟的な効果は、じつは生体の忠実な再現に基づくというより、わざとそこから逸脱することにあるのだ。ことに顔となれば、たいがいは目よりも耳のほうが大きな役割を演じている。色味だけは別だが、その形状と位置しだいで、耳の印象のほうが、楽に眼力《めぢから》を上まわってしまう。貴族タイプの耳にしようと思えば、小耳に縮小し、形状も色味と位置もそれなりに整えるのだが、さらに表情だけの演技力を強化するため、耳をびくびく動かす機能まで添えようとした。こうした耳介の動きは、文明人ではとうに退化してしまったが、動物はもとより未開人でもいまだに認められる。しかも、左右の耳は対称のように見えるが、じつは必ず互いに微妙な差がある。芸術家にとって、一方の耳は他方と似て非なるものだ。この点は大衆を啓蒙しなければならない。高度な解剖学を教えこまなければならないのだ。長い時間をかけてはじめて功を奏する。時間と手間を惜しむべきではない。何十年かけても足りないほどだ。

そう、彼は単刀直入で、話をそらす気などなかった。右に述べた仔細も、ほかの詳細についても、操り人形はシニョール・ダミーコが責任者だったという。耳づくりにかけては彼の右に出る者はいない。シニョール・ダミーコは生粋のナポリ人だった。

もちろん、ああいう耳は、単なる縫いつけの部品だったり、木彫師や彫刻家、蠟人形の職人が手がけるように一体製作されたものではない。むしろ身体組織に癒合してあって、その手法は新しい操り人形様式の秘密とされている。

こういう操り人形の作業工程は、組み立てるのに大勢の手を煩わすという事実があるから、ややこしさが増幅することになる。これは集団作業にとって厭うべき諍《いさか》い、すなわち芸術家たちのあいだで口論やら嫉妬やらが渦巻くことになる。かくしてシニョール・ダミーコは、取りあげる価値もない瑣事をめぐって四面楚歌に陥った。一言でいえば、部下たちに背を向けて引き籠もってしまったのだ。しかし完成品から誰かが利を得ることも望まなかったので、仲間たちが共同製作した操り人形に剃刀《かみそり》を振るい、耳をすべて削ぎ落としてしまった。それから彼は出奔して行方が知れず、どこかよそであの技能を活かしたら大変なことになると、工場は気を揉んでいる。新機軸の映画が成功して以来、ほかの国でも操り人形を組み立てようと試みているからだ。

どうしたらいいのか。シニョール・ダミーコに警告を発したら、著作権はおれのものだと返り討ちの準備をされてしまう。もの笑いの種になるだけだ。むざむざ新聞の餌食になる大ネタを提供するにひとしい。しかもこのクラスの精密な操り人形になると、生身の人間とそう変わらず、いったん削いだ耳をまた癒合させるのは不可能なのだ。いや、たぶん生身の人間より難しい。

ツァッパローニはこの事件であらためて、じぶんが急所を握られた面妖な立場にあることを思い知った。シニョール・ダミーコが帰ってくれれば、ツァッパローニは彼を許すだろう。子づくりみたいに耳はたやすくつくれない。だからこの男は代役が効かないのだ。この事件がそれ以上に指し示すことは、工場の監督以外にも宿題がまだ残っていることだ。それがツァッパローニを動かし、トワイニングスのもとに赴いて相談させた機縁なのだ。おかげで僕に白羽の矢が立ち、送りこまれることになった。

ところでツァッパローニは、じっさいに僕のために芦ガ淵に耳をばら撒かせ、僕がどう反応するかを観察していた。僕の想像もあながち空振りではなく、実の部分があったのだ。いまはテストの結果が出た。僕は不合格だった。彼が心づもりにしていたポストに、僕は不向きと判明したという。それがどんなたぐいの職なのか、彼はだれにも言わない。このポストは、何が起ころうとも、冷静沈着な頭を保てる人、、性急に癇癪など起こさない人のためのものだった。ひとたび逆上したら、武装解除したも同然なのだ。僕はあの耳を一目見て、玩具と見破るべきだった。あの肉色は人工とすぐわかる。カレッティも不適格だった。彼はいまスウェーデンの精神病院に入っていて、なかなか退院させてもらえない。医師たちが彼の妄言を純粋な絵空事であり、幻覚に苛《さいな》まれた男の戯言《たわごと》だと思っているのは、まだしも幸いなことだった。

となれば、僕は帰宅できそうだ。きょうの出来事をあとで思いだすだろう。胸の重石《おもし》がとれた。でも、テレーザのことが胸をよぎる。彼女、がっかりするだろうな。

ところが僕はもう一度、上げかけた腰をおろさなければならなかった。ツァッパローニが僕の意表を衝くサプライズを用意していたからだ。彼があの書庫で僕に挑んだ白旗論では、彼が求める視点とは相違していたが、僕の言い分になにがしかの理があったらしい。彼に言わせると、僕には一種の平衡感覚というか、バランス感覚があって、全体のなかで座りがいいんだそうだ。おそらく僕の星占い《ホロスコープ》*は、わが凶星シリウスの隣に天秤座《リブラ》*でもあるのだろう。彼もわかっていたのだ。戦車検査処に所属していたあいだ、ブラックリスト*に載る身であっても、僕が技術開発を評価できる眼の持ち主だったことを。

いま彼の工場では、毎日のように開発の申告があり、改善の提案があり、簡略化の計画が提出されている。ここの労働者《アルバイター》はたしかに扱いにくく、あのナポリ人同様に不平家ぞろいだが、それでも天賦の才に恵まれた連中なのだ。長所の裏面には短所がつきもの、そこは我慢しなければならない。貴殿も想像がつくだろうが、ああいう表裏鬩《せめ》ぎあう才人ぞろいだと、優れたプロジェクトにはなるほど事欠かないが、その反面、芸術家同士がよく起こす口論や喧嘩も絶えない。誰もがじぶんの解法こそ最善と考え、誰もがいいアイデアを出したのはおれが一番乗りだと言いたがる。法廷*に持ちだせる話ではない。ここでは心の仲裁裁判所が不足しているのだ。ここでいま必要なのは、技術的なことが分かる炯眼《けいがん》の持ち主で、なおかつ力と力の釣り合いがとれる人物だろう。この二つはめったに一致しない。そういう点で意にかなうなら、いささか古風な人物であってもいいがね。

「騎兵隊長リヒャルト君、貴殿はそういうポストを引き受けてくれるかな?――ふむ、それなら書類にサインしよう。前払金にはどうか気を悪くせんでほしい」

こうしてトワイニングスは、すくなくともツァッパローニ側から仲介料をせしめた。彼は「年来の同志」にはタダで奉仕してくれたのである。

24

いま、ハッピーエンド*で終わる小説《ロマン》のように、僕はこの物語を終えることができる。

ここにはまた別の原則も通用する。ハッピーエンドなんて信じない人、それを承知でハッピーエンドを貶《けな》す人だけが、今日では生き残れるからだ。幸福な世紀はもう存在しない。だが、幸福な瞬間、刹那の自由はある。虚無に宙吊りになっていたローレンツでさえ、なお自由の一瞬はあった。彼は世界を変えることができたのだ。ああいう身投げの一瞬、全人生が走馬灯のように目のまえを通り過ぎるとやら。しかり、と人は言う。あれは時の神秘に到達したのだ。瞬間が永遠と結婚する。*

この仲介役のポストが何なのか、ツァッパローニの領分で僕に何が起きたかは、まもなく語れるようになるかもしれない。きょうはほんの前庭までしか達していないのだ。これで僕の凶星だったシリウスの光芒が、ついに翳ったと早合点するのは、運命の力というものをよく知らないひとだけだろう。僕らはみずからの限界も、心底にあるものも超えられない。それゆえ僕らは人間が変わらないのだ。たしかに僕らはさまよい歩く。だが、それはじぶんの境界を踰《こ》えず、杭打ちした輪のなかをうろつくにすぎないからだ。

ツァッパローニ本人がサプライズに事欠かない人であることは、書いてきた報告からもお分かりだろう。謎の人物であり、原始林からふらりと現れたような、仮面の老師《マイスター》だった。あの庭で彼が僕のほうに近づいてきたとき、まるで先導警吏のリクトルが現れたみたいに、畏怖の雷撃が僕を打ちのめした。彼が歩くあとから足跡が消えていく。僕は彼が根をおろす深みを感じた。今日、ほとんど何もかもが目的よりも手段に支配されている。ツァッパローニにとってこれはゲーム《シュピール》なのだ。彼は子どもたちを虜《とりこ》にした。だから子どもたちも彼を夢見ている。プロパガンダの打ち上げ花火の舞台裏では、カネで買った賛辞に何か別のものが潜んでいる。ペテン師だとしても彼は空前絶後の存在だった。こういう南欧人こそ、揺り籠からずっと至高神ユピテルが味方してくれることは、だれもが知っている。往々にして彼らが世界を変えるのだ。

とにかく僕は彼の恩に報いることにした。僕をテストで試し、それからこの職に雇ってくれて、情が芽生えるのを感じたからだ。これは素敵なことだ。ひとがやって来て、僕らに「ゲームを楽しもう――こちらで支度するから」と言ってくれたうえ、その彼を信用するのだから。それで多くのものが僕らから持ち去られるとしても。これは素敵なことだ。もしもある人が、たとえ悪人だとしても、父親の役割を担えるのなら。

そこには、僕がこれまで一度も見たことがない幾つもの部屋があり、大いなる誘惑があった。そしてここでも、僕の凶星シリウスは最後は勝利をおさめるのだ。しかし僕の凶運の星が幸運の星でないのかどうか、いったい誰が知っていよう。そのこたえは結末を待つしかない。

しかしその晩、あのミニ地下鉄に乗って工場までもどったとき、凶星シリウスは消えたと僕は確信した。今朝乗ってその親切に感心させられたタクシーが、僕を拾って市街まで送ってくれたのだ。偶々《たまたま》、あちこちの店がまだ開いていたので、新しい上着を買うことができた。テレーザのためにサマードレスも買うことにした。赤い縞柄で、最初の出逢いのときの装いを思わせる。手袋みたいにぴったりなのは、彼女の寸法を僕が正確に知っているからだ。ふたりで長い時間、とりわけ辛い時間を分かちあってきたんだもの。

彼女と差し向かいで食事をした。あれはけっして忘れられない一日だった。そのうちに、ツァッパローニの庭で遭遇したものが、しだいに脳裏から薄れてかすんでいく。あれはおおかた夢の技術のあやかしだったのだ。でも、彼女が口にしたことばを僕は信じて疑わない。こぼれた彼女の笑みも。あの笑顔こそ値千金で、あらゆるオートマトンにまさって勁《つよ》く、真実から放たれた一条の光だった。

エピローグ*

歴史セミナーは、復習コースの細目教科のひとつでした。セミナーを開筵《かいえん》する場所は、川沿いに細長く伸びた建物で、さまざまな様式を継ぎはぎした修道院の廃墟*です。様式こそチグハグでも、なにもかも朽ち果てているせいで、さほど齟齬《そご》は気になりませんでした。ここに出入りした幾多の賓客《ひんかく》たちのように、絨毯のうえを幾歳月が過ぎ去り、その文様も摩耗してすっかり消えかけていました。

講義に出ることが義務づけられていたのです。私は週に三回、聴講しなければなりませんでした。いつも宵に始まって、たいがい真夜中過ぎに終わります。私はしばしば、じぶんがあの怪異な建物のなかをさまよい、黄昏《たそがれ》の薄明かりを透かして、扉に掲げられた表示が何を意味するのか、読み解こうとする光景を夢見たものです。すでに通廊をひらひらと蝙蝠《こうもり》が舞う時刻だと、暗くて文字がよく読めない。たまたま行先を間違えて、私は見知らぬ界隈に迷いこんでしまったのでしょう。
歴史セミナーにも悪弊がはびこっていました。シリーズのまとめ役やコースの代表者、アカデミーのボスといった連中は、おしなべてほぼ空疎な人びとで、一連のテーマをもったいぶって開陳し、自分勝手な都合に合わせて体裁をつくろうばかりでした。おかげであらためて講義の中身に退屈が蔓延することになりました。こうしてどれほど多くの人の生計《エクシステンツェン》が成り立っていたのか、信じられないほどです。
私がいつものように遅刻すれすれで駆けつけてみると、専門分野の講師《マイスター》の一人が担当する講義の日にあたっていました。講義室の前には、沈みゆく最後の日の光にこんな掲示が浮かんでいて、かろうじて読み取れました。

伝記部門
オートマトン界の問題
第十二講＊
騎兵隊長リヒャルト
「完成までの推移」

講義が始まるのは、時計塔から八時の鐘が鳴りわたる時刻でした。それに呼応して、あらゆる廊下で銅鑼《どら》の音が殷々とこだまします。こんな広大な廃墟の空間で、あきれるほど時間厳守なのは不思議でなりません。鐘が鳴る最後の一瞬に、私はコレギウムに滑りこみ、出欠表に名を記しました。良きにつけ悪しきにつけ、これから四、五時間はカンヅメにならなければならないのです。

伝記部門と聞くと、ほかの部門より面白い講義だろうと思うかもしれません。とりわけ自伝として献じられたものや、体験者の目撃証言の多くは、なおさら面白さが増すかに思えます。いずれも、よく見える場所からある出来事を目撃したとか、そのことに格別の思いを寄せているとかの事情があるからです。ありきたりの言い方をすれば、人の気質を通して歴史の一端がうかがえるわけですが、実はそうやってじぶんを納得させているだけなのです。

裏返せば、そんな小手先の釣り餌《アンレーゲング》では、ことさら感銘すべきものなどそう多く手に入れられません。そこに質の高い考察を付け加えないと、出来事そのもの、単なる経験から、学べることなんてほんのちょっぴりなのです。おそらく洞察をはさむことに、このセミナー開催の秘めた意図がありました。これはしかし厄介な堂々めぐりに行きつきます。まるで妖怪たちがこぞって塵芥《ちりあくた》の山に群がり、老いさらばえた死骸を啄《ついば》むような粗探しになるからです。

伝記部門で聴講するテーマは、世に言う歴史をつくった人びとか、その車輪*に踏みにじられた人びとのいずれかです。前者だと、ほしいままな空想の餌食となり、宰相オクセンシェルナ*さながらに、国家を支配する理性の卑小な尺度には、ただ驚き呆れるほかありません。後者の場合は、果てしない「もしも」と「しかし」が漏れ聞こえてきます。この精神の持ち主たちは、行動においては実力を発揮できなかったために、今度は他人にお説教を垂れようとするのです。けれども、どれだけ時間をかけたところで、本人たちがこの瞬間、「いまとここ」でつかみ損ねたものに、後から追いつける日なぞ永遠にやってきません。

私が義務的に出席させられ、聴講した講義で聞かされたいくつもの回想録を前にして、ある確信が胸中で生まれたとすれば、それは歴史に必然があるということです。たとえ歴史のさまざまな姿かたちに、いろいろ言いたいことがあるにちがいないとしても。その姿かたちは古時計＊に閉じこめられたみたいに、何が起きたかを否応なく告げる刻々の伝令に踊らされているのです。それに目を閉じ、耳を塞ぐすべがあるでしょうか。ああしておけばよかったと「後の祭り《ポスト・フェストゥム》」＊のごとく悔やんでも悔やみきれず、実践を伴わない精神の持ち主はすべて、行動によって力を発揮した精神よりも如才なく、公正であり、慈悲深かったかもしれませんが、必然性のレベルは及ばなかったと言わざるをえません。その違いをひとは受け容れなければなりません。私たちの目も全知全能ではなく、あらゆる歴史的建造物には、覗き見を邪魔＊する目隠しが組みこまれています。痛みなき歴史なぞありえるでしょうか。

長い夜が更けゆくにつれ、そうしたテーマは、自然史でも芸術史でも精神史でもないことがはっきりしてきます。どんな蜉蝣《かげろう》でも、どんな笊貝《ざるがい》＊の殻でも、壮麗なバビロンの大都＊よりも優れた形状をしていますし、ずっと長持ちもします。造物主がそこにじかに語りかけているからです。

あらゆる偉大な名画、あらゆる優れた名詩は、自ずと均斉を保っていて、百年の椿事をごたごたと綴れ織りにした絨毯なんかより、よっぽど完璧なのです。父祖たちとその事績がほんとうに偉大と思えるなら、文芸も詩歌もそれを手放さなかったにちがいありません。結局、モラルはこれらすべてと無関係*なのです。いかにたやすく、善良な人びとが悪の餌食に供せられるかは、子どもでも知っていることです。

たしかに、偉大で勇敢な行為が世に払底しているわけではありません。しかしそれによって、大衆の執拗な抵抗を串刺しにして、邪心に満ちた批判の牙を抜くことなんて、どれほど稀有なことか。政治は芸術品を生みません。忘恩の下地に政治は育つのです。不完全な幽体《ヴェーゼン》の不完全な生成《ゲビルト》――生じてのち跡形もなく消えていく印象がそこにはあります。あとから顧みて回想すること自体、烈しい灼けるような激痛を、のちのちまで長引かせることになります。あたかも巨大な車輪が、あらゆる聡明な理性に向かって情け容赦なく、宿命的に迫ってくるように。これは煉獄*のひとつです。なぜなら、行動のさなかだと、痛みはごく短く、すぐに消え去るからです。

私たちの歴史の内部、あるいは上方には、私たちが到底計算できないような意味がある、という耳に心地よい仮説*がまだ残っています。そんな時を超えた実体《ズブスタンツ》の歴史*、あるいは絶対の歴史が何なのか、私たちは知りもしないし、知ることを許されてもいない。予感はします。でも、死の法廷で下される評決は、私たちの知るところではない。だから、思いがけず光明が射しこみ、壁が崩れ去ることだってありうるのです。

この歴史セミナーでは正解が与えられません。そして仮に正解を出しても、それで満足させられるはずもないのです。私も騎兵隊長リヒャルトがしたような講義が好みでした。まだ内心の葛藤が感じられますが、それでも勇気づけられる内容だからです。リヒャルトは、長年取り組んできたテーマから、燃えるような関心が奪い去られた驚くべき転換点*の正体が何だったのかを知りません。いまのこの現実以上に、確実に変わりゆくものはない。とりわけ、誰彼となく口の端にのぼるようになっては。これが必然の成り行きとも言えます。

リヒャルトは、じぶんのテーマを、歴史的な素材だとか、文書館や図書館で教えるべき教材だとは告げようとしませんでした。あの経験は彼にとって、いまだ熟成しきっていないのです。彼の不安の所産でもあり、ときどき燥《はしゃ》ぎすぎて取り乱してしまいます。だから、彼の姿かたちをここで描きだすのはやめにしておきましょう。こうして読者に個人の風貌を報告すると、えてして肖像が一人歩きしがちで、しばしば外見より本人そっくりになり、本性までひとに知られてしまうからです。どうせ私は折にふれて、彼と彼の経験に立ち返ることでしょうから。

このテキストですが、彼は記録に残すことに執着しました。そこで私が原文を圧縮したわけです。とりわけ論争が重たくなりすぎるあたりを省き、二度にわたる改刪《かいさん》で短くしてあります。アストゥリアスの出来事の記述も手を広げすぎていました。口語につきまとう繰り返しや、奇妙な口癖の冗長を避けたことは、ここでご容赦願いましょう。それがどれほど功を奏したかは、読者のご判断に委ねていいことかもしれません。

＊

本書は1960年11月に出版されたRowohlt Verlag社のRoRoRo Taschenbuch Ausgabe版を底本とし、Klett-Cottaの2014年版（全集第22巻）を参考にした。

初版は1957年にシュトゥットガルトのErnst Klett Verlagで出版されたが、ユンガー自身が3年後のロロロ版で大幅な改刪を施し、エピローグを書き加えた。エピローグの最終段落にあるとおり、冗長さを避けて推敲したためである。5万部近く売れたロロロ版では扉のタイトルに「小説」Romanと記されたが、これは原作がＳＦ小説とも、メモワール風のエッセーとも、自伝的なアフォリズム集ともつかぬ文体で、ジャンルが不明だったからだろう。2014年版はこのロロロ版をほぼ踏襲しているが、気づいたわずかな異同は訳注に記した。

フランスの出版社クリスチャン・ブルゴワが1971年に出版した仏訳版Abeilles de verre（アンリ・プラー訳）と、ニューヨークのファラー・ストロース・アンド・ジローが1960年に出版した英訳版The Glass Bee（ルーシー・ボーガンとエリザベス・メイヤー共訳）も参照した。仏語版は改訂されたロロロ版を底本としているが、英語版（現行のニューヨーク・レビュー・ブックス版も）は初版から翻訳したためエピローグがなく、本書と大幅な異同がある。

【訳註】

P5**＊トワイニングス**　ドイツ語で「双子」を意味するZwillingeでなく、英語のTwiningsを姓に使ったのは、アングロ・サクソン流の合理主義の分身だからだろう。紅茶のトワイニングス本店は、テンプル騎士団の肖像墓が安置されたロンドンのテンプル教会近くのストランド通りに面していて、鰻の寝床のような細長い店舗である。一七〇六年に創業者トーマス・トワイニングがコーヒーハウス「トムの店」を開業、十一年後に隣に女性も出入りできるコーヒーハウスを開業、これが英国初の紅茶専門店の前身となる。紅茶の普及に貢献、一八三七年には王室御用達となる。日本上陸は一九〇六年である。

＊軽騎兵　近代以前の欧州の騎馬軍団は、槍と盾で武装し重い鎧を着た重騎兵と、弓と刀で武装した軽騎兵から成っていた。軽騎兵はユーラシアの草原から来襲した遊牧民の戦法を採り入れたもので、最小限の装備で機動力を生かす。近代戦では偵察や後方撹乱、奇襲が主任務となる。

P6**＊機関車は掃除機より…**　第一次大戦後のヴェルサイユ条約でドイツに課せられた賠償金は、ドイツの税収の十数年分に相当する一三二〇億マルクで、毎年の支払額は歳入の七割にあたる四六億マルクだった。このほかに五千両の機関車、一五万両の列車、五千台の貨物自動車などの物納も課せられたから、機関車製造業は国家事業として運営されていた。

P8**＊古代ビザンティンさながら**　ローマ帝国が三一三年にキリスト教を公認、コンスタンティノポリスに遷都してから、剣闘士の死闘や殉教者を野獣の生贄にするなどの血生臭い見世物は廃れ、四頭立て馬車による競技場のレースに置き換えられた。映画『ベン・ハー』のように三千人から十万人の観客が入る巨大ヒッポロドーム（競馬場）で、U字型のコースを競艇のように回ってゴールをめざす。馭者と馬車は青、緑、白、赤の四色に色分けしたデメス（現代のスポーツ・クラブ）のどれかに所属し、富裕な貴族層がタニマチとなって調教師から軽業師や踊り子、詩人や歌手まで抱えていた。デメスには貧民から富者まで全階層が加わり、記録では一日八レースから二十以上のレースを開催、年六十六日に及んだという。皇帝や皇妃も臨席し、熱狂したヒッポマニアがフーリガンのように暴動を起こすこともあった。

P9＊**ジャコモ・ツァッパローニ**　Giacomo Zapparoni はE・T・A・ホフマンが一八一七年に書いた短編『砂男』Der Sandmann（バレエでは『コッペリア』、オペラでは『ホフマン物語』）に出てくる美しい娘の自動人形、オリンピアを製作したイタリア人物理学教授スパランツァーニ（Spalanzani）のもじりか、それともツァラトゥストラと混ぜたアナグラムか。『砂男』を翻訳した池内紀によると、このスパランツァーニには実在のモデルがいて、十八世紀に生物の発生や人工授精を研究したイタリア人研究者ラッツァロ・スパランツァーニと思われる。彼は「無から有が生まれる」生物自然発生説に異を唱えたので、自動人形の創造主に擬したのだろうという。

＊**持つ者は与えられん**　Wer hat, dem wird gegeben は、ヨハネ福音書第一六章二四節の山上の垂訓でキリストが語る「求めよ、さらば与えられん」Petite et Accipietis のもじりだろう。ユンガーの『パリ日記』一九四三年七月二十五日付では、知性の高い人なら敵ともこだわりなく付き合えるのに、決まり文句だけで生きているような愚か者と出会うと、ぎごちなくうわべを繕えない自分を嘆き、これと同じ言葉を「私の格律」としている。

＊**リリパット**　ジョナサン・スウィフトの『ガリヴァー旅行記』第一篇に出てくる小人国。身長が人間の十二分の一しかない小人が支配する国で、十八世紀の英国の諷刺になっている。隣国（フランスになぞらえたブレフスキュ国）と戦争している。

P10＊**花粉症**　Heufieber は「枯草熱」とも訳す。Heu は枯草というより干し草のことで、春から初夏にかけて発生するアレルギー性鼻炎が、かつて干し草が原因と見られていたことによる。地域によってアレルゲンが異なり、日本では杉または檜の花粉だが、欧州大陸ではイネ科の植物、北欧ではシラカバ、米国ではセイタカアワダチソウ（ブタクサ）が多いという。

P10＊**器械**　Apparat はラテン語の apparare が語源で「準備」という意味だが、所定の用途のための複雑な機械装置を指し、いまなら「デバイス」「ガジェット」だろう。ユンガーの弟、フリードリッヒ・ゲオルクも『技術の完成』でこの語を使っている（訳語は「機械機構」）。ドイツ語でテクノクラート組織、機構も意味したのは、ロシア共産党がテクノクラートの政治局員を「アパラチック」と呼び、ドイツでもスパルタクス団などがアパラートを自称したからである。

P11＊**悩みの種がある**　Wo Zapparoni der Schuh drückt は、ドイツの諺「だれでもどこが靴ズレのもとか分かっている（悩みは必ず心あたりがある）」Jeder weiß am besten, wo ihn der Schuh drückt から。

＊**労働者**　一般名詞では被雇用者の意味にすぎないが、ユンガーの Arbeiter はナチスが政権に就く五カ月前の一九三二年秋に刊行され、国家社会主義の擡頭を予言したとされる『労働者　支配と形態』抜きには考えられない。彼の「労働者」は、市民的な党派対立を超え、卓越した技術を携えて新しい社会の担い手となり、ライヒ＝帝国（国家）への服従と規律を通じ「部分の総和を超える全体」に身を投じて、労働の現場を自由の戦場とする人々を意味した。

この戦場は塹壕戦で従容として死んでいった兵士たちへの追悼の「魔的ゼロ地点」（『冒険心』初版）でもある。「われわれの問題は、負け戦を徹底して敗北の極までつきつめることだ。つまりひとつのニヒリズムの行為を、それが必然とするぎりぎりの点まで一貫して遂行することである。すでに久しくわれわれは、魔術的ゼロ地点へと進軍しつつあるのだし、この地点を超えて更に先へ進むことがあるとすれば、それはただにもう一つの視えざる力の源をわがものとする者のみである。そのときヨーロッパから生き残って存るもの、それはもはやヨーロッパを基準にしては測りえないし、それじたい尺度となるわけであって、われわれの希望もまたそこにつながっているのだ」（菅谷規矩雄訳）。自力でナチズムを突きぬけようとするユンガーは、「母音頌」でそれを「始原の領国」とも呼んでいる。

P13＊**テネリフェ**　西アフリカ沖合のカナリア諸島最大の島。北アフリカのベルベル人系グアンチェ族が欧州最古の石器文化を維持していたが、一四九六年にカスティーリアが征服してスペイン領となった。中央のテイデ火山はスペイン最高峰。大航海時代はアフリカやアメリカへの中継基地で、現在はリゾート地。古都サン・クリストバル・デ・ラ・ラグーナは世界遺産に指定された。

＊清算局　ドイツ語ではAbrechnungsbüroだが、ゲシュタポを連想させる。一九三三年四月、プロイセン州内相のヘルマン・ゲーリングがベルリンのプリンツ・アルプレヒト通り八番地にあったホテルを接収、そこに州政治警察を一本化した。郵便局がスタンプを作る際、「GESTAPA」という郵便略号を使ったため、後に「ゲシュタポ」と呼ばれるようになる。ユンガーもゲシュタポの家宅捜索を二度受け、弟のフリードリッヒ・ゲオルクも睨まれていたから現実の恐怖だった。

P15**＊アストゥリアス**　七一一年に北アフリカから海を渡ってきたイスラーム勢力にイベリア半島が占領され、後ウマイヤ朝になったとき、滅びた西ゴート王国のペラーヨが逃れ、半島北部のビスケー湾岸の険しい山岳地帯に立てこもってアストゥリアス王国を建国、レコンキスタ（国土回復運動）の創始者となる。のちレオン王国となるが、近隣のカスティーリアに併合される。

十九世紀から炭鉱の開発でアストゥリアス地方は鉱工業の中心になるとともに、労働運動の牙城になった。一九三四年十月五日、ゼネストに呼応して武装した鉱山労働者一万五千人〜三万人が蜂起する「アストゥリアス革命」が起き、中道右派のアレハンドロ・レルー政権はフランシスコ・フランコ将軍に鎮圧を命じ、一千人の死者を出して二週間で鎮圧した。アルベール・カミュが三五〜三六年春にかけて友人三人と書いた共同脚本『アストゥリアスの反乱』は、この蜂起をモンタージュ風に描いたもので、後年の『戒厳令』の若書きといえる作品になっている。

三六年に始まるスペイン内戦でも、アストゥリアスは東隣のバスク州とともに共和国軍の北方の拠点となるが、ドイツ、イタリアの支援を受けた国民戦線軍に制圧された。

＊テレーザ　ギリシャ語に由来する女性名だが、十六世紀スペインの聖女、アヴィラの聖テレサのイメージを重ねているのかもしれない。カルメル会の女子修道院に入り、病中に何度も入眠幻覚に見舞われて

「神との合一」を体験、アルカンタラのペテロとともに修道院改革に乗り出す。瞑想、静寂、合一、恍惚の四段階を経るその神秘主義は、十字架の聖ヨハネの男子修道院改革の手本となった。この官能的な神秘主義は、盛期バロック彫刻の傑作とされるジャン・ロレンツォ・ベルニーニの「聖テレジアの法悦」に結晶している。ほかに十九世紀フランスの小テレーズ――リジューの聖テレーズもいる。二十四歳で結核により早逝したが、「私は天国から薔薇を振らせましょう」という遺言が世に知られ、弱き者の守護聖人として没後二十八年で列聖された。

本作のテレーザの直接のモデルは、ユンガー自身の妻、グレータ(旧姓フォン・ヤインゼン)だろう。父はハノーファーの農家出身の士官。ユンガーがパリ駐屯中はハノーファー近郊のキルヒホルストで子育てしながら家庭を守ったが、夫がパリで親しくつきあった女医ソフィエ・ラボーとの仲を疑い、離婚も考えたという。それもあってか、ひたすら耐えて控え目な妻というテレーザ像は、グレータへの慚愧の念が反映しているのかもしれない。本作初版の三年後、六〇年十一月に夫に先立って死去した。

P16＊メルクール　ローマ神話のメルクリウス(英語名はマーキュリー)。商売や旅人の守護神とされ、ギリシャ神話のヘルメスと同一視されている。

＊ラーレスとペナーテース　多神教のローマでは、古来から倉庫(財産)と土地を守るとされる家庭の守護神ペナーテースがいて、豊穣の山羊の角(コルヌコピア)と献酒の杯を持った姿で倉庫(財産)と土地を守るとされていた。その名はペヌス(penus)と呼ばれる炉の近くに設けられた食料貯蔵庫に由来する。ラーレスも片手に角杯を持ち、爪先立ちした少年像になることが多く、家庭内のララリウム(壁龕)、十字路の祠(コンピタリウム)などに祀られた。いずれも本来はゲニウスなどと同じくヴェスタに従属する祖霊神群であった。

ユンガーの『パリ日記』一九四三年八月三十日付で、カール・シュミットのベルリンの家が空襲で廃墟になり、救いだせたのは絵画だけと聞いて、「芸術作品は魔的な家財、ラレスとペナテスの像と同等に扱われる重要な財産」(山本尤訳)と書いている。

P19＊**士官学校の生徒だったころ**　ユンガー自身はハーメルンの高校生時代の一九一三年晩秋、アフリカに憧れて家出し、アルジェリアのフランス軍外人部隊に入隊した。当時の独仏は緊張関係にあり、敵国の外人部隊を志願するにひとしかった。父がドイツ外務省に懸命に働きかけ、訓練場と外人部隊司令部のあるシディ・ベル・アッベスで訓練を受けている最中に二カ月で連れ戻された。

その後はハノーファーの寄宿学校に入れられたが、第一次大戦が勃発したため、志願兵として改めてハノーファーの第七十三軽歩兵連隊に応募した。寄宿学校の緊急卒業試験には合格、大学入学資格を得たうえで入営し、国防軍の軍事教練を受けたが、士官学校出身ではない。二十歳で士官候補生として分隊長となり少尉に昇進、戦功で第七中隊長となった。この「若気のいたり」を小説化した一九三六年の『アフリカ・ゲーム』Afrikanische Spiele を参照。

P20＊**鉄道馬車**　馬に牽かせる路面車両のことで、馬車業者が乗り心地を良くするため一八二〇年にロンドンで路面にレールを引いて始まった。ベルリンでは一八六四年にベルリン—シャルロッテンブルク間で開業、日本では一八八二年に日本橋と新橋の間で「東京馬車鉄道」が始まった。いずれもやがて馬の給餌や飼育などの手間のかからない路面電車に切り替わった。一八九五年生まれのユンガーの第一次大戦前の記憶に基づくのだろうが、ここにはノスタルジアが漂っている。

P21＊**ホンブルク**　ドイツ南西国境のザールラントに同名の町があるが、ここはフランクフルト・アム・マインの北にある鉱泉保養地バート・ホンブルクのことだろう。観光地なため、フランクフルト市内では禁じられているカジノが開設を許可されている。

＊**ティーアガルテン**　ベルリン中心部にある二一〇ヘクタールの広大な公園。かつては王家の狩猟場で、中心部に戦勝記念塔が立ち、南西にベルリン動物園、東にブランデンブルク門がある。

＊**ボルス**　ＢＯＬＳは一五七五年にアムステルダムで創業した最古のスピリッツ・メーカー。ライデン大学教授が考案した薬用酒から一六六四年に今日のジンである「ジェネヴァ」をつくって売り出し、英国に輸出されて人気を博した。安価なため労働者のあいだで中毒が続出、ウィリアム・ホガースの銅版画

「ビール通りとジン横丁」にその惨状が描かれている。ボルスは十九世紀に欧州大陸各国に販途を広げ、蒸留の品質向上とともに安酒のイメージを脱した。米国の禁酒法時代にはカクテルの素材としてカナダ経由で普及した。日本では現在アサヒビールが輸入元になっている。

P22 **＊情婦たち**　Halbweltdame は直訳すれば「半世界の女」だが、フランス語で高級娼婦を意味する demimondaines のドイツ語訳。裕福な旦那に囲われた「妾」たちを指す。

＊衛兵隊　第二次大戦中のパリ占領で、ユンガーは第十九連隊の中隊長として衛兵本部を引き継ぐ。市内パトロールで「街頭やレストランやホテルから四十人以上〔ドイツ兵〕が連行されてきて、私の前に引きだされた。たいていは酔っ払いか休暇を取ってないのに売春宿で捕まった兵士」とあるから、これはユンガー自身の体験に基づいている。

＊ヘルメットの尖端　Pickelhaube はプロイセンを中心にドイツの軍隊や消防、警察で用いられ、ドイツ帝国の象徴とされた頭頂部にスパイク状の頭立が付いたヘルメット。

＊各員、自力で退去せよ！　Rett sich, wer kann!　船の沈没や前線崩壊時に、最後に指揮官が兵士たちに告げる「生き延びることができるものは、生き延びよ」（勝手に逃げろ）という戦闘放棄、総員退去の命令である。フランス語では sauve qui peut という。

P23 **＊銜**（轡）　馬の口に咬ませて制御する馬具のことで、geknoteter Trense（英語では Snaffle bit）は最も一般的な「水勒銜《すいろくはみ》」のこと。口角の二つの勒環をつなぐ勒身が、「棒銜」（Straight Mouth bit）のような一本の棒でなく二本になっていて、まんなかのジョイントで連結してある。柔軟に折れるので、制御力は緩やかである。

＊駈足　馬の四つの歩法の一つ。左右の対称歩法である常歩《なみあし》、速歩《はやあし》に対し、非対称歩法には駈足《かけあし》と襲歩《しゅうほ》がある。駈足は三本の肢が接地する期間と、四本の肢すべてが地面を離れる期間があり、左右どちらの前肢が前に出るかで、左駈歩、右駈歩の別がある。馬術の基本は常歩、速歩、駈足の「三種の歩法」で、全速力で走る襲歩はこれに入らない。ドイツ語やフランス語の Galopp は駈足を指し、英語の gallop は

襲歩である（ちなみに駈足は英語で canter と呼ぶ）。

＊揚棄　Aufheben は本来「引き上げる」という意味で、そこから「取り上げる」「保管する」「中止する」などの意味が生じ、カソリックでは「聖体の奉挙」、数学では「約分」を表す。ヘーゲルが弁証法の「揚棄」または「止揚」の意味で使い、それを受けたマルクシズムでは「階級矛盾の揚棄」として革命を意味するようになった。ユンガーの「労働者」もコミュニズム革命とは別の「揚棄」が前提で、「揚棄」抜きの列強の侵略を彼は「自由の濫用」と捉えている。

P24

＊がらがらと崩落　これはリヒャルト・ワーグナーの四部作『ニーベルングの指環』の第四作『神々の黄昏』の最終場面をイメージしているのだろう。ジークフリートがハーゲンに殺されると、その火葬の炎が天上のヴァルハラに燃え拡がり世界が崩壊してしまう。

＊国王陛下　ユンガーがここでホーエンツォレルン家のヴィルヘルム二世を「皇帝」と呼ばず「国王」と呼ぶのは、あくまでもプロイセン王国の正規兵であり、神聖ローマ帝国の兵に非ずという意識からだろう。『パリ日記』一九四四年三月二十九日には、じぶんを「国として理解しているのはプロイセンだが、種族と封土から言えばヴェルフェン家に属す」と述べている。ヴェルフェン家（またはヴェルフ家）とは、中世に神聖ローマ皇帝の座を争った教皇派（ゲルフ）の名門諸侯（皇帝になれたのはオットー四世だけ）で、ホーエンシュタウフェン家やザリエル家がライバルだった。

P28

＊平価切り下げ　Abwertung は今なおドイツの悪夢である。第一次大戦の敗北で莫大な賠償金を課せられたことにより、年率一〇〇％を超すハイパーインフレが発生、一九二三年にはフランスとベルギーによるルール占領でマルクの対ドルレートが七ケタも跳ね上がり、十月にレンテンマルクを導入、一レンテンマルク＝一兆マルクのデノミで平価が切り下げられた。第二次大戦後はその轍を踏まず、ドイツでハイパーインフレは起きなかったが、日本では戦時国債の日銀引き受けと復員兵給与支払いで物価が急騰、四六年二月に預金閉鎖と新円切り換えによる事実上の平価切り下げに踏み切ったが、なかなか沈静化せず三年半で消費者物価は百倍に達した。

P29 ＊狗魚 Hecht は、槍のようなその形状から英語では pike と呼ばれる淡水魚。北米から欧州にかけて棲息する northern pike（キタカワカマス）は他の魚を捕食するサケ目の肉食魚で、最大種は二メートルに達し川釣りの対象になる。フランス料理のクネルはこの魚を調理したもの。日本のカマスは海水魚でスズキ目、英語では Barracuda である。

＊名誉裁判所 （Ehrengericht） プロイセン王国では軍人の決闘があまりに多く、一八四三年に安易な決闘を防ぐため名誉裁判所が設けられた。当時のプロイセンでは決闘は非合法であったが、名誉裁判所が認めたり命じた軍人の決闘は別扱いで合法とされた。のち軍法会議の役割も担うことになるが、第一次大戦に敗れた一九一八年に名誉裁判所は廃止された。ただ、一般の司法裁判所とは別に軍刑法に基づいて軍内部で軍人を裁く軍法会議の制度は残り、第二次大戦後のドイツ連邦共和国では軍刑法のみを残し軍法会議の制度も廃している。ユンガーはここで意図的に両大戦前のドイツ国防軍の軍法制度を混同しているかに見える。

＊大逆罪の密謀 ナチス体制下の一九四四年七月二十日、陸軍参謀大佐クラウス・フォン・シュタウフェンベルク伯爵らを首謀者とするヒトラー暗殺計画「ヴァルキューレ作戦」が失敗、その後に起きた粛清を暗示している。軍籍にある者は通常軍法会議に送られるが、ヒトラーの命で国防軍最高司令部内に設置されたのが、陸軍元帥や上級大将らで構成する名誉法廷（Ehrenhof）である。名誉裁判所を模したこの名誉法廷で五十五人の軍籍を剥奪、民族裁判所長官ローラント・フライスラーの人民法廷に送ってピアノ線による絞首刑など残虐な極刑に処した。

当時、大尉として占領地パリにいたユンガーは、ハンス・シュパルゲル大佐やカール＝ハインリヒ・フォン・シュテュルプナーゲル大将をはじめ西部戦線の反ナチス派に庇護されており、彼が書いた秘密の回覧文書『平和』を読んでロンメル元帥も反乱参加を決意したという。ユンガーは事前に計画を聞いて「暗殺では何も変わらない」と嫌悪を示すが、事件後は関与を疑われて四四年九月に除籍され免官になった。逮捕や処刑、服毒強要を免れたのは、六月の連合軍上陸で総司令部が混乱していたせいだというが、ヒトラーが彼の著作の愛読者だった事情も働いたか。彼は晩年、シュタウフェンベルク伯爵領だったヴュルテンベルク州ヴィルフリンゲンに居を構えた。

P32 **＊ハインリッヒ四世**　一〇八四～一一〇五年に神聖ローマ皇帝となったローマ王。教皇グレゴリウス七世と対立、破門されて城門前で断食し三日間許しを乞うた一〇七七年の「カノッサの屈辱」で知られる。

P33 **＊ルイ十三世**　十七世紀のフランスのブルボン朝第二代のフランス王。父アンリ四世が暗殺されて幼くして即位、母后マリー・ド・メディシスが摂政となったが、長じてからは母を遠ざけ、リュイヌ公シャルルやリシュリュー枢機卿を重用してユグノーなど抵抗勢力を制圧した。国外では三十年戦争でハプスブルク家と戦った。

＊ルイ十四世　ブルボン朝第三代で、絶対王政全盛期の「太陽王」。ネーデルランド継承戦争やアウスブルク同盟戦争、スペイン継承戦争など対外戦争の莫大な戦費でブルボン朝弱体化の種をまいた。

P36 **＊リエージュ攻略戦**　第一次大戦が勃発した一九一四年八月、ドイツはフランス侵攻作戦「シェリーファン計画」に従って、ベルギーを迂回しミューズ川とアルデンヌを通るルートを選択、十万人のドイツ軍が、途上のベルギー東部都市リエージュの要塞を攻略しようとした。三万人のベルギー兵が果敢に抵抗して難航、その後にヴェルダンやソンムで繰り返された消耗戦の原型となった。ドイツ軍は左翼との合流が二日間遅れ、フランス奇襲に失敗して塹壕戦の膠着に陥った。

P37 **＊炎の帳のごとく**　ワーグナーの楽劇『ヴァルキューレ』では、父神ヴォータンの怒りを買ったブリュンヒルデが岩の頂で眠らされ、まわりを火の神ローゲの炎の帳が囲む。この炎は恐れを知らぬ英雄だけが越えられるとされ、後にジークフリートが炎を越えてブリュンヒルデを接吻で目覚めさせる。

P39 **＊故郷のようなもの**　ニーチェ『悦ばしき知』三七七に出てくるWir Heimatlosen（われら故郷喪失者）の「故郷」ではないか。彼らこそ悦ばしき知を授かるとニーチェは言う。故郷喪失とは「神を殺した」ことと表裏である。「彼らの運命は苛烈であり、彼らの希望は不確かであり、彼らに慰藉を工夫してやるのは並みなみの業ではない〔中略〕この脆くなり崩れかけた過渡時代においてさえもなお家郷にある思いをさせるような一切の理想に対し、われわれは嫌悪を覚える。〔中略〕われわれ自身、われら故郷無き者たちは、この氷と諸他の薄すぎる『現実』とを破砕する何ものかであるのだ」（信太正三訳）。宗派や教会への帰属心を失ってもなお残る宗教的本能は、ユンガー自身がオスヴァルト・シュペングラーに従って「第二の宗教性」と呼び、そこに「痛切な郷愁が、思い出が生きている」（『時代の壁ぎわ』）と書いている。

P41 ＊**豊穣の角**　Füllhorn はラテン語では cornu copiae。果物と花で満たされた羊の角のことで、食べ物と豊かさを象徴する。ギリシャ神話に由来し、ゼウスをヤギの父で育てたアマルティアに、ゼウスがお礼に望みのものが溢れだす羊の角を与えた。豊穣の角は糸杉などとともに、冥界の神ハーデスの象徴。

＊**唐檜**　マツ科トウヒ属の常緑高木でドイツ唐檜のこと。欧州原産で、学名は Picea abies、英名は Norway spruce。高さは二〇〜三〇メートル、原産地で七〇メートルに達する。樹冠は円錐形で、老木になると枝が垂れ下がる。樹皮は褐色だが、老木は灰色になり、鱗片状に剥がれ落ちる。鳩時計のおもりはこの球果を象ったもの。ヘルダーリンが一八〇〇年秋に書き、七年後に発表した詩「シュトゥットガルト」で、バッカスの祭典になぞらえて唐檜を歌っている。

頭に花冠　唇に歌　葡萄の房と葉と
暗い唐檜を飾りつけた神聖な杖をたずさえて
（川村二郎訳）

ヘルダーリンがシュトゥットガルトの友人宅に身を寄せ、しだいに狂気に蝕まれていく時期の作品で、その後別れたズゼッテ（ディオティーマ）の死で呆けたまま、一八四三年の死まで回復しなかった。

P42 ＊**映画**　Lichtspiel は直訳すれば「光の戯れ」だが、ユンガーは Spiel を多義的に使っている。

P44 ＊**ハインツ・オットー**　ドイツの童話の主人公で、日本では「浦島太郎」にあたる。

＊**ヴェヌスベルク**　Venusberg（ヴィーナスの丘）はドイツのボンやシュトゥットガルト近郊の丘陵地などに実際につけられている地名だが、女性の恥丘を意味するスラングでもある。リヒャルト・ワーグナーは『タンホイザー』のタイトルを当初『ヴェヌスベルク』にしようかと思っていたが、あまりにも

露骨なタイトルなので友人に諫められたという逸話が残っている。

P47 **＊タンホイザー**　ワーグナーが一八四五年に作曲した三幕のロマン的オペラで、中世の騎士伝説と歌合戦に材を採っている。騎士であり吟遊詩人であるタンホイザーが、清純な乙女エリザベートとの愛を忘れて、地下のヴェヌスベルクの洞窟で官能に溺れた。魔窟を脱そうとして脱せられないタンホイザーをエリザベートが自らを犠牲にして救うという筋立て。

P47 **＊シトー会**　ブルゴーニュ出身の修道士ロベール・ド・モレームが十一世紀末に、フランスのシトーに設立したベネディクト会改革派の修道院が発祥。「聖ベネディクトの戒律」を厳密に守り、彫刻や美術による教示を禁止し、既存のベネディクト会修道院、とりわけクリュニー会と対峙した。白い修道衣を着ていたため「白い修道士」と呼ばれ、クレルヴォーのベルナールによって発展した。彼が建てたフォントネーの修道院は、キリコの絵の建築物のように装飾性を排した同会最古の修道院である。フランス革命で売却され、製糸工場に転用されたが、一九〇六年にリヨンの銀行家で芸術愛好者だったエドゥアール・エイナールが入手して修復につとめた（現在は世界遺産に指定）。ユンガーは『パリ日記』一九四二年七月二十四日付でキリコに触れている。「町は死に絶え、人間は鎧甲の部品から鍛え上げられる。これは機械の技術がもたらすオプティミズム、機械の技術なしでは済まないオプティミズムである」

P49 **＊歳の市の見世物**　ユンガーの弟フリードリッヒ・ゲオルクの『技術の完成』は、歳の市がいかに変容したかの例にミュンヘンのオクトーバーフェスト（十月祭）をあげている。機械が随所に浸透し、「機械的音楽に伴われたブランコや乗物、回転道具、コンベア、機器が認められ、それ自体が機械的性質を持っている娯楽に加わるようにと、我々を招き入れる」（F・G・ユンガー研究会訳）。そして映画をはじめ「機械が関与するあらゆる娯楽には空虚なところがある」と批判する。

＊モルゲン　土地面積の単位。約二エーカーに相当し、一連の牛が鋤を牽いて午前中に耕せる広さからモルゲン（朝）の名が単位になった。

P50 **＊クラウゼヴィッツ**　カール・フォン・クラウゼヴィッツ（一七八〇〜一八三一）はナポレオン軍と戦っ

たプロイセン王国の軍事学者で、没後の一八三二年に出版された『戦争論』は、十九世紀レアル・ポリティークの源流となった。モンテロンも軍人として当然クラウゼヴィッツの著作を読んでいたが、カントやヘーゲルのような観念論の系譜の哲学と同列に考えていない。ユンガーは『パリ日記』一九四三年二月二十八日付で「クラウゼヴィッツによれば、戦争は違った手段での政治の継続なのだが、そうだとすれば、このことは暗に、戦争が絶対的に行われるなら行われるほど、政治は戦争の中に入ることはできないことを示している」と書き、自由裁量の許されない東方戦線は、一八一二年のクラウゼヴィッツの経験には到底及ばないとしている。

＊金輪際、知りたくないことがある　フリードリッヒ・ニーチェ『偶像の黄昏』の「箴言の矢」5参照。「私は金輪際、多くのことを学ぼうとは思わない。――叡知もまた認識に限界を設けている」Ich will, ein für alle Mal, Vieles nicht wissen. – Die Weisheit zieht auch der Erkenntniß Grenzen を引いている。ただ、ロロロ版では Es gibt ein für allemal Dinge, die ich nicht wissen will という文章だが、全集版では Es gibt Dinge, die ich ein für alle Mal nicht wissen will と微妙に語順を変えている。

P51 **＊燕の巣**　広東料理ではフカヒレとならぶ高級食材で、アマツバメが唾液腺からの分泌物でつくった巣を断崖絶壁から採取したもの。インド料理では一般に燕の巣は使われないから、これはよほど珍しい料理ということだろう。

P53 **＊図書室に案内されると**　ロロロ版にはこの Ich wurde in die Bibliothek geführt がなく、その後にユンガーが加筆したものと思われる。

＊トリマルキオ　ネロ帝治下の堕落したローマを風刺した側近ペトロニウスのピカレスク小説『サチュリコン』に登場する、頽廃した饗宴を開く解放奴隷の富豪のこと。悪趣味な装いで客に嘲笑され、教養の浅い衒学がたちまち底割れする。作者のペトロニウスは陰謀に加担したとの讒訴《ざんそ》を受け、ネロ帝に自殺を命じられて死んだ。フェデリコ・フェリーニの映画参照。

P54 **＊一七五〇年以降**　華やかなロココ調の絵画は趣味ではないということか。ロココの画家にはアントワーヌ・ヴァトー、フランソワ・ブーシェ、ジャン・オノレ・フラゴナールらがいるが、同時代人だった『百科全書』のドゥニ・ディドロは彼らを軽佻浮薄と退けている。

＊プッサン　バロック時代のフランスの画家ニコラ・プッサン。生涯のほとんどをイタリアで過ごし、バロックの奇抜な構図の流行にもかかわらず、古典的で静謐な歴史画や宗教画を描き、代表作は Et in Arcadia ego（我かつてアルカディアにあり）の碑文に思い悩む四人の牧人を描いた「アルカディアの牧人」など。プルーストは『失われた時を求めて』第一巻「スワン家のほうへ」第三部でプッサンの「フローラの勝利」をジルベルトのイメージに使ったが、ユンガーも『パリ日記』でかつて書斎にプッサンの「岐路に立つヘラクレス」の複製銅版画を飾っていたと書いている。

P56＊封建商業都市　中世に遠隔地交易の中継地や取引地として形成された商業都市は、はじめ封建領主に支配されていたが、農村部の領主としだいに利害が対立、城郭を設けて自治都市に成長した。シャンパーニュ地方や北イタリアの都市がそれにあたる。ドイツでは「ブルク」、フランスでは「ブール」、英国では「バラ」「バーグ」が語尾につく地名は「城塞」を意味する。牆壁に囲まれた元修道院のツァッパローニの邸宅は、中世の城塞都市に似ている。

P57＊不法と紙一重　ユンガーの友人である公法学者カール・シュミットが、第一次大戦敗戦後の『政治神学』において唱えた「主権者とは例外について決定をくだす者をいう」のパラドクスに言及したのだろう。古い格言「必要は法律をもたない」necessitas legen non habet もそうだが、法的空間がその境界上では不法を内在させるため、政府転覆クーデターの原理になる。

P58＊ペルガモン　紀元前二世紀までアナトリアにあった王国で、そこで製される上質の羊皮紙をペルガモンと呼ぶようになった。傷みやすいパピルスより保存がきき、再利用の利便性から、中世にかけてパピルスより重宝された。十三世紀になって中国の紙の製法が西方に伝わり、紙製の写本や印刷に圧倒されるが、重要な証文にはなお羊皮紙が使われ、また豪華本の製本でも生き残った。モロッコ革はモロッコ産の主に山羊の鞣《なめ》し革。上質で婦人靴、書物の装丁、家具の上張りなどに用いる。ツァッパローニの蔵書は金に飽かせた装丁本で埋まっているらしい。

P59*カバラー　ユダヤ民族がディアスポラ（離散）に入った三世紀ころから中世にかけて形成されたユダヤ神秘主義思想のことで、モーゼがトーラー（律法）に記しきれなかった「伝承」を意味する。神エイン・ソフからの聖性の十段階の流出によって世界が創造されたと考え、十の「球」と二十二の「小径」から成る生命の樹（セフィロト）と呼ばれる象徴図に体系化されている。

*薔薇十字団　始祖クリスチャン・ローゼンクロイツの遺志を継ぎ、錬金術や魔術などの古代の英知を駆使して、人知れず世の人々を救うという秘密結社。十七世紀の小冊子「ファーマ」で世に知られたが、ヨーハン・ヴァレンティン・アンドレーエらチュービンゲンの哲学者グループの創作であり、一種の悪ふざけだったとクリストファー・マッキントッシュが著した『薔薇十字団』は見ている。十九世紀のオカルト流行で「黄金の夜明け教団」が薔薇十字団伝説を採用、詩人W・B・イェイツものめりこんだ。ウンベルト・エーコ『フーコーの振り子』参照。

*古い風景画　風景画や風俗画の源流になった中世の月暦画をイメージしているのだろう。一年の十二カ月を象徴的人物像や動物、月々の労働や自然の風景、それぞれの月に記念される聖人像などによって表わしたカレンダーで、十五世紀にランブール兄弟が手がけた羊皮紙二百六葉の「ベリー侯の豪華な時禱書」が有名。その農作風景は牧歌的で苦役など感じさせない。

　この庭は、ユンガーが『パリ日記』で「豊かさから豊かさの源泉へ透明の宝の蔵に入っていく」と形容したエデンの園でもある。「こうした庭の最初の、そして最後の庭、楽園、神の庭には最高の統一が支配している。そこでは善と悪、生と死は区別されない」（一九四三年五月二十三日）としている。

P60*マレパルトゥス城　中世ヨーロッパの風刺文学『狐物語』は、擬人化されたアカギツネのレイナルドゥスが狼のイセングリムスを散々にいたぶる長編詩だが、ドイツ、フランス、オランダ、英国で翻案されて広がったのは、狼を聖職者階級に擬して民衆が溜飲を下げたからだろう。フランス語版は岩波文庫に抄訳（鈴木覚、福本直之、原野昇訳）があり、ドイツ語ではゲーテの『きつねのライネケ』（上田真而子訳）がある。マレパルトゥスはレイナルドゥス狐の巣穴であり、忍者屋敷のように穴や袋小路などが錯綜し迷路をなす隠れ家のこと。もとは聖なる草とされた多年草のセイヨウオトギリ（Millepertuis）が訛ったとされているから「オトギリ城」の意味である。

P63 **＊民衆指導者**　Tribunの語源は共和政ローマの護民官（tribunus plebis）。紀元前五世紀に貴族《パトリキ》と平民《プレブス》が対立、平民がモンテ・セクロに立て籠もって獲得した公職で、平民を守ることを理由として広範な拒否権や身体不可侵権など強力な権限を行使できる。前二世紀に護民官に就任したティベリウス・グラックスが農地改革に着手、暗殺されてローマは内乱の世紀に入った。当時、軍事司令官の執政官《コンスル》の任期が一年限りとされ、二人体制で正副の別がなく、王政回帰に歯止めをかけていたが、長期化した戦争で途中交代を避けるため、退任後も軍事指揮権が継続できる前執政官（proconsul）の制度がつくられ、これが抜け穴になった。内乱の覇者アウグストゥスは前執政官を辞して、任期一年の護民官特権（tribunicia potestas）を更新していくことで、軍事的な支配権（インペリウム）や元老院の第一人者《プリンケプス》など強大な権限を一手に握った（以後の帝政期の前執政官は、属州総督の肩書となる）。

　のちに皇帝＝護民官の座る席としてバシリカ内に設けられた半円形の演壇をtribuneと称するようになり、中世には教会建築の階上廊の呼称となった。現代では「シカゴ・トリビューン」（意味は「シカゴの護民官」）のように新聞のタイトルにも使われている。

＊サン・シモン　一七六〇年生まれの伯爵クロード・アンリ・ルブロワのこと。名門貴族の長男に生まれ、フランス革命で巨万の富を築いたが、ギロチンを免れて社会改革家になる。ロバート・オーウェン、シャルル・フーリエと並ぶ空想社会主義者で、広めた教説は道徳的産業社会を志向し、資本家と労働者をともに生産階級とみなす「テクノクラートの予言者」となった。

P64 **＊ネアンデルタール**　『西洋の没落』のシュペングラーが「どんな国民会議においても『ネアンデルタール人』に出食わすと言ったのは正しかった」とユンガーは『時代の壁ぎわ』で書いているから、ダーウィンにも言及するシュペングラーに倣った流行語だったのだろう。フィリップ・K・ディックの普通小説『まさか歯列が一骨の原人』（未訳）を参照。

＊青銅の嘴　怪力ヘラクレスの十二難行の一つで、アルカディア北西部のスチュムパーロス湖畔に、かつて軍神アレースに飼われていた怪鳥の群れが棲んでいた。翼、爪、嘴が青銅で人を襲い、畑に毒の糞を撒き散らしていた。ヘラクレスはアテーナーとヘーパイストスから青銅の鳴子を借り、音に驚いて飛び立った怪鳥をヒュドラーの毒矢で射落とし、絞め殺したという。

P65**＊弥栄あれ**　原文は「Es lebe ――」。Es lebe das Vaterland（祖国万歳）のように、「――」と伏字にした何かを称えるという意味の献辞（Widmung）。一九四四年七月、ヒトラー暗殺に失敗した参謀大佐クラウス・フォン・シュタウフェンベルク伯爵が、国防省中庭で銃殺される際に残した最期の言葉は Es lebe das heilige Deutschland!（気高きドイツ万歳！）である。

P66**＊マンサード屋根**　十七世紀のフランスの建築家フランソワ・マンサールが考案した、勾配が腰折れで二段になっている寄棟屋根のこと。天井が高くなり、屋根裏部屋に適している。

P67**＊僕のなにかが壊れた**　ユンガーとともにナチスと距離を置いた弟の作家フリードリッヒ・ゲオルク・ユンガーも、三四年の詩集『罌粟《けし》』でナチスを批判、ゲシュタポの家宅捜索を受けている。『パリ日記』一九四三年九月四日付で、ユンガーはルルーという見知らぬ愛読者に出会い、コミュニズム的傾向の願望を聞かされた。彼は保守革命に傾倒した時代を思いだし、「私も概念の鋏で私の人生を刈り込んで造花をつくっていた頃を思い出した」と書いた。

P68**＊歴史に没頭する**　第一次大戦後に出版され、大きな反響を呼んだシュペングラーの『西洋の没落』の影響だろう。その緒論は冒頭で「歴史をまえもって規定しようという試み」「表面上の形成物とは無関係な、いわば歴史的人類の形而上学的構造と名づけてもいいものが、あらゆる偶然的な、無数の個々の出来事のほかに存在するだろうか」（村松正俊訳）とゲーテの形態学を応用して歴史を捉え直そうとしている。戦場の無意味な死の彼方に大きな「没落」の物語を見ようとする姿勢に、リヒャルト（もしくはユンガー自身）ら敗戦世代が共感を寄せた。シュペングラーも古代ギリシャとローマの興亡を、現代と比較する手法を多用している。

＊小カトー　前一世紀の古代ローマの政治家、マルクス・ポルキウス・カトーのこと。平民《プレブス》の出で、ポエニ戦争で活躍した曾祖父と区別するため「小カトー」（Cato Minor）と呼ばれる。ストア派哲学を奉じ清廉潔白で知られ、財務官として不正を摘発した。護民官としてカティリーナの乱ではキケロと組んで死刑を主張した。小カトーは閥族の中心人物としてカエサルらの三頭政治に対抗、ファルサルスの戦い、タルススの戦いに敗れ、ウティカ（現チュニジア）で包囲される。プラトンの『パイドン』を最後に読み、霊魂の不滅を信じて自害した。その自決の場面はプルタルコスの『対比列伝』やセネカの『倫理書簡集』を参照。セネカは『摂理について』でも、小カトーとソクラテスの自死を称賛している。

＊ヘクトール　『イーリアス』で描かれたトロイアの王子でトロイア軍総大将。善き夫、善き父で仁義にも篤いが、アキレウスとの決戦に敗れ、遺体は戦車で引きずり回されて辱められた。

＊ハンニバル　前三世紀のカルタゴの将軍ハンニバル・バルカ。父の遺志を受け、イベリア半島からアルプスを越えてローマ近隣まで攻め込む第二次ポエニ戦争を起した。スキピオの反撃により、象軍まで動員したザマの戦いに敗れ、祖国再建のため国に戻るが、讒言によってシリアに逃れ、黒海南岸のピュティアで追い詰められて自害した。ユンガーは一九二八年の「忘れえぬ人々」のなかで「第一級の男性的行為は、事実の世界においてもけっして忘れ去られることはない」として、ハンニバルをその例に挙げているから、武将としての彼を崇敬していたのだろう。

＊ボーア人　南アフリカに植民したオランダ系移民を中心とする白人で「アフリカーナー」とも呼ぶ。一七九五年にケープ植民地が英国に占領され、内陸部への植民でトランスヴァール、オレンジ共和国を建国するが、併合しようとする英国と一八八〇年代から二度のボーア戦争を起こして敗れる。以後、ゲリラ戦に転じたが、英国は焦土戦と強制収容所で押さえこんだ。

＊モンテスマ　アステカ帝国の王で「モクソテスマ二世」とも呼ぶ。一五一九年、スペインのエルナン・コルテスが軍を率いてキューバからユカタン半島に上陸、反アステカ諸族を糾合し、チョルーラで大虐

殺を引き起こす。これがモンテスマ王を震え上がらせ、コルテスを白い神ケツァルコアトルの化身とみなして国譲りも考えた。一五二〇年、アステカの内乱によって無数の石つぶてを浴びて死んだとも伝えられる。翌二一年、コルテス軍に首都を包囲されたアステカは滅亡した。

P69＊**メキシコ皇帝マクシミリアン**　一八六四年、アメリカが南北戦争で干渉できないことを見越してフランスのナポレオン三世と帝政復活を望む王党派の支援で即位したハプスブルク＝ロートリンゲン家出身のメキシコ皇帝。南北戦争後のアメリカのモンロー主義と、プロイセン擡頭によるフランスの撤兵で孤立、ベニート・ファレスの共和軍に捕えられ一八六七年に銃殺された。「私は全ての人を許そう。みなも私を許してくれたまえ。いま流される血がこの国の幸福につながらんことを望む。メキシコ万歳！　独立万歳！」との遺言を処刑前に残した。エドゥアール・マネが、ゴヤの「一八〇八年五月三日、プリンシペ・ピオの丘での銃殺」によく似た構図の絵画「皇帝マクシミリアン一世の処刑」を描いている。

　ユンガーは少年時代に、十九世紀米国の歴史家、ウィリアム・H・プレスコットの『メキシコ征服史』全三巻と『ペルー征服史』全二巻を愛読していた。プレスコットはハーヴァード大学卒だが、在学中にほぼ失明し、朗読秘書を使って浩瀚《こうかん》な歴史書を書き上げている。

P70＊**アリオスト**　十五〜十六世紀ルネサンス期のイタリア詩人、ルドヴィーコ・アリオストが書いた長編の叙事詩『狂えるオルランド』は、シャルルマーニュ（カール大帝）とその騎士たちがサラセン軍を迎え撃つ戦記だが、歴史的考証は疎かで、八世紀なのにサラセン軍が火縄銃を使って騎士たちを倒している。火薬は唐代の中国の発明で、欧州に火縄銃が伝わったのは十三世紀にモンゴル軍が侵攻してからであり、青銅銃や大砲は十四世紀以降の欧州に登場した。

＊**豪胆公シャルル**　十四〜十五世紀にブルゴーニュ公国を支配したヴァロア・ブルゴーニュ家の最後の公。フランス統一をめざすルイ十一世に対抗、神聖ローマ皇帝に就く野心を抱き、イタリア、イングランド、フランドルから最高の傭兵を雇い、槍兵や歩兵、騎兵や手銃兵を組み合わせる戦法を編みだした。が、一四七七年のナンシーの戦いでは、操兵が複雑すぎて、長槍パイクのスイス歩兵に隊列が混乱。ロレー

ヌ公ルネ二世に敗北を喫し、戦死したシャルルの遺骸はズタズタに切り刻まれた。シャルル軍も一四五三年のカスティヨンの戦いを手本として、野戦砲ファルコン砲を装備していた。長篠の戦いの武田軍のように火力を軽視して壊滅したわけではない。

＊ケンタウロス　ギリシャ神話に登場する半人半馬の種族で、東方の騎馬民族スキタイ人と戦って、人馬一体の彼らを半人半馬の怪物とみなしたという説がある。その賢者シレノスはプリュギアの王ミダスに、人間ほど悲惨な生きものはないと説き、「最も善いのは生まれないこと、次に善いのはすぐ死ぬことだ」と語ったという。十九世紀の詩人モーリス・ド・ゲランの散文詩「サントール」（窪田般弥の邦訳がある）への言及が、ユンガーの『小さな狩』や『時代の壁ぎわ』にある。無名で没したこの詩人を発掘したのはジョルジュ・サンドで、ユンガーは「詩人は学者よりも多くのことを可視的にし、学者とは別の連関に押し入るということの優れた例証」とし、ゲランの詩はノヴァーリスとともに「特殊な、磁気的な、透視的な夜」が支配していると評した。

＊巨神族　ギリシャ神話ではティターン族といい、ゼウスらオリュンポス十二神に敗れて、地底に封じ込められた大地の自然神たちである。山よりも巨大なティターン族は、空の神ウラノスと大地の神ガイアの間に生まれた。末弟の農耕の神クロノス（時）が、万物を切り裂くアダマスの鎌で父ウラノスを討って全宇宙を統べる二代目の主神となるが、自らも子に討たれることを恐れて、子のハーデス、ポセイドーン、ヘーラー、ヘスティア、デーメーテールを次々に呑みこんだ。末子のゼウスは父に食われることを辛うじて免れ、逆に父に神酒ネクタルを呑ませ、腹中の兄姉を吐きださせて父を討ち滅ぼす。

ユンガーは、一九一二年の客船タイタニック号の沈没を、その船名に巨神族の名を付けたことから世界没落の象徴になったとみた（『時代の壁ぎわ』）。その弟のフリードリッヒ・ゲオルクは人類のために火を盗んだプロメテウスを論じる技術考『ティターン族』Die Titanenを一九四四年に上梓した。戦時中何度も空襲で組版を失い、戦後の四六年にやっと出版できた『技術の完成』とともに、技術のドグマティズムがもたらす破壊を論じている。兄弟でナチス時代を生き延びただけに二人の思想は共鳴しあい、ユンガーは『労働者』と『技術の完成』をポジとネガとみていた。

兄は「汝自身を知れ」というデルフォイの金言を巨神族の世界からの離脱とみて、「人間をその深部において知ることは、人間の特性を見ることではなく、人間の形相〔形態〕を見ることを意味し、そして形相だけがティタン族的なものを飼い馴らす力をもっているからである」（『時代の壁ぎわ』）と書いた。弟も労働に熱狂性、過激性を帯びさせる巨大な鍛冶場を「何か火山のようなもの」「キュクロープスたちが働く仕事場」に譬えている。

「すなわち溶岩、灰、噴気孔、煙、ガス、炎に照らされた夜の雲、そして果てしなく広がる荒廃を目にする。目的に叶うよう周到に考え出され、単調な作業工程を自動的にこなす機械の中を、猛烈なパワーの根源的諸力がはち切れんばかりに満たしてゆき、パイプやボイラー、車、導管、炉の中を漂流し、機械装置という牢獄、すべての牢獄同様に囚人の脱走を防ぐために鉄と格子で覆われている牢獄の中を疾走する」（『技術の完成』33）

＊ポリュペーモス　ギリシャ神話に登場する一つ目の巨神キュクロープスの一人。Πολύφημοςとは「歌と伝説の宝庫」という意味である。ホメロスの『オデュッセイア』では、オデュッセウス一行がその洞窟に閉じ込められ、二人ずつ食われていく。巨神に「名を答えれば望みをかなえてやる」と言われて、オデュッセウスは機知で「誰もいない」という意味のΟὖτις（ウーティス）と答えた。酒を飲んで酔いつぶれたポリュペーモスの眼を丸太で刺して盲目とすると、巨人が悲鳴をあげて仲間を呼ぶ。駆けつけた仲間に誰がやったと問われて、「誰もいない」と答えたため相手にされず、オデュッセウス一行は逃れることができた。

P71**＊フサール兵**　一三八九年のコソボの戦いに敗れてハンガリーに逃れたセルビア人貴族が、オスマン帝国精鋭の騎兵と戦うため編成したのが発祥（語源はセルビア・クロアチア語の「山賊」）。ハンガリー王マーチャーシュのもとで勇名を馳せ、傭兵として欧州に広まった。

十六世紀のポーランド王、ポステファン・バトーリが祖国トランシルヴァニアから持ち込んだ「フサリア」（Husaria）は、真紅のビロード服の上に華麗な装飾の甲冑をつけ、豹やテンの毛皮や鳥の羽飾りを背負い、白と紅の旗を掲げて戦場の花形になった。欧州各国ともこれを真似た華麗な制服が今に残る。

＊ポメラニア　バルト海に面したポーランドとドイツ国境の一帯で、中世にはドイツ騎士団が支配、ドイツ人の移住が進んだため、ドイツ人とポーランド人が混在する地帯で、第一次、第二次大戦で争奪戦となり、併合と住民の強制移住が繰り返された。

＊シレジア　ドイツ語ではシュレージエンで、ポーランド南西部からチェコ北部に及ぶ地域。中世から近世にかけ、ポーランド王国、神聖ローマ帝国、ボヘミア王国の争奪の地となり、近代ではプロイセンとハプスブルク家のオーストリアが帰属を争った。第二次大戦後はスターリンがドイツ系住民を追放、ポーランドとドイツがオーデル・ナイセ線の国境を承認して領土争いを決着させたのは、ベルリンの壁崩壊後の一九九〇年である。

P72**＊纈草**　Valeriana officialis は「セイヨウカノコソウ」とも「吉草」とも呼ばれ、日本にある多年草のカノコソウ（オミナエシ科 Valeriana fauriei）の仲間。英名は Valerian だが、ドイツ名が Baldrian なのは、北欧神話の光の神バルドルに由来するからともいう。日本のカノコソウは淡紅色の小花を多数咲かせるが、その蕾が鹿の子絞りに似ていることから名づけられた。双方とも根茎と根（ワレリアナ根）は鎮静剤などの薬用になる。芳香は猫や鼠や蜜蜂に好まれ、発情期の猫に催淫効果があることから、人間にも根をすりつぶして媚薬として用いられた。「ハーメルンの笛吹き男」はそれで鼠をおびき寄せたといわれ、ハリー・ポッターシリーズでも、ボグワーツ校ではカノコソウの根を調合した魔法薬が出てくる。

＊トレプトーヴ　ベルリン東南のシュプレー川の西南側の地域。ポーランド語の地名「ツェビャートフ」のドイツ語読み。本書執筆当時、まだベルリンの壁は建設されていないが、東ドイツ地域との境界線上に位置していた。壁崩壊後の現在はケーペニック区と合区されている。

P73**＊多血質**　sanguinisches Temperament は、ヒポクラテスが唱えた体液の四性説に基づく。人間の性格は血液・胆汁・黒胆汁・粘液の体液の混合ぐあいに依ると考え、その混ぜ合わせを「気質」または「器質」

(temperament) と呼ぶ。血液が優勢なら陽気で快活な「多血質」(sanguine)、胆汁が優勢なら短気で興奮しやすい「胆汁質」(choleric)、黒胆汁が優勢なら陰気で憂鬱な「黒胆汁質」(melancholic)、粘液が優勢なら鈍感で冷血な「粘液質」(phlegmatic) の四つ。

＊シュトララウアー　ベルリンから東南に流れるシュプレー川の河畔に突き出た嘴状の地域。地名も矢が由来。ヴィットグレーヴェの姿は、一九二三年に国防軍を辞めて民間人になって以降のユンガーを反映している。彼は二八年、妻グレータとともにライプツィヒからベルリンに出てきて、ここに近いオーバーバウム橋周辺の労働者地区に住んでいた。すぐ北にあるヴァルシャウアー・シュトラーセ駅の操車場が彼のアパートから見渡せた。エルンスト・フォン・ザーロモンによれば、「キャベツの臭い、騒ぎ回る子供たち、沢山の蔵書、異様な仮面や像、机の上の顕微鏡、甲虫コレクション」(田尻三千夫「エルンスト・ユンガー略年譜」)が当時の居住環境だったという。オーバーバウム橋のたもとに現在、「壁の博物館」が建っているように、トレプトーヴ公園のある対岸の古トレプトーヴ地区はかつてベルリンの壁で分断されていた。

＊ベルリン、泣き笑い　一八二一年ベルリン生まれの作曲家兼オルガニストで、ベルリン、デュッセルドルフ、ケルンなどで指揮者を務めたアウグスト・コンラーディが作曲したピアノ序曲のタイトル。この曲には歌詞がなく、シュトララウアーとの関連も不明だが、マレーネ・ディートリッヒがベルリンへの懐旧の情を歌った名曲 Berlin Berlin に、この曲を踏まえた歌詞 Das ist Berlin, Wie's Weint, Das Ist Berlin Wie's Lacht がある。

＊胡桃材　コーカサスサワグルミ (Pterocarya fraxinifolia) で、アルメニア、アゼルバイジャン、ジョージア、イラン、ウクライナ、トルコに産する。軽軟で加工性がよく割れにくい。日本産のオニグルミや北米産のブラックウォールナットと違い、色はくすんだ茶褐色である。

P74
＊白ビール　Weißbier は小麦麦芽を五〇%以上使用し上面発酵させたドイツ産ビールで、ベルリナー・ヴァイセはアルコール度が低く酸味がある。プロイセン王が推奨、十九世紀の最盛期にはベルリンに七

百の醸造所があったというが、現在は二カ所、ブランドも二つしかない。ヴィットグレーヴェとリヒャルトが白ビールを飲みかわすのもプロイセン軍の伝統の名残か。

＊ヴェルダー島　ベルリン西方のポツダムを流れるハーヴェル川の河畔にある島。水上スポーツや釣りのほか、公衆浴場もある行楽地。周辺には果樹園が多く、果物博物館もあり、毎年の樹木祭や花祭には数十万人の観光客が訪れる。

＊ホッペガルテン　ポーランド国境に接するブランデンブルク州にあるドイツ最大の競馬場。ベルリンから車で三十分、近郊電車で四十分の距離にあるため、首都の競馬場とされてきた。明治維新元年の一八六八年、プロイセン王、ヴィルヘルム一世の臨席で初の公式レースが行われ、現在も毎年八月にベルリン大賞レースが行われている。

＊汲み井戸　Ziehbrunnen は天秤棒の両端に汲み桶と重石をつけて上げ下げする井戸。人力による重労働を軽減するためのものだが、ドイツの田園にはまだ残っていたのだろう。

＊叩頭　ここで使われているドイツ語 Kotau も中国語の「叩頭」から来ている。

＊隊長ブーリバ　ニコライ・ゴーゴリの作品『タラス・ブーリバ』に登場するコサックの隊長。十七世紀後半、ポーランドからウクライナを独立させようと戦った。次男がポーランドの貴族の娘と恋に落ち、敵に味方するが、父に追い詰められて死ぬ。長男もポーランド軍の捕虜となり処刑された。復讐のため死にもの狂いの転戦を重ねたブーリバも捕まって火刑に処されるが、最後に「コサックの恐れるものがあるか。やがてロシアの大地からロシアの皇帝があらわれる」と予言して死ぬ。ユンガーはコサックも人馬の末裔とみなしている。ロシア系ユダヤ人ユル・ブリンナーが主演したハリウッド映画『隊長ブーリバ』は一九六二年上映だから、本作より五年後である。

P75 **＊反時代的**　この im Unzeitgemäßen の表現には、ニーチェの第二作『反時代的考察』Unzeitgemäße Betrachtungen が仄めかされている。

＊食え、鳥よ、さもなくば死ね　Friß, Vogel, oder strib! は慣用句で、シンチンガー辞典では「伸るか反

るか」「一か八か」と説明されている。『時代の壁ぎわ』42でもこの句を使っているから、ユンガーお気に入りの警句だったのだろう。

P76＊**プロテウスさながら**　原文はproteushafter。プロテウスはギリシャの海神で、ポセイドーン以前の海の支配者。『オデュッセイア』では、孤島で風が吹かず、脱出できなくなったメネラオスが脱出の方策を尋ねようと、海豹に化けてプロテウスを待ち伏せする逸話がある。捕えたプロテウスは獅子、大蛇、豹、野猪、流水、樹木に次々と姿を変えて逃げようとする。ウェルギリウスの『農耕詩』にも、飼っていた蜜蜂が死んで、その理由をプロテウスに聞こうとして、パロス島で昼寝しているプロテウスを捕える場面があるが、そこでも逃れようと次々に変身した。

＊**天翔ける三角翼**　原文はam Himmel Dreiecke で、当時米ソが競って開発していた三角翼（デルタ翼）のジェット戦闘機のことだろう。米国では三角翼のA４艦載機スカイホークが五四年六月に初飛行、ソ連では三角翼戦闘機ミグ21の初飛行が五六年一月で、本書執筆時点（五七年）までに登場していた。

P77＊**トバルカイン**　創世記第四章二二節に「彼は銅と鐵の諸の刃物を鍛ふ者なり」とあり、鍛冶の祖とされる。アダムとイヴの子で嫉妬から弟のアベルを殺して追放された兄カインの末裔で、人類の祖であるアダムから数えて七代目にあたる。レメクはその父。

P78＊**アクティウム海戦**　古代ローマ内乱の一世紀に終止符を打った前三一年の海戦。オクタヴィアヌス（のちアウグストゥス）が、イオニア海のアクティウムで敵対するマルクス・アントニウスとクレオパトラの連合艦隊を破った。両軍で五百隻以上の軍船が集結したが、クレオパトラの乗艦が離脱、アントニウスの船がそれを追い、連合軍の艦隊が総崩れとなった。

現代がローマ成長期の「ポエニ戦役の時代」ではなく、成熟期の入口にあたる「アクティウム海戦の時代」だという歴史認識は、『西洋の没落』のシュペングラーの影響だろう。

前三〇〇年ころ、すなわちアレクサンダー大王の帝国が崩壊してディアドコイ諸帝国が乱立した時代に、西はシナイから東はザグロス山脈までの地に、新しい世界感情を担う「マギ的文化」が生まれたとシュペングラーはみている。ペルシャではアフラ・マツダ、パレスチナではバァル神やヤーウェの名を借りたが、東方の三博士（マギ）に祝福されたイエスも、さらにアラビアを席捲したムハンマドもこのマギ的文化の所産だったというのだ。年老いたギリシャ・ローマとの対峙がアクティウム海戦であり、アントニウスが勝てば、マギ的な魂を解放したろうとシュペングラーは書いている。

ただ、シュペングラーの「文明時代第二期」（少数者に権力が集中するカエサル主義の時代）は二〇〇〇年以降とされており、ユンガーは『時代の壁ぎわ』で「その帰結を予見していたなら、大戦の惨事を免れていたろう」と述べている。ユンガー自身は「巨大都市、ヘレニズム的芸術、強力に完成された技術などをもつ世界平和の時代」を予見していたが、このシュペングラーの多元的歴史像が人類を最終的に満足させることはないだろうとも見ていた。

P81＊**スピシェルン高地**　仏語読みではスピシャラン。フランスとドイツの国境辺でザールブリュッケンを見下ろす要衝の地。古来、領有をめぐって両国間で争われ、一八七〇年のフランス・プロイセン戦争（普仏戦争）では、八月五〜六日にこの高地に陣取ったフランス軍がプロイセン第一軍と第二軍の猛攻を受けて陥落した。これがナポレオン三世の降伏と没落の引き金になる。

第二次大戦ではドイツの電撃侵攻にフランス軍がマジノ線まで撤退したため、スピシェルン高地はドイツ軍が占領し、眼下に見下ろす北のザール工業地帯を守る盾になった。

P82＊**ある参謀長**　スペイン内戦で国民戦線側を支援したドイツは派兵のほか戦闘機や戦車を送り、ヴォルフラム・フォン・リヒトホーフェン大佐（「赤い男爵」と呼ばれた第一次大戦の撃墜王の従弟）が空軍を指揮して、共和国軍側の拠点に絨毯爆撃など無差別空爆をかけた。大佐の傲慢はドイツ軍内でも鼻つまみで、やがて交代させられるが、おそらくそれが下敷きだろう。

P86＊**キメラ**　ライオンの頭と山羊の胴体、毒蛇の尻尾を持ち、口から火焔を吐くギリシャ神話の怪獣で、ギリシャ語では「キマイラ」と呼ぶ。天馬に乗った英雄に退治されたが、もとはヒッタイトの聖獣で、ライオンが春、山羊が夏、蛇が冬を象徴していたという。

P87＊**青インコ**　一般に青いインコは、オーストラリア原産の小型インコで鮮やかな色彩のセキセイ（背黄青）インコ（Melopsittacus undulatus）を指す。体長はスズメ大と大きくないが、ドイツ語ではPapageienと言い、モーツァルト『魔笛』のパパゲーノを連想させたいのかもしれない。ただ緑を基調とする「小青インコ」「本青インコ」もひとくくりにされている。

P88＊**合成顔料の紺青**　一七〇四年、ヨハン・ヤーコプ・ディースバッハが発見し、「プルシャンブルー」（プロシャ藍）と呼ばれるようになった人工顔料のことだろう。それまでの青の絵具が宝石のラピスラズリを砕いて顔料としたため途方もなく高価だったのに比べ劇的に安くなり、七年戦争のプロイセン歩兵と砲兵はこの染料で染めた青い制服を着用した。日本にも輸入されて浮世絵に使われたほか、「青の時代」のピカソも貧しかったためこの「紺青」を使っている。

＊**明き地**　鬱蒼としたドイツの森で落雷や老木が朽ちて自然にあいた空き地（人為的な間伐地でなく）に光（Licht）がふりそそぐ場所をLichtungという。ハイデガーの第二の主著『哲学への寄与』では、真理の本質を「おのれを隠すことのための空け開け」（Lichtung für das Sichverbergen）という。存在者を対象化して認識し、技術的に支配する「理性的動物」（animal rationale）に対し、「ある」という事態が人間に開示される場として「現‐存在」(Da-sein) が示されるが、この存在の森に射しこむ一条の光明に「空閑地」（明き地）の比喩が使われた。

＊**琥珀**　天然樹脂が化石化したもので、ここは濃い蜂蜜色を暗示する。バルト海沿岸の旧プロイセン領に多く産出する。ポーランドのグダンスク沿岸とカリーニングラード州だけで世界の琥珀の八五％を産出し、バルト海から南のアドリア海を結ぶ交易路は「琥珀街道」と呼ばれた。ドイツ語のBernsteinは「燃える石」の意味で、ギリシャ語のエーレクトロンも本来は琥珀の意味だが、琥珀を摩擦して静電気を起こすことから電気一般の名称に転じた。

＊**紅玉髄**　カルセドニー（玉髄）の一種で、赤や橙色で縞目のないものをいう。英語ではカーネリアン。縞目があるものは「瑪瑙《めのう》」と呼ぶ。

＊瞬膜　鳥類や爬虫類は、眼を保護するため、瞼のほかに眼球をシャッターのように一瞬だけ半透明の膜で覆うことができる。例えばカワセミは水に飛びこむとき、瞬膜で眼球を守る。ラクダなど哺乳類の一部にもあるが、多くは退化し、ヒトの眼の半月ヒダもその痕跡とみなされている。

＊プルートー　ギリシャの冥界の神ハーデスをラテン化したもの。ハーデスはゼウスやポセイドーンの兄で、生後、父のクロノスに食われてしまうが、末弟ゼウスに救われ、スサノオのように冥府の神となる。農耕神として豊穣も司り、「豊かなる者」の意味からプルートーと呼ばれた。

P89
＊高貴な父　père noble は、フランスの劇場用語で貴紳の父親役のこと。ヴェルディ『椿姫』の恋人アルフレードの父、ジョルジョ・ジェルモンのような役回りを指している。

＊分身は人類が古来抱いてきた夢　魂の体外離脱の一種として、同一の人間が別の場所に現われる超常現象（バイロケーション）は、ピタゴラスやティアナのアポロニウス、聖アントニオスなどにまつわる奇譚として数多く伝わっている。十八世紀のサンジェルマン伯爵伝説もそのひとつ。伯爵は実在した人で、作曲家兼バイオリニストとしてフランスのルイ十五世に寵愛されたが、廷臣ショワズール公爵が謀略をめぐらしたため、ゴヴという道化を分身に雇った。この道化が不老不死を装って「アレクサンダー大王やキリストにも会った」とホラを吹聴したため、本物の伯爵がスパイ容疑で追放され、プロイセン王のもとに身を寄せて死んだ後も、伝説が独り歩きして年齢不詳の伯爵が今もどこかに現われるという神出鬼没の存在となった。ユンガーは伯爵の後裔のアンドレと親しく、『小さな狩』でもサンジェルマン伯爵に言及している。

不死の呪いゆえに今も地上をさまようという伝説も根はおなじ。ゴルゴダの丘に登るイエスを休ませなかったため最後の審判の日まで地上をさすらわねばならない靴屋のアハスヴェールや、イエスを鞭打ったため百年に一度眠りに落ちては三十歳に生まれ変わるカルタフィルス、神を呪った罰で永遠に幽霊船で放浪する「さまよえるオランダ人」など枚挙にいとまがない。

＊この身は四つ裂きにできない　カソリックの聖餐では、パンはホスチア（聖餅）と呼ばれる薄いウエ

ハースであり、聖杯に注がれたワインとともに、司教の唱える祈りによって、これが「全質変化」(transsubstantiatio　ギリシャ語では metousiosis) してキリストの躰と血そのものになるとされる。

この奇妙な信仰から、中世に Utrum universale sit realiter extra animam, non distinctum realiter ab individuo (普遍であるものが、実在的に個物と異ならないものとして、心の外に存在するか) という問いをめぐって「普遍論争」が起きた。それが神学からの離反を促し、ルネサンスに道を開いたとされ、ユンガーも『時代の壁ぎわ』で「普遍論争が絶大に寄与したわたしたちの科学も、すでに末期の時を迎えているのかもしれない」と予言している。

ただ、アンブローズ・ビアスの『悪魔の辞典』の ubiquity の項では、皮肉たっぷりに「ある時にどこにでも存在するという天分、あるいは力。たとえば、間の悪いときにかぎって出会うひとに対して用いる。いつでもどこでも存在するわけではない。こちらは omnipresence といい、神や輝かしいエーテルについてのみ用いる。この、ubiquity と omnipresence の重大な違いは、中世の教会には明白ではなかったため、これを巡って大量の血が流された。一部のルター主義者たちは、キリストの体はどこにでも存在すると断言していたので、キリスト遍在論者と呼ばれていた。この過ちのせいでキリスト遍在論者たちが地獄に落ちたのは間違いなかろう。というのも、キリストの体は聖餐のパンの中にのみ存在するからだ」(西川正身訳) と書かれることになる。ドイツの慣用句の vierteilen とは四つ裂きの刑のことで、ビアスよりブラックな表現と言える。

P90 **＊奴隷制度のある種の利点**　「分身」の夢がかなうことだろう。アリストテレス『政治学』によれば、家族は三つの関係——①主人対奴隷の専制的関係、②夫と妻の婚姻関係、③父と子の親子関係で定義される。「人間の足」という意味の奴隷 andrapodon は、家畜とともに家族の肉体の一部をなしている。しかも主従の専制的 (ときに暴力的な) 関係は、魂と身体の関係とパラレルになる。肉体が魂に隷従するように、奴隷も主人の言いなりに使われるのが自然だと、アリストテレスは考えた。「人間でありながら、その自然によって、自分自身に属するのでなく、他人に属する」奴隷は、都市 (ポリス) が要請する共同の善（ト・コイノン）とは原理を異にする。「奴隷や家畜どもは、共同の善のためにはほとんどなにもしない」と『形而上学』１０７４ａでも述べているから、奴隷という身代わりは「家政」の密室内でしか認められず、それゆえセネカが指摘するように、富豪の家では家隷が甘やかされ、勝手放題な存在になった。アンドロイドやサイボーグへの漠然とした違和感は、この分身の越境性、他在性への不安に根ざしている。

＊週間ニュース映画　テレビが普及する以前、映画館で長編映画の前にフィルム交換の穴埋めとして短いニュース映画や短編アニメが上映された。一九〇八年にフランスで始まった「パテ＝シュナル」が先駆けだが、第二次大戦では国威発揚やプロパガンダに活用され、ドイツでは「ドイツ週間ニュース」の上映が義務付けられた。戦後も一九五〇年代まで上映された（日本では戦時中の「日本ニュース」を朝日新聞が継承、読売、毎日なども系列映画社があった）が、テレビに押されて姿を消した。

＊他在性　ショーペンハウアーの「同時存在」Zugleichsein を思わせる。『意志と表象としての世界』ではカントの『純粋理性批判』を踏まえて「多くの状態の同時存在ということこそ現実の本質を成す」（第一巻第四章、磯部忠正訳）と断言し、「時間と空間の結合によって始めて物質が生じる。すなわち同時存在の可能性と、これによって持続の可能性、さらに持続によって、諸状態が変化しながらも実体が不変であるという可能性が生じる」という。

ユンガーは『時代の壁ぎわ』でメルヘンのしめくくりを必ず飾る「そして彼らは、まだ死んでいないとすれば、いまもどこかで暮らしているのです」の一句を引いて、それを歴史時代以前、人類がまだ王侯というものを知らなかった「豊潤の黄金時代」の地層の名残とみなしている。また一九四九年の未来小説『ヘリオーポリス』では、今日のスマートフォンの先駆である機器フォノフォールを登場させ、「一種の遍在を作りだした」と書いている。

Ｐ92**＊先導の白馬**　Paradepferd は本来、閲兵式などのパレードに使う「儀仗馬」を指し、そこから「模範」という意味が生じた。白馬がよく使われるため、ツァッパローニの白髪からの連想だろう。ここでは

「馬泥棒」並みとみなされたリヒャルトとの対比もある。

P93 **＊ヤヌスの神殿**　ローマ神話で出入り口の守り神とされ、表と裏の二つの顔を持つ双面神。一月がJanuaryなのは「ヤヌスの月」という意味で、一年の入口だからである。このヤヌスを祀る神殿がローマのフォルム・ロマヌムにあった。リーウィウスの『ローマ建国史』によれば、好戦的なローマ人への戒めとして、王政ローマ二代目のヌマ・ポンピリウスが建てたという。戦時にはヤヌス神殿の門を開き、平和時には門を閉じる。アクティウムの海戦に勝ったオクタヴィアヌスは約二百年ぶりに門を閉じさせたが、その後も門を閉じることは帝国安寧の象徴とされた。

＊暗闇から浮蟲のごとく湧きだし　『ヨハネ黙示録』第九章で、第五の天使がラッパを鳴らし、蝗《いなご》の大群が湧いて天を暗くするくだりを下敷きにしている。

＊なぜ起こるべからざる悪が起きるか　完璧な善である神がなぜ絶対悪を創造したかは古来難問とされ、弁神論として論じられてきた。ストア哲学者セネカが『摂理について』で、善を発揮するには悪と試練が不可欠であり、生の勝利は運命への抵抗と意志の貫徹で発揮されると主張したが、これは彼がネロに命じられて自死する運命を予め肯定する論となった。これに対しキリスト教父アウグスティヌスは、絶対悪など存在せず、濃度の低い善を「悪」とみなした。これは「まったくの欠如は〈悪〉を意味する」という解を示したプロティノスの『エンネアデス』の変奏だが、創造神と真の神を分離するグノーシスなどの分派が生まれ、悪の起源をめぐる論争はトマス・アクィナスなど中世スコラ哲学から、愛とエチカの相即を説くスピノザ、徹底的に自己愛を排した純粋実践理性のカント、「悪の凡庸さ」のハンナ・アーレントまで尾を引く。

P94 **＊マーヤーの仮象**　サンスクリットで「迷妄」「幻力」のこと。金澤篤駒澤大学教授によれば、ヒンドゥー教のヴェーダ聖典の最新層（前八〇〇〜前五〇〇年）を成すヴェーダンタ学派の中心哲学は、ブラフマン（梵）（Brahman）と呼ばれる唯一絶対の実在物が、アートマン（我）と一体であるとする不二一元論にある。現実はいわば幻であり、その幻を現ずる力であるmāyāとかavidyā（無明）をブラフマンが持つと説明する。その幻をなんとか突破して自身がブラフマンそのものだと悟ること（梵我一如の自覚）によって、苦しみが解消される（解脱）と考える。一般的には「化現説」に分類され、井筒俊彦が指摘するように、ウパニシャッドのみならず、イスラーム神秘主義（スーフィズム）のバスターミーが唱えたanta dhaka（汝はそれなり）に通じる。

ショーペンハウアーの『意志と表象としての世界』（磯部忠正訳）では、物自体である「意志」を覆い隠す「表象」のシノニムとしてヴェーダンタ学派の「マーヤーの面紗《ヴェール》」が使われた。「それは幻影(Maja)である、人間の眼を覆うて、これを通して世界を見せる偽りの面紗である。この世界はあるとも言えず、またないとも言えない。何となれば、この世界は夢に等しく、旅人が遠くから見て水と思う砂上に輝く太陽の光に等しく、また彼が蛇だと思う投げ捨てられた縄に等しいからである」（第一巻三章）。あるいは「インド人の言うごとく、マーヤーのヴェールが生のままの個人の眼を曇らせているのであって、この眼に映ずるのは物自体ではなくて、時間と空間すなわち個別化の原理のうちに現われ、さらにその他のいろいろな根拠の原理の形態の中に現われる現象にすぎない。そしてこのような制限された個人の認識の形式においてその眼の見るものは、一つであるところの諸々のものの本質ではなくて、その本質が分かれて離れて、無数になり、種々様々になり、さらに相対立したりした現象である」（第四巻六十三章）とも書いている。

ニーチェの『悲劇の誕生』は、この後に続くショーペンハウアーの文章を引用している。ユンガーはそれを孫引きしたことになるが、果てしなく惑わしの像を降らせるマーヤーの面紗は、映画『マトリクス』のディスプレーを流れ落ちる緑字のコードの雨（デザイナーのサイモン・ホワイトリーによれば、寿司のレシピの抜粋だという）の先取りでもある。

P95＊**医師は常に形而上学者**　フィジークはギリシャ語で医学や天文、数理、生物学を含む「自然学」であり、百科全書的な『自然学』の後に続く書という意味でアリストテレスが「メタフィジーク」と名づけたのが『形而上学』である。ユンガーはその原義を踏まえている。

＊カーリー女神　ヒンドゥー教の女神で、シヴァ神の妃の凶暴な相のひとつ。血と殺戮を好み、三つの目に四本の腕、生首をぶら下げて口から長い舌を出し、全身が青みを帯びている。本来は善神デーヴァ族に属すが、悪神アシュラ族と戦うときは残忍な相となる（同じアーリア系でも、ゾロアスター教では善神がアフラ、悪神がダエーワと逆になる）。西ベンガル州コルカタ郊外のダクシネーシュワル・カーリー寺院が有名で、参拝でにぎわう門前には物乞いが雲集する。

P97＊山羊革　Saffian はモロッコ革の一種で、モロッコ中部の大西洋岸の港サフィから命名された。漆で柔らかく鞣《なめ》したうえで明るい色に染めた山羊か羊の柔らかな革だが、その製法が欧州に広まり、ドイツではキルンで生産していた。

P98＊パルヒム　北ドイツのメクレンブルク＝フォアポンメルン州にある小都市。もとは西スラヴ人のオボトリト人の王国だったが、ザクセン人が支配しメクレンブルク公領となる。

＊竜騎兵　Dragoner とは小型の火器を持つ騎兵のことで、語源は「火を吐く竜」のような騎兵という意味だとの説がある。胸甲騎兵の少なかったプロイセンやオーストリアでは、竜騎兵は主に重騎兵として使われ、逆に強力な胸甲騎兵やカラビニエ騎兵を持つロシアやフランスでは軽騎兵として扱われていた。歌劇『カルメン』のドン・ホセは竜騎兵である。

＊アングロ・サクソン流の合理主義　ここに見え隠れする英国への屈託は、ユンガーが大きな影響を受けた「北の博士」ヨハン・ゲオルク・ハーマンが渡英して体験した回心におそらく由来する。ハーマンはカントより六歳年下で、同じケーニヒスブルクに生まれ、大学中退後は家庭教師として生計を立てたが、ラトビアのリガ出身の友人ヨハン・ベーレンの商会に誘われ、一七五七年にロンドンに派遣された。そこで仕事に失敗、失望を味わい、自堕落な生活に陥ったのち、新約と旧約の聖書を通読することで「神の謙遜」に到達した。リガに帰ってから、合理主義や啓蒙思想を批判する思想を形成し、知人カントにはヒュームの懐疑論を紹介して衝撃を与えた。『言語起源論』のヨハン・ゴットフリート・ヘルダーを見いだすなど、その生涯と思想は川中子義勝が詳しく紹介している。ユンガーがパリ駐屯中に聖書を通

読したのはハーマンに倣ったと思われ、『時代の壁ぎわ』では、詩を人類の母語とみなしたハーマンの『美学提要』にも言及している。ユンガーの重層的な文体は、ハーマンの「身振り狂言」的文体に倣って、外国語や言葉遊びなどの継ぎ接ぎ体（Cento-Stil）を習得していたと思われる。

＊メクレンブルク州　第二帝政下でもメクレンブルク大公国は半ば自治だったが、土地が痩せていたためドイツではもっとも貧しい地域である。第一次大戦敗北後、独立を試みたが失敗する。ナチス政権下の三四年、国防軍はポメラニアと合して一つの軍事行政区分にした。

P100 **＊十字を三つ書いて**　無筆の人が署名代わりに十字を三つ書くのは、何でもいいから済ませたいサイン。

＊最優等賞　summa cum laude は大学で成績上位の学生が受ける「ラテン・オナーズ」の一つ。最優等賞は上位五％以内、maguna cum laude（準最優等賞）が上位一〇％以内、cum laude（優等賞）が上位一五％以内となっている。

P101 **＊普遍的意識**　十九世紀に精神物理学を創始したライプツィヒ大学教授グスタフ・フェヒナーが『昼の見方対夜の見方』Die Tagesansicht gegenüber der Nachtansicht で提示した。精神と物質はひとつであり、宇宙は一面（昼の見方）から見れば意識、一面（夜の見方）から見れば物質であるという考え。刺激に関する感覚の定式をヴェーバー＝フェヒナーの法則として定式化、実験心理学の基礎となった。

＊かけがえのない専門家　国防軍のエリートでナチスを抱きこもうとしたクルト・フォン・シュライヒャーやフランツ・フォン・パーペンら軍人政治家が重ねあわされている。二人とも首相の座に就いたが、三四年の「長いナイフの夜」に前者は粛清、後者は失脚する。

　ユンガーの『パリ日記』一九四三年五月十一日付には、第一次大戦で事実上、参謀本部を率いたエーリヒ・ルーデンドルフとパウル・フォン・ヒンデンブルクの比較論があり、参謀本部の長所、短所のすべてはルーデンドルフを見て学ぶことができるとある。老モルトケ引退後の国防軍がヒトラーに抵抗できなかった理由を、参謀本部が「ただ置き換えること、組織することしかできない。しかしそれには何か違ったもの、つまり有機的なもの（エネルギー）が前提」だったからで、そこにつけこまれたとしている。ルーデンドルフは一八年に参謀本部次長を辞任、一時スウェーデンに亡命した。戦後は在野の極右諸派にかつがれ、二三年のミュンヘン一揆に参加した。大統領選に惨敗して政治生命を失い、ナチスとも折り合いが悪く、三五年に『総力戦』を著して二年後に死去した。ユンガーとルーデンドルフはともにプール・ル・メリット勲章の受章者であり、大戦中に若い士官だったユンガーは「もちろんルーデンドルフに肩入れしていた」と述懐している。

P102

＊光学的な幻像が乱立　これも他在性であり、フィルモアとツァッパローニが相似た存在であることを暗示している。

＊タレーラン　フランス革命から第一帝政、復古王政、七月帝政まで生きぬいた政治家シャルル＝モーリス・ド・タレーラン・ペリゴール。常に勝ち馬を選ぶ変節が身上で、ナポレオンからは「絹の靴下のなかの糞」と評された。名門貴族の出だが内反足のため聖職者となり、革命時は司教で三部会の第一身分（聖職者）枠の議員となったものの、教会財産の国有化やメートル法を推進、ローマ教皇から破門された。恐怖政治時代は米国に亡命して難を逃れ、ナポレオンの「ブリュメール十八日」に加担して外相となる。が、大陸制覇に突き進むナポレオンと袂を分かち失脚を画策した。その没落後は臨時政府の代表となり、ルイ十八世のもとでふたたび外相に就任する。七月革命でもルイ・フィリップの側について英国大使となるなどしぶとく生き抜く不倒翁だった。

＊ベルナドット　フランスの軍人からスウェーデン＝デンマーク連合王国の国王（カール十四世ヨハン）になったジャン＝バティスト・ジュール・ベルナドット。平民出でナポレオンのライバルと目された将軍で、ナポレオンのクーデターでも反対姿勢をとったが、一八〇四年の皇帝戴冠とともに和解、アウステルリッツの戦いなどで戦功を挙げた。一八一〇年にスウェーデン議会の推挽でスウェーデンの摂政王太子となり、カール・ヨハンと改名する。第六次対仏大同盟に参加、北方戦線の司令官としてナポレオン軍と戦い、ライプツィヒの戦いで宿敵に勝利し、敗れたナポレオンをして「わが失墜の主因の一つ」と嘆かせた。現スウェーデン王室はその末裔。

P103 **＊天狼星** Hundsstern は「犬の星」という意味で、オオイヌ座の一等星で全天でもっとも明るく、シリウスAと呼ばれるA型主系列星と、シリウスBと呼ばれる白色矮星から成る連星。エジプト神話では女神イシスとみなされ、太陽暦発祥のもとになったが、西洋の星占いではシリウスを出身星とする人は「名誉、名声、財産、情熱を与えられる」とされている。また犬のイメージから、忍耐や骨折りの象徴ともされている。

P105 **＊騙し討ちがありふれた戦法なのかどうか** 十七世紀以降に成立した戦時国際法の陸戦法規では、攻撃目標は敵の戦闘員と軍事目標に限られ、降伏者、捕虜、負傷者、病者、難船者のほか、軍衛生要員、宗教要員、文民、民間防衛団員ら非戦闘員と、衛生部隊や病院などの医療関係施設への攻撃は禁止されている。白旗はもはや戦意を持たない（交戦相手ではない）、降伏の意思があることを相手に知らせる標識であり、白旗を掲げた敵兵を攻撃するのは戦時国際法違反である。しかし二十世紀の大戦では総動員態勢もあって、軍民の無差別攻撃が恒常化し、これらの禁止規定は有名無実化した。

＊いつも白旗が振られる ギルバート・チェスタートンに有名な箴言がある。「世界は、完全に合理的な軍隊には勇気を与えない。それは単に、そういう軍隊は逃走してしまうからである」

P106 **＊分蜂** bilden sich Nester は、ミツバチの新しい女王蜂が羽化する前の春先に、旧世代の女王蜂が雄蜂や働き蜂の一部を連れて巣を離れることで、分封または巣別れともいう。

＊横一列 Nebeneinander とは「多様性」、Nacheinander とは「一様性」のことだが、ここは「横一列」と「縦一列」に意訳した。

＊あまりに人間的な この wenngleich allzu menschlich という表現は、ニーチェの第三作『人間的な、あまりに人間的な』Menschliches, Allzumenschliches を踏まえている。

P107 **＊業務代理権** Prokura とは、「全権」plenitudo potestatis を持つ超法規的な教皇の存在を言うキリスト教政治神学の概念を商法に敷衍《ふえん》したものと言え、弁護士らに委任された「代行権」のことである。「全権」は、五世紀の教皇レオ一世が言及したのが初出だが、教皇グレゴリオ四世やインノケンティウス三世らによって「神の代理人」の権限が順次拡大解釈を施されてきたため、ドイツ、オーストリア、スイスの近代商法体系ではこの委任の範囲を厳格に定めている。

P108 **＊地獄の記憶** パリの司令部付武官だったユンガーは封書の検閲部門にいて、ゲシュタポと親衛隊がパルチザンに対する報復で捕虜を虐殺し拷問にかけていることを知る立場にいた。また旧友のヒールシャーから四三年十月、リッツマンシュタットのゲットーでユダヤ人が組織的に抹殺されたことも聞いていた。『パリ日記』四三年十月二十四日付では、第一次大戦のときすでに第二次大戦を夢見ていたと述懐する。「私を驚かせたのは、現代の光景よりも、未来の殲滅世界への予感であった。私はこれを人影のない場所で察知していた」と語っている。

＊尋問に切りかわっていく ユンガーは一九五一年に書いた『森の散策』の冒頭で、問いの性質が現代では変わり、どんな解を得るかではなく、どう答えるかに関心を寄せるようになったと述べている。質問が尋問に変じたというのは、ゲシュタポの恐怖を知るユンガーならではだろう。

P111 **＊国防法案** 第二次大戦後、ドイツ国防軍（Wehrmacht）は解体され、非武装化された西ドイツは、東ドイツが秘かに再軍備したことに対抗して一九五五年から再軍備の準備を開始した。コンラート・アデナウアー首相はアドルフ・ホイジンガー、ハンス・シュパイデルら旧国防軍幹部十五人を集めた専門委員会に検討させた。その結果、新国軍の基本構想（ヒンメロート覚書）が固まり、旧国防軍のプロイセン色を払拭して米国式の軍組織に変えたが、これをめぐる論戦が起きた。ツァッパローニの意見は、それでも近代以前の軍隊への回帰でしかないと批判している。

新軍は「連邦軍」（Bundeswehr）と命名され、初代総監には元陸軍総司令部作戦部長ホイジンガー将軍が就任して、五五年十一月に発足した。これに伴い憲法にあたるドイツ基本法も改正、ピーク時には五十万人弱の兵士（当初は徴兵制）、十七万人の職員を擁した一大軍事組織が生まれた。日本の自衛隊は、朝鮮戦争時に結成された警察予備隊（五二年に保安隊）を母体とし、西ドイツより早く一九五四年七月の自衛隊法施行によって正式発足した。

＊用心棒兼錠前屋　原文は Wach- und Schließgesellschaft で、直訳すれば「監視と鍵の会社」だが、施設の警備全般を請け負うセキュリティー企業のことで、プロイセン軍のエートスを否定して米国式の合理性を導入したドイツ連邦軍をそれに譬えている。

＊ヘロドトス　前五世紀ギリシャの歴史家で、ペルシャとの大戦争を記した『歴史』はユンガーの愛読書。第二次大戦中のパリ駐屯時代も、旧約聖書を読みながらヘロドトスやヨセフスを思い浮かべている。『時代の壁ぎわ』では、「ヘロドトスは歴史の曙光のなかから神話の夜をふり返った」とされ、現代は「ヘロドトスの状況が逆の符号をつけてくり返され」て、歴史意識から神話の夜へ逆行しようとしているとみる。夥しい血を要求するが、それは誕生でもある、と。

＊フェーゼの宮廷史　十九世紀の歴史家カール・E・フェーゼは、フリーメーソンの会員となり、新大陸を放浪したが、失望して帰国したのちフリーランスの歴史家となる。彼の『バイエルン宮廷史』Bayerische Hofgeschichten は、作家ヨアヒム・フォン・デルブリュックの編集で一九二二年に再刊。

＊文芸欄　ウィーンで個人誌『炬火』Die Fackel を九百号出し続けたカール・クラウスが、ジャーナリズムの腐敗として槍玉にあげたのが Feuilleton と呼ばれる新聞の文芸欄だった。クラウスの敵は、日刊紙 Stunde、週刊経済誌 Börse など四メディアを持つイームル・ベケシーや、日刊紙 Abend の編集長サンドール・ヴァイスだが、同じ敗戦国ドイツでも新聞メディアは似たりよったりだったろう。

P112
＊ささいな数学的チョンボ　原語は Kretin で、胎生期または乳児期に始まる甲状腺機能低下症。成長が遅れ、四肢が発達せず、成人しても心身ともに幼児のような症状を呈し、死亡しやすい。そこから転じてうっかりした凡ミスをさす。

＊シレジア戦役　フリードリッヒ二世（フリードリッヒ大王）は一七四〇年にプロイセン王に即位早々、ハプスブルク領シレジアに侵攻（第一次シレジア戦争）、四一年のモルヴィッツの戦いに大勝し、その後の第二次シレジア戦争で四五年には領有権と賠償金を得る。しかしハプスブルク家の女帝マリア・テレジアがフランスのルイ十五世と組んで巻き返し、大王はザクセンに先制攻撃に出て七年戦争（第三次

シレジア戦争）が始まる。英国の援助は得たものの、欧州では孤立して軍の消耗が続き、五七年のコリンの戦い以降は追い詰められた。ロシアとの講和で六三年にようやく和議に持ちこみ、シレジア（シュレージエン）の領有が確定した。

＊ブリュッヒャー　十九世紀プロイセンの陸軍元帥、ゲープハルト・フォン・ブリュッヒャー。七年戦争で軽騎兵隊の士官として軍功を挙げ、対ナポレオン戦争に従事、一八一三年のナポレオンのロシア遠征失敗でプロイセン軍の総司令官となる。ワーテルローの戦いでは前哨戦で負傷、代わった指揮官が撤退を考えたが、ブリュッヒャーが英国軍との合流を主張、進軍してナポレオン軍の右翼に致命傷を与えて勝利に導いた。粗野で無鉄砲な将軍だったが、親分肌で人望があり、不屈のプロイセン将校の典型で、「猪突元帥」（Marschall Vorwärts）の異名を得た。その参謀長で参謀本部を創立したアウグスト・フォン・グナイゼナウを「我が頭脳」と呼んでいた。

＊いい年をした中隊長　国防軍に出戻ったユンガー自身の体験が裏打ちされている。復帰の理由は盟友ニーキッシュが、一九三七年にゲシュタポに逮捕され、その妻子を匿ったユンガーも身が危らくなったからである。第一次大戦後、バヴァリアのレーテ（ソビエト）共和国に参加したニーキッシュは、カール・リープクネヒトやローザ・ルクセンブルクのスパルタクス団とは戦略を異にした。社会民主党を換骨奪胎して民族化することを志向、「民族ボルシェヴィスト」と呼ばれた。ユンガーと彼が交わした多数の往復書簡がゲシュタポの手に落ち、身に危険の及んだユンガーを友人たちが奔走して三九年に応召させ、中隊長として国防軍に入ることになる。

P114

＊エル　かつて服飾関連で使われたヤード・ポンド法の長さの単位Ell。語源はelbow（肘）と同じで、もともとは（肘を含む）肩から手首までの長さに由来する身体尺である。後に、肘から指先までの長さであるキュビットと関連づけられた。プロイセンでは約六七センチ。

＊ツォル、リニー　十九世紀後半にプロイセンやオーストリアなどドイツ語圏で使われた長さの単位で、Zollが十二分の一フィート、Linieが十二分の一インチである。距離の単位にも弓の射程や一日の行程

が使われたが、「行動を規定するのではなく行動の種類・内容が時間を規定する」（ユンガー『砂時計の書』）という ad hoc（自体が目的）の行動様式だったからだ。

P115
＊危地　軍事用語では Bereich der Geschütze は「砲の着弾距離」。「射程内」を意味する。

＊蕗　Pestwurz は高さ一メートルほどの多年草セイヨウフキ（Petasites hybridus）で、その葉が羊飼いの雨よけフェルト帽ペタソス (petasos) に似ていることから名づけられたという。英語では Butterbar。穂状花序に淡桃紫色の花をつける。古くからハーブとして用いられた。

＊鷸　Eisvogel は背と頭が鮮やかな青、胸が橙、脚が赤の水辺の小鳥カワセミで、「青い宝石」とも「翡翠（ソニドリ）」とも呼ばれる。「ソニ」とは青土の古名である。滞空飛行しながら捕虫したり、水面下の小魚を巧みにとらえることから魚狗、水狗、魚虎、魚師などの異名もある。ユンガー『パリ日記』一九四二年九月十六日には、アルムノンヴィル賓館の池で、青浮草の上を飛ぶ二羽のカワセミの記述が出てくるので、この情景はその記憶によるものかもしれない。

＊青浮草　Wasserlinse はサトイモ科の一年草であるアオウキクサで、群落して水面を浮遊する。葉と茎の融合した葉状体と裏面から根を出している。ウキクサ亜科には、ほかにウキクサ、ヒメウキクサ、コウキクサ、イボウキクサなどがある。

＊白鳥ドブ貝　Teichmuschel は淡水に生息するイシガイ科の二枚貝で、殻長十センチほど。英語では Swan mussel と呼び、戦国策の「漁夫の利」で鷸（シギ）と争う蚌《ほう》とは、ハマグリでなくドブガイではないかという。

＊平巻貝　Posthorn は楽器のポストホルンに似た淡水生の巻貝。有肺類のため、時々水面に呼吸孔を開いて肺呼吸する。数ミリから一センチ程度と小さい。住血吸虫などの中間宿主になる。

＊四阿　ゲーテ晩年の小説『親和力』参照。主人公エードゥアルトと妻シャルロッテがそれぞれ「古い庭」（フランス式庭園）と「新しい庭」（イギリス式庭園）の庭造りをしている場面から始まるが、この対立の構図のなかで自然のままの庭をめざすシャルロッテがいる「苔小屋」（Mooshütte）が、ここでの

四阿の先駆けになっている。夫婦は新しい建物の起工式を機に別れていく。

P 116

＊筌　Reuse は一般には、水流を堰き止めて魚を誘導する簗（ヤナ）のことだが、ここでは簗場でなく、籠状に編んだ漁具のことなので、別名の筌（ウケ）とした。

＊ザリガニ籠　Krebsteller とは、鼠取りのように餌でザリガニをおびきよせる籠状の罠。

＊鬼百合　Tigerlilie は、鮮やかな橙色の花弁に暗紫色の斑点をつけ、根はユリ根として食用になる。学名は Lilium lancifolium で東アジア自生だから、欧州では外来種。ユンガーは『冒険心』第二版（一九三八年）の冒頭に「鬼百合」の断章を載せ、鬼百合を見ていると「中から優しい調べの序曲が聞こえるインドの魔法使いのテントの連想を呼び覚ます」と書き、表層の明朗さ（Heiterkeit）に潜む暗い力の象徴としている。ナチスを批判した小説『大理石の断崖の上で』にも、「日本（ジパング）から渡来した大きな金の線状の入った百合」の描写があり、金色の火焔のような線状や虎斑からみて鬼百合だろう。

＊耕作は朝だけ　かつての土地の広さの単位はモルゲン（朝）とかタークヴェルク（一日仕事）とかが使われ、「一人の男が半日あるいは一日で鋤くことのできる耕地面積によって測られていた」（ユンガー『砂時計の書』）。

＊デヴォンシャー　ウェールズのコーンウォール半島の半ばにあり、現在はデヴォン州と呼ばれる。気候は温暖でなだらかな緑地が多く、典型的な英国の風景である。屈指の名門貴族、デヴォンシャー公爵（故ダイアナ妃の実家、スペンサー家はその親戚の子孫）の所領がある。ユンガーはトマス・ゲインズバラの風景画あたりを連想しているのだろう。

＊眼を研ぎ澄ませてくれる　ホフマンの『砂男』では、主人公のナタナエルが晴雨計売りのコッポラにつきまとわれ、望遠鏡を買わされる。レンズ越しにあたりを見回すと、世界が一変し、下宿の向かいのスパランツァーニ邸に無表情で座っていた自動人形オリンピアに見とれてしまう。遠眼鏡が人を狂わすことの伏線がここに敷かれている。

P 117

＊タンポポ　Löwenzahn は「ライオンの歯」という意味で、タンポポのギザギザ状の葉がライオンの歯に

似ていることから来ている。英語の dandelion もフランス語の dent-de-lion（ライオンの歯）から来ており、意味は同じである。

＊葦　Schilf は学名を Phragmites australis というイネ科ヨシ属の多年草。花は暗紫色の円錐花序をなす。晩秋に白い綿毛状の穂になり、往々にして年を越す。豊葦原の国と呼ばれたように、日本もかつて一面を葦に覆われた湿地が数多くあり、葦の穂絮は綿の代用品になった。

＊毛氈苔　Sonnentau は湿地に生じる食虫植物で、葉の縁および表面に粘液滴を持つ腺毛を持って虫を捕える。赤い粘毛の先についた粘液滴が露に見えるため、「太陽の雫」（英語でも sundew）と呼ばれる。学名も Dorocea で、ギリシャ語の「露」をあらわす doros が語源。ユンガーの『パリ日記』では、妻子のいるキルヒホルストに里帰りした彼は一九四二年五月九日、泥炭採掘場の傍で日光浴していて毛氈苔を見た。「沼の水面すぐのところは苔が帯のように取り巻いていて、その上に毛氈苔が赤く刺繍されたように生えていた。その並びようは美しく、必然のもののように思われた」と書いており、この場面は明らかにその記憶に基づいている。

P118

＊東プロイセン　バルト海東岸にあったドイツ領の飛び地（現在はロシア領カリーニングラード）。ワイクセル川（ヴィスワ川）とメーメル川（ネマン川）に挟まれた地域で、十三世紀からドイツ騎士団が植民した。首都ケーニヒスベルクはカント、ハーマン、アーレントの出身地。中央をプレーゲル川が流れ、十八世紀には七つの橋が架かっていた。この七つの橋を「二度通らず、すべてを渡るルートが存在するか」という難問について、一七三五年に数学者レオンハルト・オイラーによって一筆書きのルートが存在しないことが証明され、「グラフ理論」の発端となった。

＊養蜂　蝋燭のもとになる蜜蝋を採集するため、中世の修道院で盛んに行われ、蜂蜜税は封建制の一端だった。巣を壊さず蜜を採集するための巣板を最初に考えたのはシレジア地方の牧師だが、米国のL・L・ラングストロスが一八五三年、『巣と蜜蜂』The Hive and the Honey Bee を書いて、ハニカムを支える移動式の巣脾を上部の棒で支える可動式巣枠の構造を完成した。これにより近代的な養蜂業が確立、

現在も世界の養蜂家の七五％がこの型の巣箱を使っている。メーテルリンクは「人間はこのようにして養蜂の主人、つまり命令なしにすべてを指導し、それとわからず支配するような、ひそかな主人になった」（『蜜蜂の生活』）と暗にその不遜を指摘している。

＊蜂球　ミツバチの Schwarmzeit（巣別れ期）に、雄蜂や働き蜂の一部を連れて巣を離れた旧世代の女王蜂は、仮の宿りをすると働き蜂たちがまわりに密集して蜂球をつくる。斥候の蜂が新しい巣の場所を探し、尻振りダンスで知らせると、蜂球が崩れて移動が始まる。

P119

＊もう養蜂家にはなれませんよ　蜂毒によって、外来抗原に対する過剰な免疫応答であるアナフィラキシー反応が起きてショック状態に陥ることがある。アレルギー反応の一種で、好塩基球表面の免疫グロブリンE（IgE）がアレルゲンと結合して血小板凝固因子が全身に放出され、毛細血管拡張を引き起こす。このため蜂に二度刺されると、劇症の抗体反応が起きて、死に至ることがあるので養蜂家には向かない。

＊機関銃　戦場で本格的に使われたのは米国の南北戦争から。それまでは信頼性に乏しく、騎士道精神にも反することから植民地で原住民を薙ぎ倒すための武器だったが、ガトリング銃の改良版が一八六六年に米陸軍で正式採用された（のち日本でも河井継之助の長岡藩が採用）。一八七一年にはガス圧式のオチキス機関銃、八四年には水冷反動式のマキシム機関銃が開発され、ガトリング銃に置き換わる。一九〇二年にスーダンでキッチナー将軍が原住民一万人を殺傷したのはマキシムの連射であり、〇四〜〇五年日露戦争の旅順攻囲戦では日本側が保式（オチキス）、ロシア側はマキシムを装備していた。機関銃による本格的な大量殺戮は第一次大戦からである。

＊トラケナー馬　カリーニングラードにある地名（現在はロシア領になりヤスナヤ・ポリャーナと呼ぶ）で、東プロイセンがここで品種改良した軍馬をトラケナー種という。十八世紀にライバルのハプスブルク家が保有するリピッツアーナ種に対抗してつくられた。十九世紀半ばにサラブレッドに取って代わられるまで最良の軍馬とされ、現在も馬術用に使われている。

P120 **＊コーベル**　十八〜十九世紀のドイツの画家、ヴィルヘルム・フォン・コーベルのこと。静謐な風景画を得意とし、数多くの馬が描かれた。精緻だが人も馬も静物画のように静まり返っていて、硬直した彫像のように見える。「三人の狩猟人、獲物置き場にて」（一八二二年）など。

P122 **＊蜜蜂たちは**　ロロロ版はこの文頭に改行が入る。

＊羽音が殷々と鳴りわたる　プルースト『失われた時を求めて』第一巻「スワン家のほうへ」には、スワン家の庭園散策の追憶がある。プルーストは「山査子の匂いがむんむんしていた」と表現するところを、あえて蜂の羽音を思わせるbourdonnant（ぶんぶんいわせていた）という破格の形容詞を使った。ユンガーのこの庭の描写もそれを連想したものか。

P123 **＊花火は**　ロロロ版はこの文頭に改行が入っていない。

＊幽体　Wesenは「ある」の過去形warおよび過去分詞gewesenと同根の不定名詞で、ふつうは「実在」または「本質」の訳語をあてるが、ギリシャ哲学の使い古された術語と紛らわしい。ユンガーは原ゲルマン語のwesanan（英語のwas、中世オランダ語のwesen、古サクソン語のwesan、ゴート語のwisanの語源）に遡り、サンスクリットの語幹vasのように、seinやbe動詞とは別系統の古義「いる」「棲む」「とどまる」「生きている」の意味を持たせようとしているのではないか。

　金澤篤教授によると、サンスクリットの動詞vas-は、vasati（［彼は］住する）というように使い、そこから派生した重要な名詞（中性）にvastu（実体とか実在物）がある。このほかサンスクリットには、as-（be動詞：存在する）の現在分詞sat（存在している：有）、動詞的形容詞satya（真実：諦）、bhū-（生じる）から派生したbhāva（モノ）、dhṛ-（保持する）から派生したdharma（属性、法、モノ）、vyakti（個物）、sāmānya（普遍）、ākṛti/jāti（類）など、「ある」という意味を持つ厄介な用語が目白押しで、その解釈もなかなか一筋縄で論じられない。大ざっぱに言えば、いわゆる実在論を説くバラモン哲学と、空や縁起や無我を説く仏教哲学の二つに分類されるが、仏教ではsvam ca sva-bhāvam parityajya katham bhāvo bhavet.（ものは自身の自性なしにどうして存在しようか）という格言で使われるbhāva（もの）

とsvabhāva（自性）と解されることが普通だという。

ハイデガーは『哲学への寄与』で、存在者の存在性を開示するSeinに対し、存在を深く問い直して真理を呼び求める促しとする「別の始まり」にSeynという古語を使った（渡邊二郎訳のdas Seynは「〈奥深い〉存在」）。彼はまたWesen（本質）からWähren（存続）という意味を引きだし、wesenを名詞化したdie Wesungをvas-に近づけていく。

これに対しユンガーは、ヘーゲルの「世界精神」に代わる地球の「根源的根拠」Urgrundでシュペングラーの「マギ的な魂」を受け継いでいる。空洞化した世界を二元論でとらえた初期キリスト教やマニ教、ミトラ教などに共通するマゴス的人間が「consensus（合意）によって一つの共同体に属し」、そこでは「個々のわれが存在せず」「ただの体躯以上のものであるかぎり、プネウマpneumaに加わる」という。このプネウマは「あらゆる選ばれたもののなかにあり、それは同時に真理である」（村松正俊訳）とされている。ユンガーが群体としてのガラスの蜂に擬したのは、たぶんこの聖霊＝プネウマに近い。

ユンガーが群れをなす（schwärmen）という一語にことさら敏感なのは『労働者』などでも明らかだが、『パリ日記』では、群れをなすことを「高揚した生の動き」「集合」「周期的な繰り返し」の三相で考え、蜂の群れに「自然のままの宇宙の印」を感じている（一九四三年三月一日）。個であり、また群体でもあるマゴス的な共同体を示唆しているのだ。

もともとはカントの「物自体」の空洞にショーペンハウアーが充当した「生への意志」だろうが、それを敷衍させたニーチェは『ツァラトゥストラ』第二部20「救済について」で「ひとつの巨大な眼、あるいはひとつの巨大な口、あるいはひとつの巨大な腹、あるいはひとつの巨大な何かであって、それ以外の何ものでもない人間たち」を「逆障害者」ungekehrte Krüppelと呼んで、群体のリヴァイアサンを案出している。ガラスの蜂は個体としては透明なので、あえて目に見えない「幽体」と訳した。

メーテルリンクの『蜜蜂の生活』も、蜜蜂の群れを支配するものを「巣の精神」l'esprit de la rucheと呼んでいる。機械的な習性ではなく、「どんな無理難題を言われても、それをうまく活用してみせる頭のよい機敏な奴隷のように、全能な状況に一歩一歩対処していこうとする」（山下和夫・橋本綱訳）ものであり、まさしく末人を思わせる。

＊僕の目は頼りになる　ワイマール共和国の末期、写真技術が時代を象徴する新兵器になると直感していたのは、ベンヤミンの『図説 写真小史』だけでなく、ユンガー兄弟も友人のエトムント・シュルツとともに、市民社会の没落を撮った写真集『デモクラシーの顔』（Das Gesicht der Demokratie 三一年刊）や『うつろいゆく世界　一九一八〜一九三二年　我らの時代の挿絵読本』（Die veränderte Welt : ein Bilderfibel unserer Zeit 1918-1932 三三年刊）を出版している。

後者の序文でユンガーは「撮影された事件は、非情で意志なき目で見られたと言える。弾丸が人間を捉え、切り裂く瞬間と同じく、宙を飛ぶ弾丸をやすやすと記録する」「究極のところカメラは邪眼のひとつ」と、カメラのまなざしを戦場に引き寄せて論じているが、光学機器へのリヒャルトのこだわりも根はひとつなのだろう。

＊鷓鴣　キジ科に属し狩猟の標的になる欧州産の留鳥。背は薄茶、胸は灰色、腹部は淡い黄土色をしていて、喉元に黒い千鳥模様がある。

P124

＊ブロブディンナグ国　『ガリヴァー旅行記』第二篇「ブロブディンナグ国航海記」では、巨人の身長が十八メートルで、ガリヴァーをつかまえた農夫は彼を見世物にし、王妃に売り飛ばす。王妃は彼をペット扱いにするが、お付きの女官たちの不潔で不道徳な実態の暴露に、スウィフトの女性嫌いが露骨に出ている。国王もガリヴァーに興味を抱き、大英帝国のことを聞き質す。

＊胡桃の仮果　クルミは落葉高木の総称で、五、六月に開花し、直径三センチほどの仮果と呼ばれる実がなる。食用にするのは、仮果の中の核果内側の種子（仁）である。ガラスの蜂の胴周が約三センチなら、スズメ蜂を優に上回る巨大蜂と言っていい。

ユンガーが敬慕するハーマンはバウムガルテンの『美学』に想を得て、『美学提要』Aesthetica in nuce を書いた。表題の in nuce は「胡桃の内の（堅果）」というラテン語の意味から転じて「梗概」になった表現である。それを踏まえているとすれば、ユンガーはショーペンハウアーの「意志」を堅果、「表象」を仮果と見て、ここでガラスの蜂を仮果とみなしていることになる。

＊安定翼および支持翼　Stabilisierungsflächen と Tragflächen となっているが、蜂の翅は二対四枚で、ガラスの蜂が航空機の翼に似ているとすれば、水平安定板（スタビライザー）と昇降舵（エレベーター）からなる水平尾翼の形状をしているのだろうか。固定の水平安定板を持たず水平尾翼面全体が可動なフライング・テール方式だと、「スタビレーター」と呼ばれる。BAeの「タラニス」など、最新のドローンも固定翼を採用している。

＊昼顔　Windenblüte はナス目ヒルガオ科の総称で、ほかに朝顔のほかサツマイモもこの科に属す。

＊吻管　Rüssel は昆虫では吻、または吻管である。チョウ目やカメムシ目、吸血する蚊のような双翅目では、口器がストローのように伸びるものがあり、英語では proboscis という。

＊ビーダーマイヤー時代　十九世紀前半、ナポレオン没落後のウィーン体制下で、政治に背を向け日常の暮らしを大事にする小市民文化が生まれた。ビーダーマイヤーは、ドイツの風刺週刊誌「フリーゲンデ・ブレッター」に登場する架空の小学校教員の名で「愚直な人」という意味。ルートヴィッヒ・アイロット判事の創作で、この閉塞時代の保守的小市民が追求した室内の心地よさの様式は文学、家具、服装、絵画に及んだ。

＊魔法で舞い下りたら　gezaubert würde とは、今日のSFではお馴染みの teleportation（瞬間移動）になるが、むしろワシントン・アーヴィングが一八一九年に出版した短編集『スケッチブック』のリップ・ヴァン・ウィンクルを下敷きにしていると思われる。これはドイツの民話ペーター・クラウスの焼き直しで、迷子の山羊を探して森のなかで眠りこけ、目が覚めたら二十年後だったという民話。浦島太郎の類話であるこの手のタイムスリップ譚は、クレタ島のエピメニデスの伝承や、キリスト教迫害を逃れたエフェソスの七人などから、既出のタンホイザーやハインツ・オットーなど数多くあり、古くからヨーロッパに根づいていた民話のプロトタイプである。

P125

＊先鞭　Eingeweihten は「祓い浄められた者」という意味で、クリスチャンの聖別式も意味する。

＊繖状　Dolde はニンジンやパセリなどセリ科の被子植物を指す。傘に似た繖（散）形の花序をつけるのが特徴で、古くは繖形科または傘形科と呼ばれた。中国ではセリ科を繖形花科と呼ぶ。

＊鉗子状の顎　鉗子とはピンセットのこと。『パリ日記』一九四三年四月十一日付で、ユンガーはポルト・ドーフィヌ近くの森を散策、楡の木の下で休息し、蜜を吸うマルハナバチを観察している。

「潜り込む瞬間はまことに奇妙で、そのときこの蜂は二本の前足で長い花の鞘を摑み、それをサックにして吻の上に引き上げる。謝肉祭のとき道化が人工の鼻でするように」

＊花蜜　『イーリアス』など古代ギリシャの伝承では神々の飲み物。Tar（死）を nek（克服する）という意味で、神々はこれにより不死身となる。ゼウスがタイタン族の父クロノスにネクタルを飲ませ、腹中の兄姉を解放した神話も下敷きだろう。花蜜をそう呼んだのは十六世紀から。

P126

＊透明の巣箱　蜜の採集の際に蜂を殺す必要のない養蜂箱は十八世紀に考案され、ガラスの巣箱を最初に考えたのは、フランスの昆虫学者ルネ・レオミュール（一六八三～一七五七年）である。『昆虫誌のための覚書』Mémoires pour servir à l'histoire des insectes 全六巻を著し、うち一巻を蜜蜂の観察に充てている。女王蜂が唯一の母であることを発見、『昆虫の自然誌』Historia Insectorum Generalis を著した十七世紀オランダの昆虫学者ヤン・スワンメルダムに続き、近代の蜜蜂学の基礎を築いた。

＊時代遅れ　vorsintfultlich は「大洪水以前の」という意味で、創世記のノア以前となり、初期地質学で聖書の年代と符合しない岩石に使われるようになった。そこから十九世紀に「時代遅れ」の大仰な表現になる。ユンガーの念頭には、フランスの諺 Apré nous le déluge（われわれの後に大洪水あれ＝後は野となれ山となれ）があったかもしれない。これはドストエフスキーの『白痴』で自殺未遂を起こすイッポリートが読み上げる遺書のタイトルでもある。ユンガーの『パリ日記』一九四二年八月十九日にも、これをもじって Nous oprés le déluge と書いた。

因みに Ökonomie も「経済」の意味になったのは近代以降。古くはギリシャ語の「家政術」で、アリストテレスやクセノポンが荘園を切り盛りする家政術の意味で使い、初期キリスト教では神の働きであるエネルゲイアのことを指すようになっている。

＊天の恵みを贈る力　ユンガーは『オイメスヴィル』でもこう書いている。「動物のなかでも蜜蜂は、植物との近縁性を再発見した。花との睦みあいは、進化も退化も進めていない。あれはいわば超新星であり、交歓の宇宙的エロスの発露なのだ。もっとも大胆な思考でさえそこに至らない。唯一のリアルなものは、発明できないものなのだ」

P127 **＊玉突き**　Karambolage はビリヤード用語で、四つ玉のゲームで手球を撞《つ》いてワンショットで手球を二つ以上の異なる的球に当てるキャロム・ショット（またはキャノン・ショット）のこと。

P128 **＊蜜蠟**　働き蜂の蠟腺から分泌され、モノエステルなど複雑な化学組成を持つ。蜜蜂はこれを巣の単礎として六角形のハニカム構造の巣房をつくり、それを垂直に数千個重ねた巣板を形成する。欧州中世の教会では蠟燭に使ったが、花粉やプロポリス、幼虫の繭などが付着しているので飢饉時には食用にもなった。漢方では「黄蠟」といい、解毒、消腫、生肌の効能がある。

＊性差に応じた部屋　巣の内部の基本的な構造は、蜂蜜は上部に蓄えられ、花粉の貯蔵、幼虫の飼育、さらに女王蜂の居場所は巣の下部にある。女王蜂が育てられる区画は、六角形の巣房より大きく「王台」という。ローヤルゼリーで育てられる女王蜂候補の幼虫は、何匹かいるが、最終的には一匹に絞られる。

＊雄蜂　未受精卵から生まれる一倍体で、巣の群れの一割ほどを占めるが、メスの働き蜂に食べさせてもらうだけで自らは働かない。尾部には働き蜂のような針がなく生殖器だけである。繁殖期に巣の外で群れ飛び、そこに女王蜂が飛びこんで空中で交尾するが、首尾よく交尾できた雄蜂は生殖器がちぎれて死に、交尾できなかった雄は働き蜂に餌をもらえず、齧《かじ》られたり追い出されたりして死に絶える。巣内で死んだ雄は働き蜂が外に捨てにいく。交尾に失敗して女王蜂がいなくなった無王群は、代わりに働き蜂たちが未受精卵を産卵し始め、これが全部雄になるため、雄だらけになって群れごと死に絶える。

＊経済性に則った処分　ökonomischer Ansatz には、優生学と断種への批判が潜んでいる。一九二三年に出版さ

れたエルヴィン・バウアー、オイゲン・フィッシャー、フリッツ・レンツ共著の『人類遺伝学と民族衛生学の概説』は、ナチスの人種優生学の下地となり、ドイツでは三四年に遺伝病子孫予防法(Gesetz zur Verhütung erbkranken Nachwuchses が成立、遺伝病者とアルコール中毒患者の断種が認可された。

＊さまざまな分泌物に変成　前四〇一年、ペルシャで乱を起こした王弟の小キュロスに加勢するため、メソポタミアに行軍したギリシャ傭兵一万数千人が、黒海まで六千キロの脱出行を遂げたクセノポンの『アナバシス』によると、黒海近くの山岳地帯で蜜蜂の巣から蜂蜜を採集して食べたところ、「みな錯乱状態に陥り、吐気や下痢に見舞われた」という。松平千秋訳の注によれば、「黒海付近に多い有毒の植物（アザレアとか夾竹桃の類）に起因する」という。クセノポンはソクラテスの弟子。

P130

＊見世物　Schauspiel は直訳すれば「見世物ゲーム」。この Spiel はドイツ語のニュアンスでは「遊び」でありルールに基づく「ゲーム」なので、次の段落の「ゲームの引力」の伏線になる。

＊ゲームの引力　spielerischer Zug の Spiel は、ユンガーの占星術考「計測可能な時間と運命の時間」ではチェスや占星術を「科学でも芸術でもない」遊びとしているので、後期ウィトゲンシュタインの Sprachspiel（言語ゲーム）に近い概念になっている。ウィトゲンシュタインは、言葉の意味を外延（対象）や内包（本質）ではなく、特定のゲームの機能と理解すべきだと提唱。「哲学者たちは絶えず目の前の科学の方法を見ており、そして科学と同じ方法で問い、答えようとする誘惑に抗し難いのである。この傾向性が形而上学の真の源泉であり、哲学者をまったくの闇に導く」（『青色本』）と批判している。

＊造形　Figuration には「形づくる」という意味のほかに、装飾音（Verzierung）の意味もある。楽譜上は小音符（長前打音、短前打音、複前打音、後打音）を加えたり、装飾記号（プラルトリラー、モルデント、ターン、転回ターン、トリルなど）を加えるが、音価には入れない。

＊リヴァイアサン　『労働者　支配と形態』のまえがきには「労働者の形態は貧困の要素でなく充溢の要素を伴うので、リヴァイアサンの鰭《ひれ》を目に見えるようにすることができさえすれば」という文章がある。カール・シュミットがたびたび言及するホッブスの『リヴァイアサン』、とりわけあの有名な表紙絵を

下敷きにしたのだろう。

P131 **＊ダンスのような動き**　蜜蜂は巣板の前で尻を振りながら8の字ダンスを踊り、仲間に蜜源の方向や距離を伝える高度なコミュニケーション機能を持つ。オーストリアの動物行動学者カール・フォン・フリッシュが研究、一九七三年にコンラート・ローレンツらとともにノーベル生理学・医学賞を受賞した。

＊集中化された無目的の権力　konzentrierte zwecklose Macht は、西側の高度化した資本主義への批判だろう。ナチスやソ連のような全体主義国家でなくとも、集中化が進んだ独裁者なき権力がありうることを、ユンガーが冷戦初期でも見通していたことを示す。

二〇一八年三月、米流通大手ウォルマートはロボット蜂の特許六件を申請したと発表した。蜜採集のためではなく、農作物の授粉用ドローンである。二〇〇六年秋に米国で養蜂のコロニーの大量消滅が相次ぎ、欧州、日本、インド、ブラジルでも同様の事例が相次いで「蜂群崩壊症候群」（ＣＣＤ）と呼ばれた。原因は不明で、気候変動説、ネオニコチノイド系農薬や殺虫剤説、ダニ説、遺伝子組み換え作物（ＧＭ）説などがあるが決め手はまだない。蜜蜂が激減したままだと作物の受粉に支障を来し、農業が将来成り立たなくなることが懸念され、ウォルマートは天然蜂に代わる授粉用ドローンの大群で畑を蔽い、作物を実らせるテクノロジーの開発に乗り出した。

P132 **＊装甲品減らし**　ナチス政権下の一九三四年、ドイツは第一次大戦後初めて戦車量産を再開した。Ⅰ号戦車は訓練用の軽量で簡易な軽戦車。続いて本格戦車であるⅢ号を三七年に開発したが、大戦開戦時は台数がそろわず、Ⅲ号が主力となるのは北アフリカ戦、独ソ戦のころ。しかしソ連のＴ34やＫＶ１に対抗できず、オットー・カリウスが開発した「ティーゲルⅠ」などのⅣ号戦車に主力の座を奪われる。敗色が濃くなった四三、四四年にＴ34に対抗するためⅤ号戦車「パンター」や、「ティーゲルⅡ」（キング・タイガー）など攻撃力を強化した戦車が開発されたが、劣勢をはね返せなかった。装甲品減らしは、資源節約のため末期に高性能を追求したことを指すか。

＊そうした軍団　ユンガーはここでVolkという単語を使うが、ナチス時代を経たあとは微妙で、「人々」

だけでなく「民族」「人種」の意味もあり、彼が一時支持したLandvolkも暗示する。

P133

＊化学の出番　ユンガーの父はザクセンに薬局を持つ裕福な薬剤師であり、優れた植物学者でもあったため、その蔵書は少年ユンガーの昆虫好きや本好きを引きだした。『パリ日記』でも「若いころからの私の思考は父の厳密なリアリズムと実証主義に規定されて」いたと述べている。

＊グラース　プロヴァンスの一角、アルプ＝マリティーム県にあって、カンヌの北のプレアルプ＝ダズール自然公園に隣接している都市。十八世紀終わりごろから香水産業が勃興、現在はフランスの香水や香料の三分の二を生産し、年間六百億ユーロを稼ぐ香水産地となった。

＊橙　bittere Orangeは苦味と酸味のあるミカン科の柑橘類で、日本では「橙」、英国では「ビターオレンジ」という。冬に果実が黄熟、色が落ちないので「代々」と呼ぶようになった。

＊灌木地　Macchiaはイタリア語で、フランス語ではmaquis。比較的豊富な冬の雨、夏の旱魃、夜間に霜のない地中海地方に特有の低い灌木の生えた土地のこと。第二次大戦中のフランスのレジスタンスは、この灌木に身を潜めたことから「マキ」と呼ばれた。

ユンガーがイタリア語のマキアを使うのは、昆虫採集などでサルディニアやコルシカ、シチリアに始終旅して見慣れていたからだろう。現代の地質学的不安（環境破壊への不安）について「地中海沿岸の大樹の森林も丈の低いマキアに取って代わられ、ドルススやティベリウスが侵攻した鬱蒼たるゲルマニア大森林も、孤島のようないくつかの森林を残して溶けうせている。原生のものが消えうせたのだ」（『時代の壁ぎわ』）と書いているから、危機感にも裏づけられていた。

＊月下香　Tuberoseはリュウゼツラン亜科の多年草で、夏から秋にかけて茎頂に漏斗状の白い六弁花または重弁花が複数咲く。夜間になると芳香を放つ。

＊ラヴェンダー　代表的なハーブで、低木のような草本植物Lavandulaの通称。地中海も原産地で、春に紫の花を咲かせるが、精油をだす腺があって、芳香を放って蜂などを誘き寄せる。

＊インド成金　Nabobはムガール帝国の太守を意味するnawabから派生した英語で、十八世紀から十九

世紀にかけて東インド会社に勤務した英国人現地職員たちのこと。文官も軍人も軍医、司祭にいたるまでひたすら蓄財に励み、マハラジャの贅沢三昧を真似たため、本国に帰ってからもインド風に染まった卑しい成金と軽侮され、しだいに排斥された。

P134

＊おもちゃ　Spielzeug にも Spiel が組み込まれている。今日で言えば「ガジェット」だろう。

＊ささやかな愉しみ　Menu Plasirs de Roi は王政復古期のフランス王室の一部門で、国王の「ささやかな愉しみ」の出費を賄い、その長は王の御側用人だった。転じて「小遣い」の意味になった。

＊グロテスク劇　二十世紀前半のイタリアの劇作家ルイージ・キアレッリが唱えた、ブルジョア社会の退廃を風刺する前衛劇。自作を演出して欧州演劇界に反リアリズムを吹き込んだ。ヤン・コットによれば「だまされる者がだます者よりも正しく、だます者がだまされる者よりも賢い詐欺行為のこと」（『シェイクスピアはわれらの同時代人』蜂谷昭雄、喜志哲雄訳）。

＊アルベルトゥス・マグヌス　一一九三年ころ、ケルンに生まれてドメニコ会に入り、アリストテレスの註釈書を多数執筆して教皇から「教会博士」の称号を与えられた。同じドメニコ会士トマス・アクィナスの師となる。錬金術の研究家でもあり、「賢者の石」を発見し、いかなる問いにも答える真鍮の頭部のオートマトン（またはアンドロイド）をつくったという伝説がある。その書斎に忍びこんだトマス・アクィナスが、美しい女性の頭部を持ったオートマトンを見つけ、Salve, salve, salve（こんにちは、こんにちは、こんにちは）と語りかけられ、「消えろ、サタン」と叫んで粉々に壊してしまったとされ、師は「わしの三十年の苦労が無になった」と嘆いたという。因みにアルベルトゥス・マグヌスは中世では珍しく昆虫にも精通し、フリードリヒ・シュナックの『蝶の生活』では、「蝶はいろいろな色をもつイモムシである」と喝破していたという。

＊レギオモンタヌス　一四三四年にバイエルン州のケーニヒスブルクに生まれ、本名はヨハネス・ミュラー。観測天文学の父ゲオルク・プールバッハの弟子となり、プトレマイオスの『アルマゲスト』の翻訳や師の著作『惑星の新理論』を出版したほか、天文表や改暦などに関わった。ものを千切ったり、人に語り

かけることのできる機械仕掛けの鶩を製作したという伝説がある。彼は鶩を皇帝のもとに飛ばして挨拶させ、いっしょに市に入城させたという。

P135

＊キャリバン　シェークスピア『テンペスト』の怪物。魔女シコラクスの子で人語も解さず魔術も使えない。ミラノ大公で魔術師のプロスペローが島に流れ着き、その下働きにさせられる。後から漂流してきた道化師や料理人と組んでプロスペローに意趣返ししようとするが失敗する。

＊ノートルダムの鐘打ち男　ヴィクトル・ユゴーの『ノートルダム・ド・パリ』が原作。背中に瘤のある鐘打ち男のカジモドのこと。何度か映画化されたが、本作が出版される一年前の一九五六年、ジーナ・ロロブリジーダとアンソニー・クイン主演の映画が公開されている。

＊魔物類　Zauberwesen で、このあとの Menschenwesen（人類）と対称をなしている。

＊ゴリアテ　旧約聖書サムエル記に登場するペリシテ人の巨漢の勇士で、サウル王の軍を苦しめた。羊飼いの少年ダヴィデがゴリアテとの一騎打ちに挑み、「戦いは槍と剣だけではない」と言って投石器で石を投げる。あたったゴリアテが昏倒、おのれの剣で討ちとられてしまう。

＊親指トム　英国の童話の主人公。日本の一寸法師や少彦名《スクナヒコナ》、小子部栖軽《チイサコベノスガル》とおなじく、身は小さいが妖精などの加護を受けて異能を発揮し、さまざまな窮地を切り抜ける。

＊リントホルスト　ホフマンの幻想小説『黄金の壺』は、学生アンゼルムスが一目惚れした美しい蛇娘ツェルペンティーナとの恋を描いている。蛇娘の父である火の精霊サラマンダーの世を忍ぶ仮の姿が文書管理官のリントホルストで、アンゼルムスはその下で筆写係となる。

＊受胎告知の天使　ルカ福音書によれば、マリアの前に現われ受胎を告げたのは、天使ガブリエルである。ダヴィンチやフラ・アンジェリコ、ボッティチェリ、エル・グレコなどに描かれた。

＊フィギュア　Figurine は、陶土や金属でこしらえた小さな立像のことで「フィグリーネ」と呼ぶ。日本ではおまけ玩具になったアニメのキャラクターなどの「フィギュア」がコレクションの対象になったが、この時代のドイツにはポリ塩化ビニールのミニチュア玩具は存在しない。

＊人類　原語の Menschenwesen は、やはり人の集合体（群体）を意味する。

＊テームズ川　ロンドン南岸にシェークスピア劇を上演したグローブ座があった。

＊生身でないことに耐えられなかった　キプロス王ピュグマリオンが、理想の女性を彫像にしたガラテアに恋したという伝説が下敷きだろう。ホフマンの『砂男』も、主人公ナタナエルが婚約者クララを忘れて、自動人形オリンピアに恋い焦がれる。晴雨計売りコッポラがスパランツァーニ教授から人形を奪い去る場面に遭遇、足もとにオリンピアの血まみれの目玉が二つ転がっているのを見て狂気に襲われ、「火の環だ、火の環がまわる、まわれ、まわれ、人形よ、まわれ」と叫んで病院にかつぎこまれる。

P136

＊黄金の手　古代プリュギアの都市ペシヌスの王ミダスは、デュオニソスの恩人を歓待したため、この酒神に「望みのものを褒美にやろう」と言われ、触れるものが何でも黄金になる手が欲しいと頼んだ。望みはかなったが、食べものまで黄金に変じると知って呪った。飢え死にを恐れてデュオニソスに祈り、行水によって元にもどしてもらった。

＊ガラスの蜂を動員する権力者　ヴァルター・ベンヤミンは一九二五年の「未来の兵器」で、空からの毒ガス攻撃に十分な防御策がないと指摘、それを敷衍した一九三〇年の書評「ドイツ・ファシズムの理論」では「ときおり、プロペラのブーンという唸りを遠隔感知する鋭敏なレシーバーの発明といった、『安心させてくれるもの』の話を耳にすることもある。すると数カ月後には、音をたてない航空機が発明されてしまう」と今日のドローン開発競争を予見している。

　ロサンゼルス・タイムズ紙二〇一一年四月十日付では、デヴィッド・クラウド記者が情報公開制度を利用して、ネヴァダ州クリーチ基地のドローン（プレデター）操縦士たちが、二〇一〇年二月二十日にアフガニスタンのカブール近くで村民三十人を誤爆した際の会話記録を掲載した（Anatomy of an Afgan War Tragedy）。実はタリバンから逃れたハザーラ族と判明、米国はのちに謝罪した。

P137

＊千ポンド　ドイツでは貨幣単位はマルクとペニヒだったから、この貨幣単位の Pfund は英国のスターリング・ポンドだろう。一九五九年当時は固定相場制で一ポンド＝一〇〇八円、消費者物価の水準は四分

の一か五分の一だったから、現在の相場なら一匹で四、五百万円相当。

＊空飛ぶクルーザーを建造する　ボーイング747やエアバス380のような成層圏界面を飛行する超大型旅客機が実現することをユンガーはいち早く予想している。一九五七年十月四日にソ連は世界初の人工衛星スプートニク一号の打ち上げに成功してその夢が近づいた。遅れをとった米国は五八年一月三十一日にエクスプローラー一号を打ち上げた。ガガーリンが有人宇宙飛行第一号になったのは一九六一年だから本作より後だが、遠からず宇宙船が実現すると思われた。ユンガーは冷戦下の米ソ宇宙競争は「労働者が支配的境位に達しはじめた情況証拠のひとつ」とみており、それは狩猟が貴族たちの、戦争や建築が国王たちの楽しみだったのと同じだと考えた。

「ここでは技術はすでに洗練され、かつての巨人族的性格を失い、そして数学的・論理的要素が、しかし遊戯的要素が判然と現れているのである。聡明な知能が、重さも影もない空間を飛行する小さな物体に、それどころか微小な物体に向けられているのだ」（『時代の壁ぎわ』）

何億人もの民衆の競争心が宇宙を飛行する小さな人工衛星に結実する光景は、その遊戯性とともにガラスの蜂の着想と共通している。それに歓喜して街頭で踊る群衆の姿に、ユンガーは「別種のバスチーユの襲撃」の予告を見ていた。

＊捨て扶持　Pappenstiel とは、綿ボウシが飛んでしまったあとのタンポポの茎のことで、役に立たないつまらないものをいう。

＊アウグスト二世　十七世紀から十八世紀にかけてザクセン選定候から二度、選挙でポーランド・リトアニア共和国の王座に就いた。熊のような怪力の持ち主とされ、素手で蹄鉄をへし折ったという。領土拡張の野心に燃えてスウェーデンのカール十二世と大北方戦争を始めた。ドレスデンとワルシャワにバロック様式の宮殿を建てるなど、建築と美術コレクションに力を入れたほか、宴会に明け暮れる絶対君主だった。精力絶倫で数百人に及ぶ庶子を生ませている。

＊廷臣ブリュール　ハインリッヒ・フォン・ブリュール伯爵は一七〇〇年生まれで、晩年のアウグスト二

世に内相兼国庫相に起用され、三三年に「強健王」が逝去すると、後を継いだアウグスト三世のもとで外交を担い、ロシアからスペインまで欧州全土を巻きこむポーランド継承戦争ではライバルのスタニスワフ一世に王位を放棄させた。ドレスデンの宮廷では王の最側近として君臨、濫費による借金で国庫を疲弊させた。自身も王より贅沢な食卓を楽しみ、プロイセンのフリードリヒ大王は「伯爵は誰よりも多く衣服、時計、靴ひも、ブーツ、靴、スリッパの持ち主だ」と評したという。

＊毒針　蜜蜂の毒針は産卵管の変化したものなので、毒腺や毒嚢とともに雌しか持っていない。針にはぎざぎざの逆棘があり、刺したら抜けないため尾部がちぎれて死ぬ。ＮＨＫ・Ｅテレ「香川照之の昆虫すごいぜ！」四時間目クマバチ編を参照。

P138 **＊オフィルの黄金郷**　列王紀略上十章で、賢者の誉れ高いソロモン王をはるばる訪ねてきたシバの女王の船団は、オフィルの地が産した金百二十キカルのほか、香料、宝石、白檀など多くの貢ぎ物を運んできた。シバが南アラビアのサバア王国とすれば、オフィルは現代のイエメンかソマリアあたりか。

＊入ること　ロロロ版では den Zutritt（立ち入り）だが、全集版では den Eintritt に修正。

P139 **＊第二の光景**　Der zweite Anblick は、英語の the second sight（透視力、千里眼）のドイツ語訳である zweites Gesicht を連想させる。つまり、機械化された日常の出現は、この「第二の視力」が見る別世界のファンタスマだというのだ。

＊習慣　トマス・アクィナスの倫理学では、行為によって獲得された習慣である habitus は、情念（passio）とともに道徳的選択に影響を与える。しかしフランスの社会学者ピエール・ブルデューは、構造主義を批判して「人々の日常経験において蓄積されていくが、個人にそれと自覚されない知覚・思考・行為を生み出す」ものとして habitus 概念を唱えた。もっとも、一九五〇年代末はアルジェリアにいて、おそらくユンガーの知人ではなかったろう。

P140 **＊蓄電装置**　Akkumlator とは、油圧系や空圧系の流体機器に使われる「畜圧器」で、流体の圧力を利用して供給する高圧流体を蓄えておく装置のこと。転じて「蓄電池」も意味するようになった。ユンガーは「世界精神」に代わって地球という「根源的根拠」が人間を媒体として精神化し、人間も根源的根拠をめざして穿孔していると考えている。過去二百年、地殻は充電しており、やがて「短い薄明のあとで光りはじめるのを見ることだろう。そしてその光の下に、灼熱する網を、いたるところに織りなし回転する動きを見ることだろう。いわば無数の火山の噴火に突き破られるだろう」（『時代の壁ぎわ』）と幻視している。本書ではガラスの蜂に動力源を供給する蓄電池を意味していると思われるが、それは地球そのものの充電の縮図にも見える。

コンピュータでは、「アキュムレータ」は演算装置による演算結果を累積し、計算に使うレジスタや変数のことになる。CPU（中央演算装置）はメモリとの間で直接計算を行わず、データをいったんアキュムレータに保存する。そうしないと、演算結果をいちいち主メモリに書きこむ必要が生じるからだ。ドローン制御にはそのほうが似つかわしいかもしれない。

＊タンク網　Tankstelle はガソリンタンクのことで、前項の「畜圧器」の連想だろうが、ここでもユンガーは給油所網というよりEV（電気自動車）の蓄電スタンドのネットワークのようなものを考えていると思われるので、あえて直訳した。しかし『時代の壁ぎわ』を読む限り、一九五〇年代に登場した電子計算機を「神経系の模倣はごく最近のもの」「功績は高速化にしかない」としか見ておらず、さすがに今日のインターネット社会までは十分予見できていない。

＊集配システム　原文は Verteilerwesen で、直訳すれば「分配網」あるいは「小売網」だが、ここでも wesen が集合体なので、分散ネットワーク概念の萌芽とみなした。

P141

＊知覚を麻痺させる笛音　ユンガーは『時代の壁ぎわ』で、初めて機械工場の汽笛を聞いた旅人の戦慄を描いたゲーテの鋭さを指摘している。「この汽笛は、どんな技術的・社会的・経済的意志の下にも存在する深層に食い入る。この汽笛は、生まれたばかりの途方もない怪物の最初の触角の動きにほかならないからであり、これまでとは別のものを告知しているからである」

＊水母　Meduse はギリシャ神話に出てくるゴルゴーン三姉妹の一人である蛇髪の女怪のことで、ペルセ

ウスに首を斬られて退治された。転じてクラゲを意味するようになった。

＊ジャック・カロ　In Callots Manier（カロの技法で）とは、十七世紀バロック時代の版画家ジャック・カロのことで、細密なエッチングの手法を開拓、宮廷から市井の兵士や道化、ジプシーまで活写し、三十年戦争の悲惨な虐殺を描いた『戦争の惨禍』シリーズは、ゴヤの版画とともに今も見る人を戦慄させる。その技法は弟子によって欧州一円に広まり、ホフマンもその短編集に『カロの技法による奇譚集』(Die Fantasiestücke in Callots Manier）と題した。

P143

＊煙水晶　Rauchquarz は英語で Smoky quartz といい、茶色や黒色がかった石英の結晶。不透明なものはモリオン（大プリニウスが mormorion を読み違え）、黄褐色のものはカンゴームと呼ぶ。

＊フォルクスワーゲン　一九三四年にヒトラーが提唱した国民車（Volkswagen）構想をもとに三七年に設立された国策会社だったが、大戦中は軍需生産にシフトしていた。敗戦後に英国軍少佐アイヴァン・ハーストが復興、「ケーファー」（英語や日本語では「ビートル」）の愛称の流線型の一号車がロングセラーとなる。世界で二千万台以上が販売されたが、二〇一八年九月に生産中止を発表、一九年七月にメキシコ工場で生産を終えた。

＊芦ガ淵　Sumpfloch はドイツの湿原によくある窪地に水のたまった池とも沼ともつかぬ場所で、堆積した泥炭層を水が涵養している。草むらに独特の生物相があり、英語では marshy hollow ともいう。「葦」と「芦」は日本語では同じ植物（葭原を吉原と呼び換えたように「あし」を「よし」に換えた）であるが、ユンガーは Schilf と Sumpfloch を使い分けており、「葦」と「芦ガ淵」に漢字も使い分けることにした。ユンガーが小さな池のある湿地を好んだことは日記でも明らかで、『鬼火』のホルスト・ランゲについて「ランゲが沼に精通しているのと同じで、沼には没落の力が最も強く生きており、それどころかそこにはその力の生産性が繰り広げられる」（一九四三年十二月二十一日）と書いている。

連合軍がノルマンディーに上陸、ヒトラー暗殺未遂事件が起きる直前の四四年七月十六日、ユンガーは見納めのようにモネの睡蓮の池を訪ねた。

「幾千もの他と同じ自然の一齣、しかしここは精神力、想像力によって高められていた。十九世紀の科学も、モネがレトルトの中でのように太陽の火と水の冷たさとで途方もない色を引きだしたこの島に住んでいる。小さな池が、目のように、光の世界を受け止める」(『パリ日記』)と書いて、沼地にぽっかりあいた水面を眼球の丸いスクリーンに譬えている。

P145 **＊怖気をふるう** ロロロ版では das mich erschreckt hat だが、全集版では das mich erschreckt hatte に修正。

＊ポインター犬 獲物の前方に立ち止まって、姿勢を低くして鼻先を突き出し、片足をあげるポーズをとり、獲物の位置を知らせる猟犬のこと。ときに草むらに飛びこむ勢子の役も果たす。

P146 **＊切断された耳** ユンガーが『砂男』を意識していたとすれば、弁護士コッペリウスと晴雨計売りコッポラがともに眼窩(コッペ)の化身であり、炉から人造の目玉を引きだし、自動人形オリンピアの血まみれの目玉を床に残して逃げる場面があるから、ここは目を耳に置き換えたか。

＊順を追って隈なく探索 ロロロ版では das Sumpfloch methodisch und mit sich steigerndem Entsetzen abzusuchen だが、全集版では abzusuchen を methodisch の後に置いている。

＊破廉恥な挑発 現代の技術の本質が Herausforderung(挑発)にあると見るのはハイデガーである。一九五三年に書かれた『技術への問い』(関口浩訳)では、「現代技術のうちに存する開蔵は一種の挑発〔Herausfordern〕である。この挑発は、エネルギーを、つまりエネルギーそのものをして掘りだされ貯蔵されうるようなものを引き渡せという要求〔Ansinnen〈無理難題〉〕を自然にせまる」としている。「開蔵」(Entbergung)はハイデガーの造語で、語幹である bergen(かくまう、隠す)に対し、離脱もしくは解除の前綴 ent をつけて「蔵されているものを開く」という意味で使っている。ハイデガーはまた「集-立」Gestell という言葉も使うが、これは「調達(用立て)」Stellen を土台として、「手許にある」bestellen、「求められる」bestellt sein、「めざす」abstellen、「即座に使える」auf der Stelle、「表象する」vorstellen、「確保する」sicherstellen、「追求する」nachstellen などの含みを持たせ、技術の多面的な吸引力を解こうとした。

P148

＊五体を切り刻んできた 第二次大戦中、パリ参謀本部に勤務したユンガーは、軍事裁判所で死刑判決を受けた被告の別れの手紙などをドイツ語に翻訳して保管に勤め、捕虜の処遇にも関わっており、ナチスのパルチザン虐待に胸を痛めていた。古書店めぐりでもスペインのカルロス一世時代の処刑記録などに関心を示し、版画家カロの『戦争の惨禍』も他人事ではなかった。

＊タンタロス 人間でありながら神酒ネクタルや神餐アンブロシアを口にすることを許されて不死の体を得た。が、神々を歓待しようとして息子のペプロスを殺し、五体を切り刻んで羹《あつもの》に供した。神々は気づいて避けたが、デーメーテールだけは左肩の肉を食べてしまった。ペプロスが甦ると、デーメーテールは象牙の左肩を返したという。タンタロスは奈落へ落とされる。

＊プロクルステス アッティカの強盗で、人を捕えると寝台に寝かせ、はみ出れば脚を切断し、足りなければ身体を引き伸ばす狼藉を働いた。テーセウスに退治される。「プロクルステスの寝台」とは無理難題を強いる「円孔方木」の譬えである。

P149

＊軍医ドミニク・ラレー Dominique Jean Larrey はナポレオン軍の外科医（一七六六～一八四二年）で、近代的な軍医の祖とされ、軍医総監となった森鴎外や、「亡命の貴族的形式」として軍医になったゴットフリート・ベンの先達にあたる。ウォータールーの戦いではナポレオン軍に同行、敵のウェリントン将軍が「ラレーのいる方角には砲撃するな」と命じたほどで、救急車も彼のアイデアだった。

＊戦傷 戦後日本の駅頭で、軍歌を流しながら白衣で跪き、施しを乞う傷痍軍人の姿があったように、ドイツでも戦傷による障碍者の姿が数多く見られたろう。一九五七年はまだそういう時代だった。ユンガーは『パリ日記』で、戦場の無意味な死について「偶然が必然的なものに祓い浄められる。封印用の蠟が痛みの中で融けたのちに、より高級な印章がそのために押される」（一九四三年三月二十三日）と救いの言葉を記している。

＊月の表面であれば ユンガーが一九二九年のシチリア旅行のあと書いたエッセー「月の男に宛てたシチリアからの手紙」では、月が天文学的接近の対象でも神話的接近の対象でもありうることを示している。

二つの質を融合させうるのは「総観」（Synopsis）であり、それによって「根源への後方跳びを成就する」（『時代の壁ぎわ』序「見馴れない鳥たち」今村孝訳）としている。

　気球で月世界を旅行するエドガー・A・ポーの短編「ハンス・プファールの無類の冒険」を読んでいたのかもしれない。一八三五年に大衆紙ニューヨーク・サンで連載された贋旅行記のパロディーだが、克明な描写を後にドストエフスキーが褒めている。この作品をもとにジュール・ヴェルヌがSF『地上から月へ』De la terre à la lune を書いた。一九〇二年にフランスのジョルジュ・メリエス監督が、ヴェルヌの『地上から月へ』とH・G・ウェルズの『月世界最初の人間』The First Men in the Moon を下敷きに、サイレント映画「月世界旅行」を製作する。砲弾型ロケットが人面の月の右目に着弾するが、ユンガーがそれを下敷きにしたことも考えられる。

＊均斉　原文はEbenmaßだが、ユンガーが一九四七年に書いたエッセー「言葉とからだ」でいうSymmetrie（対称）に近い。反デカルトのジャンバティスタ・ヴィーコに倣って、神のものである啓示された法（Jus）と、それに対置される認識による法（Aequitas）とに分けている。

「啓示された法は、上から下へと光をなげかけ、一方的であり、それは至高の権威に即応している。〔中略〕認識された法、公正の意味での法には、シンメトリイが深く刻まれており、しかもそれは人間に固有のシンメトリイである。これは言語にもいたるところであらわれる」「啓示が遠ざかり認識が増すその度合いに応じて、法はシンメトリイを得、そして法のすがたもシンメトリックな性格をおびてくる。較正がひどく発達することになる」（『言葉の秘密』菅谷規矩雄訳）。この較正Equityはまた株式も意味するが、やがては市場経済で正邪を失い、破局に行き着くと彼は見る。

P151

＊ピラトにポンティウスを告発する　福音書ではイエスの処刑を命じた属州ユダヤの総督ポンティウス・ピラトゥスの名と姓で同一人物である。ここは当人のことを当人に密告するという意味。ゲシュタポの監視下で、もの言えば唇寒しだったユンガーの体験に裏打ちされている。

＊乱世をよそにまどろんで夢を見ていた人　三十年戦争は本作でも言及が数多くあり、十七世紀に起きた

この「世界大戦」を、ユンガーは二十世紀の大戦のアナロジーとして考えていた。英語も堪能だったので『パリ日記』一九四三年八月四日付で、ワシントン・アーヴィングの『スケッチブック』を読了しているから、リップ・ヴァン・ウィンクルの短編も読んでいたはずである。回覧文書「平和」で、ナチス暗黒時代から目覚めるべき欧州を「今浦島」になぞらえる心境だったのだろう。

＊言葉は意味がくるくる変転し　ユンガー自身、『労働者』や『総動員』でさんざん使った「全面的な」(total)という言葉をのちにほとんど使わなくなったと言われて「インフレの時代には金貨はひっこめられる」(『パリ日記』一九四二年十月十六日)と返答している。

P152

＊紅天狗茸　Fliegenpilz は深紅の傘に白い水玉模様を持つ担子菌門の弱毒性キノコ。直訳すると「蠅のキノコ」、英語でも fly agaric と呼ぶのは、蠅の殺虫に使われたからだ。幸運を呼ぶとされる。

＊予備的な動員令　Probemobilmachung は、ユンガーが一九三〇年に書いた『総動員』(Die totale Mobilmachung)を連想せざるをえない。

『時代の壁ぎわ』では、大地に足がついているかぎり不死身だが、離れた途端にヘラクレスに絞め殺された巨神から名づけた「アンタイオス的不安」を現代のニヒリズムの根源に据えた。ニーチェの「末人」を集団性の昆虫に譬え、「そのとき『末人』が知能的昆虫として世界に群がり、その建造物や装置が、自由を犠牲にして、進歩と進化の目標としての完成を遂げるだろう。それらは、まるで蝶の羽や貝殻のように、みごとではあれ自由のない華麗さをおびて技術的集団社会のなかから立ち現われ、ひょっとすると何千年も栄えつづけるかもしれない」とも書いている。

P153

＊サーブル競技　フェンシング競技には、突きだけが有効なフルーレと、お椀型の丸い鍔をもつ重い剣をつかうエペ、突きだけでなく斬りも有効で実用的なサーブルの三種がある。

P154

＊敵　ユンガーは「敵」を der Gegner と呼ぶ。カール・シュミットが一九二七年に出版した『政治的なものの概念』のなかで、人間の善性を政治理論から排除し、政治的なものの本質が友と敵との区別にあると提唱した「友・敵関係」Freund-Feind-Unterscheidungen を下敷きにしつつ、ユンガーは友・敵の

均衡が崩れるとナチスのような倒錯が起きるとみているのだろう。

＊電流を通せば　いわゆる電気ショッカー漁法で、魚を気絶させて抵抗が弱まったところを捕獲する。マグロなど大型魚のトローリング釣り、ケンケン釣り、ジギング釣り、フカセ釣り、はえなわ夜釣りなどで使われるが、魚との駆け引きのない効率一点張りの漁法で、釣り師からは邪道とされている。

＊糸魚　Stichling は北半球の亜寒帯に広く分布するトゲウオ科の回遊魚。サケのように稚魚は川で生まれ、海へ下って成長し、産卵前に川をさかのぼる遡河回遊を行う。木の葉のように左右に平たい。背中には背びれの棘条が三本離れて発達し、腹に二本、尻びれ付近にも一本とげがあるため、「ハリウオ」「トゲチョ」などとも呼ばれる。日本では絶滅危惧種。

P155 **＊アチェ・ハーネブート**　小説『大理石の崖の上で』にはヒトラーをモデルとした「森の頭領」が登場するが、その若き日を思わせる。この頭領はマウレタニアの親分とされ、莫大な富を持ち、邸宅で牛飲馬食の宴を催して、突撃隊のようなその徒党たちにヘンルーダ（芸香）荘を襲わせる。

P156 **＊町の外縁**　ユンガーが少年時代を過ごしたレーブルク（Rehburg）がモデルだろう。中部ドイツのニーダーザクセン州にあって、街道沿いに南北に広がる細長い町。東側にメーアブルックス（湖畔湿地）の草地があって、その先のシュタインフーバー湖につながっている。ヴァインシュトラーセとは、湖の南へ伸びているヴィンツラーラー（Winzlarer）シュトラーセがモデルか。

＊クラインガルテン　「小さな庭」という意味で、十九世紀にドイツで始まった滞在施設のある貸し農園。劣悪な環境で生きる都市住民のために、健康なレクリエーションの場として百坪ほどの区画やコテージ（ラウベ）を三十年間の長期で貸しだし、自家用野菜を育てる畑としたり、ガーデニングを楽しむ。ライプツィヒの医師モーリッツ・シュレーバーの提唱で西欧の都市近郊で広まった。由来は違うが、ロシアの菜園付き別荘「ダーチャ」も、都市住民の食糧自給自足策として普及した。日本でも戦前にそれをまねて導入したが廃れ、一九九〇年の市民農園整備促進法で「滞在型市民農園」として再導入された。プチ田舎暮らしや別荘がわりの利用が広がる。

本作の「コサック」との葛藤には、都会の息苦しさを逃れてくる小市民に対する地元の反感が反映している。本作の二十年後に書いた『オイメスヴィル』の主人公で昼の顔と夜の顔を持つマルティンが引き籠もる小屋も、このクラインガルテンから発想したものかもしれない。

＊宮廷顧問官　もともとは神聖ローマ帝国の役職で、ドイツやオーストリアで名誉称号になり、実質的な職務を伴わない。ゲーテも宮廷顧問官の称号を授与されている。

＊ロールトップ机　Zylinderbüro は蛇腹状のカバーをおろして天板を隠すことのできる机。

P157

＊ティルジット　東プロイセンのネマン川南岸の都市で、リトアニア国境に接する。一八〇七年にナポレオンとロシア皇帝アレクサンデル一世は、ネマン川上で「ティルジットの和約」を結び、プロイセンはエルベ川以西とポーランドなどの領地を失った。一九四五年一月二十日には赤軍の攻勢で陥落、ドイツ人が追放されて、現在はロシア領カリーニングラード州のソヴィェツク。

＊火酒　ユンガーは Köhm と綴っているが、一般には Köm。穀類の蒸留酒に薬草の香りづけをした強い酒で、アクアヴィットやシュナップスのたぐい。

＊鉄十字章　一八一三年のナポレオン戦争時、プロイセンのフリードリッヒ・ヴィルヘルム三世が制定した軍事功労章で、デザインはドイツ騎士団の紋章に拠る。その後も普仏戦争、第一次大戦、第二次大戦でも制定され、第一級鉄十字章の受賞者は第一次大戦で十六万人、第二次大戦で三十万人に達してインフレ気味だった。ユンガーは一九一六年十二月に第一級鉄十字章、一八年九月には傷痍軍人金字記章、さらにプロイセン軍最高の名誉勲章であるプール・ル・メリット Pour le Mérite（青い十字章、俗称「青マックス」）を最年少の前線士官として受章しており、乱発した第一級鉄十字章しか持たないヒトラー伍長に比べると段違いの軍功をあげていた。

＊マルス・ラ・トゥールの戦い　スペインの王位継承をきっかけに、フランスのナポレオン三世が一八七〇年七月、プロイセンのヴィルヘルム一世に宣戦布告した普仏戦争の激戦地。プロイセンの参謀総長ヘルムート・フォン・モルトケ（大モルトケ）の周到な準備と動員令で、緒戦のプロイセン軍はフランス

北東の国境地帯で連戦連勝だった。メスの要塞から西方へ撤退しようとするフランス軍に対し、プロイセン第二軍第Ⅲ軍団が一対四の少数ながら果敢に遮断、西欧では最後とされる騎兵戦が行われた。なかでも「フォン・ブレドウの決死の騎行」はブレドウ将軍率いるプロイセン軍第十二騎兵旅団が、多数の戦死と戦傷を出しながらフランス軍砲兵の隊列に突撃したもの。戦場で騎兵突撃がなお優勢であることを示す事例とされたが、これが西欧では最後の大規模な騎兵戦となった。

***『或るドイツ騎兵の生涯』**　十九世紀の軍事ジャーナリスト、ユリウス・フォン・ヴィケデ（Julius von Wickede）が一八〇二～一五年のナポレオン戦争について書いた著作。

***『或るリュッツオーヴ猟兵の回想』**　ロシア遠征失敗後のナポレオンに対し、一八一三年からプロイセンでは密かに義勇兵三千人を募り、フランスに対する蜂起（解放戦争）を始めた。指揮官はルートヴィヒ・アドルフ・ヴィルヘルム・フォン・リュッツォーヴ少佐。彼らの軍服は黒の布地と赤い襟、金色のボタンで「黒の猟兵」と呼ばれ、その配色が現在のドイツ国旗の三色になっている。『或るリュッツォーヴ猟兵の回想』Erinnerungen eines alten Lützower jägers, 1795—1815 は、この義勇兵部隊に加わったヴェンツェル・クリマーが書いた。

***『大王と新兵』**　正式な本のタイトルは Der große König und sein Rekrut : eine Erzählung aus dem Heldenleben Friedrichs des Grossen で、筆者はフランツ・オットーである。

***ハイデクラウト**　葉が鱗片状で十字対生し、ギョリュウ（タマリスク）に似ているが、英語ではカルーナ属とダボエシア属の総称として「ヘザー」と呼ばれる。『嵐が丘』に出てくるヒースのことである。七月から十月にかけて総状花序に深紅や白、ラヴェンダー色などの小花をつける。

P158 ***吉草酸**　Baldrian はP72「纈草」の註参照。Valeriana officialis（セイヨウカノコソウ）のことで、中枢神経を抑制し、筋肉の緊張を解くため「吉草酸」として睡眠障害の処方薬に使われる。睡眠薬に比べて眠りの質が優れているというが、「鹿の子草の根」を乾燥させると猛烈な悪臭を発する。

***子どもの世界の出来事**　『パリ日記』一九四三年十二月六日付で、ユンガーはヨセフスの『ユダヤ戦記』

を読みながら「子供がマッチで遊んで、人口の多い町が灰燼に帰することがある」と書いている。「ロ火」としてのクニエボロ（ヒトラー）を考えているから、この失火のエピソードと、この後のハーネブートの暴力はそれを寓話化したものであることは間違いない。

P159 **＊ターレル銀貨** プロイセン統一前のドイツ各国が十五世紀から十九世紀にかけて発行した銀貨で、国によって千差万別だが、当時は銀本位制だったため「ドイツのドル」と呼ばれた。

P160 **＊お山の大将** Freiherr は爵位最下位の「男爵」のことで、英語では Baron。十一世紀以降、伯爵（Graf）の下に位置する騎士的な小領主層 freie Herren を指したが、一部は中世末期に Graf へと上昇して下級貴族の一称号となり、十八世紀には皇帝直属の帝国騎士（Reichsritter）、つまり「旗本」を Freiherr と呼んだ。しかし Freiherr を直訳すると「自由な主人」という意味になるので、ここでは称号ではなく誰にも従わない独立不羈の主人という意味だろう。

＊洗い砂 witten Sand は、金鉱などで洗鉱したあとの砂利を装飾用に使うもの。

＊ワークブーツ Kanonenstiefel は膝までの高さのブーツのこと。今日ならアウトドア用だが、おそらくアチェが履いていたのは、がっしりした作業用のワークブーツの一種だろう。もちろん、ナチス突撃隊や親衛隊の下士官が履いていたジャックブーツのイメージを重ねている。

P161 **＊森の伝令** Waldläufer は、直訳すると「森の疾走者」。英語では、主に攪乱や偵察を行う軽歩兵部隊の ranger（レンジャー）となる。十八世紀にフリードリッヒ大王が七年戦争でオーストリアの辺境兵の活躍を見て、猟師や森林警備員を散兵専門の山岳部隊に編制、ライフル銃を持たせて狙撃やゲリラに使った「猟兵」Jäger が起こり。そこから「草分け」の意味も派生した。『或るリュッツオーヴ猟兵の回想』に登場する反仏義勇軍「リュッツオーヴ猟兵」をも暗示しているのかもしれない。近代戦では Läufer は伝令のことだが、猟兵は厳しい訓練を受けるためエリート特殊部隊にもなった。

本作の「森の伝令」はしかし、『唯一者とその所有』を書いた青年ヘーゲル派のマックス・シュティルナーの言葉「私は唯一者だ。私の外には何者もない」（大杉栄訳 Ich hab' Mein' Sach' auf gestellt）

からヒントを得て、ユンガーが『森の散策』Der Waldgang で提示した専制とニヒリズムから逃れる孤独な Waldgänger（森の逃亡者）の延長線上にある。やがて七七年の長編『オイメスヴィル』では「アナルク」Anarch に結実する。

＊赤い左派の遊撃兵　アメリカ労働総同盟（ＡＦＬ）に対抗して、社会主義者やアナキストらが結成した世界産業労働組合（ＩＷＷ）のメンバーが、弾圧を逃れて山奥の丸太小屋に住むなど、他国にも森への政治的隠遁例がある。一九五〇年代にビートニクの象徴となった詩人ゲーリー・スナイダーは、父が隠れ伐採人の一人だった。詩集『神話と本文』の木材資本呪詛は、弱虫という意味の「ウォブリー」と呼ばれていた父譲りの反骨で、アメリカ版「竹林の七賢」と言える。

P162

＊馬着　競走馬などに防寒用に着せる馬専用の毛布。頭部、頸部、脚部を除く胴体部分をすっぽりと覆い、布製で綿が入っている。

＊『叉鬼の息子』　ドイツの作家カール・マイが少年向けに一八八七年に書いた物語。米国のイエローストーン公園が舞台で、先住民に囚われた熊狩りの父と、それを助けにいく息子と手助けする二人の少年の物語を連載して人気を博した。少年時代のユンガーは、マイのほか、『トケア、または白いバラ』を書いたオーストリア系米国人ジャーナリストのチャールズ・シールズフィールド（本名はカール・アントン・ポストル）、『最後のモヒカン族』の米国のジェームズ・フェニモア・クーパーなど少年向けの冒険小説を好んで読んだ。

＊鎖蛇　Kreuzotter は蝮に似た毒蛇（学名 vipera berus）で、ユーラシア北部に広く生息するが、同じクサリヘビ科に属す日本の赤蝮とは種が異なり、日本では「ヨーロッパクサリヘビ」と呼ばれる。体長は蝮とほぼ同じで、背面に暗色の鎖状の斑紋が入る。毒は強くない。

P163

＊グロッシェン　オーストリアの通貨単位で一シリング＝百グロッシェン。第一次大戦前のハプスブルク帝国では一クローネ＝百ヘラーという通貨単位だったが、大戦後のハイパーインフレでマルクとともにクローネが紙屑と化した一九二四年に、シリングとグロッシェンが採用された。

＊毒蛇狩りを肝だめし　この挿話は、一九一九年にハンブルクの私邸にヴァールブルク文庫を創設し、やがてハンブルク大学の付属施設としてヴァールブルク文化研究所を設けたアビ・ヴァールブルクが、精神に異常を来してスイスの精神病院に入院、一九二三年に恢復期に行った講演『蛇儀礼』に拠っているのかもしれない。一八九五年から九六年にかけてアメリカを旅行し、先住民プエブロ族の儀礼を見た経験に基づき、生きたガラガラ蛇との舞踏によって雨乞いする儀礼が語られている。また一九三九年にユンガーが書いたナチス批判の小説『大理石の断崖の上で』（相良守峯訳）でヘンルーダ（芸香）荘を救う森の守護神、槍尾蛇のイメージを思わせる。

＊なぶり殺し　ヴァールブルクの『蛇儀礼』では、先住民ワルピ族は聖別された蛇を生贄にすることなく、最後に大祭司が藪から蛇を摑みだすと、隈取と刺青をして狐の皮をまとった男が、蛇の尾を口に入れて踊り、他の男が蛇の気をそらしながら、草原に放つことになる。日本書紀雄略紀にある小子部栖軽（蜾蠃）の逸話は、雷を捕えた日本霊異記第一話の類話であるが、こちらは三諸丘の大蛇を捕えたことになっている。天皇が斎戒しなかったため大蛇が光り輝き、畏れて蛇を丘に放したという。因みに蜾蠃（すがる）とはジガバチのことである。

P164 **＊夢にまで忍びこんできて**　ユンガーの『パリ日記』には、たびたび蛇の夢を見た記述がある。明らかにエデンの園でアダムとエヴァに禁断の果実を授けた蛇で、「蛇の役割は、区別を教えることにある。そこでは天と地、父と母が分かれる」（一九四三年五月二十三日）と書いている。

P165 **＊鷽**　スズメ目のPyrrhula pyrrhulaで、スズメよりやや大きく、欧州からアジア北部に広く生息して夏は山地、冬は平地へと移動する漂鳥。雄は頬と喉が淡桃色をしている。和名を「ウソ」と呼ぶのは、ヒーホーと口笛のような鳴き声から、口笛の古語ウソが名称になった。

＊スリングショット　Zwilleは古来からあるカタパルトなどの携帯式の飛び道具。中国でも石礫投げを得意とした張清のように、飛び道具は刀剣や弓矢を持たない雑兵の重要な武器だった（網野善彦『異形の王権』参照）。日本では「パチンコ」と呼ぶが、遊技場のパチンコと紛らわしいので英語のスリング

ショットとした。Y字型の支え棒にゴムバンドで弾き飛ばすスリングショットは十九世紀に登場、少年たちの素朴な遊び道具だったが、米国で鉄製やアルミ製で正確なショットが打てる機種が開発されて高度化、軍事転用もされた。皮肉なことに現在は、滞空しているUAV（無人自動飛行体）のドローンを地上から撃ち落とす武器にもなっている。

P166 **＊私講師**　Privatdozent は、ドイツ固有の研究者制度で、教授資格試験に合格していて教育者として教える資格を持つが、大学ではまだ講座を持つ正規の教授職に至っていない研究者をいう。十九世紀までは学生が講義を選んで聴講代を支払う仕組みだったため、私講師は収入が保証されていたわけではなく、一般には教授職に就くまで仕送りやパトロンの援助などで生計を支えた。日本の博士研究員（ポスドク）に似た立場だが、教授職に就くまでの歴とした称号である。

＊ガラス張りのサンルーム　Wintergarten は直訳すると「冬の庭」だが、熱帯植物などを植えたガラス張りの遊歩庭園になっていて、温室というより装飾的なサンルームに近い。締め切っては蒸れるので、扉を開け放って風通しをよくしているのだろう。

P170 **＊石筆**　Griffel は先のとがった棒状の筆記具で、鉛筆の芯やインクがないもの。タッチペンに似て現代ではスタイラスと呼ばれる。日本語では「尖筆」が一般的だが、ユンガーが学んだ二十世紀初頭（日本なら明治）のドイツの学校の学用品は、ノートの代わりに粘板岩の石盤を使い、鉛筆の代わりに蠟石を鉛筆状にした「石筆」を使っていたはずである。

P172 **＊詩のひとつ**　詩の原典は未詳。識者のご教示を乞う。

＊スピシェルン高地への突撃　普仏戦争の緒戦で、ヴィサンブールの戦いの敗北に続きフランスが大敗した戦いで、プロイセン第一軍の老将カール・フォン・シュタインメッツ将軍が、突出してこの高地に攻撃を仕掛け、第二軍もそこに加わった、フランス側はフロサール将軍の第二軍が防衛、プロイセンの数的優位に押されて撤退した。死傷者はプロイセン側の四千八百七十一人に対しフランス側は四千人と、勝者側のほうが犠牲は大きかった。

＊アストゥリアスの内乱　ユンガーは『ヘリオーポリス』でも反乱の地としてアストゥリアスを使っており、この地名はスペイン内戦のシノニムかもしれない。

ドイツ国防軍は、準備不足のまま大戦を誘発する恐れのあるスペイン内戦への関与に当初は慎重だったが、ヒトラー総統が一九三六年七月二十六日に国民戦線派支援を決定する。そこでモロッコに駐屯しているフランコ将軍のアフリカ軍団をスペイン本土へ輸送するのにダミー会社を使う「魔の炎作戦」(Feuerzauber、ワーグナーの『ヴァルキューレ』から命名）にとどめたが、後に派兵し大量の武器弾薬を供給する。最初にドイツ兵がスペイン入りしたのは同八月一日で、双発戦闘機六機などと民間人に変装した八十六人である。十月に独伊がベルリン・ローマ枢軸に調印したため、イタリアもフランコ支援に踏み切り、両国とも秘かに軍事支援を拡大する。

反乱軍がマドリードを包囲したが、共和政府を倒せない。市内では「第五列」恐怖と戦意が高まり、市民がこぞってバリケードや塹壕にこもって共和政府の民兵となった。独伊の空軍機が空爆したものの、ソ連から届いたイリューシン15複葉戦闘機（チャト）、同16単葉戦闘機（モスカ）には劣勢で、海外義勇兵の第十一国際旅団も奮戦、首都攻略で内戦を早期に終結させるフランコのもくろみは外れた。

このためドイツは後方支援を任務としていた派兵部隊を再編、空軍のゲーリング元帥がコンドル兵団（レギオン）と命名した。十一月からフーゴ・シュペルレ将軍が司令官となり、戦闘機や戦車とともに三六年末には一万二千人のドイツ兵がスペインに送りこまれた。イタリアも独立指揮を望んで主にファシスト民兵からなる義勇軍団（CVT）を派兵、のち五万人に達した。

コンドル兵団の参戦は三七年二月のハラマの戦いから本格化した。国民戦線側はマドリード包囲網を敷いて持久戦に入り、他の地域を個別に撃破していく戦略に転換した。北部攻略のため、コンドル兵団の空軍が四月にバスク人の聖地、ゲルニカを空爆するリューゲン作戦を実行する。絨毯爆撃と機銃掃射で二、三百人の死者を出したが千六百人と誇張された。国民戦線側が「赤の仕業」と責任を転嫁、「ドイツ兵はスペインに一人もいない」と白々しい逆宣伝をしたため、ピカソが憤激し大作「ゲルニカ」を画いた。

コンドル兵団はビルバオ攻略にも参戦、バスク軍は同年六月に撤退した。北方戦線の帰趨はビスケー湾と内陸のアストゥリアスの間に押し込められた共和国軍が、三七年冬まで持ちこたえられるかどうかにかかっていた。アストゥリアスでは八月二十九日、ベラルミーノ・トマ率いる最高評議会が軍民の全権を掌握、退却してきた共和国軍と合流して徹底抗戦の構えをとった。しかし英仏の不干渉政策を利して独伊艦隊が海上封鎖で共和国軍の補給を断ち、フィデル・ダヴィラ将軍の国民戦線軍が東と南東から攻撃を開始、九月にはビスケー湾に面したサンタンデールを落とした。

コンドル兵団の二百五十機が空爆に出動して、ナパーム弾を投下したにもかかわらず、カンタブリア山脈の山間部の抵抗は頑強で、鉱山地帯の要衝タマが落ちたのち、包囲されたヒホンが陥落したのは十月二十一日と遅かった。ヒホンを撤退しようとした共和国軍は、港に停泊中の駆逐艦シスカルを撃沈され、脱出できなかった一部は山間部に逃れて半年間もゲリラ戦を続け、国民戦線に多大の損失を与えた。捕虜となった共和国軍兵士は「赤の掃討」に遭って多くが銃殺に処され、残りは強制労働か、国民戦線軍の兵力に組み入れられた。北部戦線の消滅により国民戦線は兵力を南に展開できるようになり、最終的にはバルセロナ陥落によって内戦が終結した。

P173

＊本日の生肉　リヒャルトはコンドル兵団の一員だったと見られるが、ユンガー自身は当時民間人で内戦に参加していない。ただ高校で家出してフランスの外人部隊に身を投じ、訓練中に脱走してモロッコを旅したこともあるだけに、一九三〇年代後半にモロッコ再訪の旅をしている。『大理石の断崖の上で』でもモロッコの古名であるマウレタニア（現在のモーリタニアはモロッコの西南の大西洋岸にあり、同じベルベル人の国であることから古名を踏襲）が出てくるから、息苦しい欧州大陸を逃れられる地中海の対岸「アフリカ」への思い入れは強かった。

第一次大戦前の帝政ドイツは、海外進出の出遅れを取り戻そうと、英仏など列強の植民地に割り込もうとして、ジブラルタル海峡の対岸モロッコにもたびたび干渉していた。一九〇五年に皇帝ヴィルヘルム二世自らタンジールを訪れて国際緊張を招いた第一次モロッコ事件、一一年にアガディールに砲艦を派遣した第二次モロッコ事件である。フランコ将軍とともにモロッコに駐屯していた外人部隊「アフリカ軍団」の本土移送を支援したドイツの「魔の炎作戦」は、新たな干渉だったと言える。ユンガーはこの作戦に関わった将兵から後日、酸鼻を極めたスペインの現実を聞き、カロ『戦争の惨禍』の第十一画「絞首刑」をイメージしたのだろうか。

『時代の壁ぎわ』では、「どんな大量虐殺もかならずそれに先立って教会攻撃が行われるだろう」と書いているが、スペイン内戦初期の三六年夏に起きた聖職者への「赤色テロ」の実態は、アントニー・ビーヴァー『スペイン内戦』第八章を参照。『赤』が聖職者を殺して修道院の地下納体堂のミイラを暴いた。あのラ・パシオナリアと通称されるドロレス・イバルリが司祭の喉を噛み切ったという噂さえ流れた」という。だが、国民戦線側が主張した聖職者二十万人虐殺は誇張で、後に七九三七人に修正された。セアラ・サンチェスの労作『事実と虚構　アストゥリアス革命（一九三四～三八年）の表現』でも、これを境に高踏なアヴァンギャルド文学が姿を消し、右派も左派も敵の蛮行を暴くプロパガンダとフェイクニュースばかりとなり、スペイン散文の分水嶺になった。

しかし本作は教会に対する「赤色テロ」だけで、鎮圧後の苛烈な「白色テロ」には言及していない。ジョージ・オーウェルの『カタロニア讃歌』など国際義勇旅団を美化したルポや手記、小説が戦後氾濫していたから、あえて口をつぐんだのだろうか。あるいは本作執筆時の一九五七年には東ドイツがソ連支配下にあり、五三年の東ベルリン暴動（六月十七日蜂起）や五六年のハンガリー動乱にソ連軍が出動、弾圧が続いていたことを考えると、「赤色テロ」への直接的言及を憚り、それを暗示する符牒としてアストゥリアスを使ったのではないか。

P174 **＊コシ・ファン・トゥッテ**　モーツァルトが一七九〇年に作曲したオペラ・ブッファ。正式な表題は Così fan tutte, ossia La scuola degli amanti（女はみんなそんなもの、または恋人たちの学校）。二組の男女がいて、絶対の愛などないと言われた男二人が、別人に変装して恋人の貞操を試す「とりかへばや」の筋立てである。tutte が女性形なので「女は」となるが、ユンガーはそれを承知でもじっている。

DON ALFONSO

L'amante che si trova alfin deluso　恋する者は、裏切られたと気づいたら
Non condanni l'altrui, ma il proprio errore;　相手を責めず、じぶんを責めろ
Già che giovani, vecchie, e belle e brutte,　若くても老いても、美人でもそうでなくとも
Ripetetel con me: «Così fan tutte!»　わしと一緒に繰り返せ、「女はみんなそんなもの！」

FERRANDO, GUGLIELMO E DON ALFONSO

Così fan tutte!　そんなもの！　（『コシ・ファン・トゥッテ』私訳）

P175 **＊たとえば……または**　ロロロ版では「たとえば」と「または」の前に改行がある。

P175 **＊フランス流に黙って立ち去る**　französisch verabschieden または französischen Abschied nehmen は、ドイツ語に残るフランス人蔑視の表現。フランス人は別れの挨拶もしない無礼な人間というステロタイプな認識が根っこにある。

＊フラウィウス・ヨセフス　紀元一世紀、属州ユダヤの反乱に蹶起したユダヤ人（本名ヨセフス・ベン・マタティア）の実録戦記。イエス刑死前後のユダヤの同時代史であり、キリスト教にとっても重要文献である。ヨセフスは祭司の家系で、パリサイ派に加わり、六六年にガラリアでローマ軍と戦って投降、ネロ帝の派遣した司令官ウェスパシアヌスが皇帝になると予言して生き残る（「ユダヤの地から世界を支配する者が現れる」との従来の予言を、ユダヤ人でなくウェスパシアヌスと解釈）。ウェスパシアヌスの子ティトゥスの幕僚となり、ローマ市民権と皇帝氏族のフラウィウスを名乗ることを許されたが、終生裏切り者と呼ばれた負い目から、弁明の書として『ユダヤ戦記』『ユダヤ古代誌』を書いた。『戦記』第六巻五章、『古代誌』十八巻にはイエスに関する記述があり、イエス実在の証明とされてきたが、現在は後世の加筆が疑われている。

P176 **＊山の砦**　死海西岸の南端近くにある天然の要衝マサダだろう。ヘロデ大王の宮殿だったが、死海周辺の

砂漠に屹立し、断崖絶壁に守られた遺跡が今も残る。紀元七〇年、ローマ軍の攻囲戦で陥落したエルサレムを逃れ、エレアザルに率いられたゼーロイタイ（熱心党）の九百六十七人がマサダに立て籠もった。一万五千人のローマ軍の包囲に屈せず、要塞内に蓄えた食糧と貯水槽で二年余持ちこたえた。ローマ軍は西から土手を築き、破城塔を押し進め、火を放つと、風向きが変わって砦内に延焼した。エレアザルは神の加護がないうえは、奴隷に身を落とすより集団自決するほかないと同胞に訴える。この演説はヨセフスの創作か、何らかの伝承があったのかは不明だが、敗兵ユンガーの胸に響いたろう。エレアザルはまず女子どもを殺させ、のち籤引きで十人が他の同胞を殺し、さらに籤引きで一人が他の九人を殺し、残る一人が自決する方法を選んだ（洞穴に隠れていた七人が生き残る）。ヨセフスがガラリアの抵抗戦で取った自決方法と同じで、n人を円形に並べて、k番目の人を殺して順次円を小さくしていくと、nとkが所与なら起点をどこにおけば何番目の人が生き残るかを「ヨセフスの問題」と呼ぶ。

＊テルトゥリアヌス　二世紀にカルタゴで生まれたキリスト教教父。法学と修辞学を学び、異端を糾弾する『護教論』などの著作を著して雄弁家で知られた。もっとも早く三位一体説を唱えた一人だが、晩年は異端モンタノス派に関わったため列聖されていない。

＊頽廃的なおチャラケ　「不合理ゆえに吾信ず」Credo quia absurdum は、テルトゥリアヌスの思想を要約した有名な箴言。スコラ哲学から新教旧教の論争にいたるまで信仰の本質に迫る至言とされ、埴谷雄高やフィリップ・K・ディックも魅了されたが、ユンガーは手放しではない。『時代の壁ぎわ』でこの句を引いて「わたしたちの最も深遠な言葉の、限界の言葉のひとつ」としながらも、「信仰心をもつ人々は、彼らの最も内奥のこの関心（信仰には功徳がある）を分かちもたない人々に深い嫌悪の情を抱く」とその不合理が異端への非寛容と異教徒虐殺を招くことを指摘した。「信仰に功徳はない」「無信仰に罪はない」と彼は言い切っている。

＊ティトゥス　父ウェスパシアヌス帝のあとを継いで西暦七九〜八一年に皇帝に登極。少年時代は帝位継承者だったブリンタニクス（第四代皇帝クラウディウスと三番目の妻メッサリナの子）と仲が良

かったが、ブリンタニクスが十四歳になる一日前、ネロによって毒殺された晩餐に同席、盛られた毒を少し口にして長い間伏せて九死に一生を得た。父に従いブリタニア、ユダヤと辺境を連戦、エルサレムを陥落させ、ユダヤの反乱を鎮圧する。ヘロデ朝の王アグリッパ一世の妹ベレニケを愛人とするが、ローマ市民から「クレオパトラの再来」と批判の声があがると、結婚を断念して独身を通し、フラウィウス朝第二代の皇帝になる。ヴェスビオ火山の噴火などに遭遇、のちに五賢帝から理想とされた善政を行うが、在位わずか二年で熱病死した(弟による暗殺説もある)。

＊何百万人となく剿滅させられる　絶滅収容所でユダヤ人を組織的に青酸ガス(ツィクロンB)で殺したナチスの暗示だろう。

P177

＊アルター・シュヴェーデ　Alter Schwede は「正直者」「親友」という意味で、スウェーデン料理のレストランだろう。現在もバルト海沿岸のヴィスマルやキールに同名の店がある。

＊カジノ台　『パリ日記』一九四三年八月二十三日付で、ユンガーはハノーファーのカジノを追憶して、「そこの壁にはワーテルロー以来の老将校たちの絵がかかっていて、世紀の変わり目の奇妙に肩のこらない砕けた雰囲気がみなぎっていた」と書いているからカジノ賭博の経験があったようだ。日記に出てくる「ハノーファー73」とは、彼が最初に入隊した第七十三軽歩兵連隊のことだろう。ハノーファーはかつてユンガーの祖父母の家があり、子どものころや若い士官時代に暮らした都市でもあるが、中央駅前には現在もカジノの Hannover Spielbank が建っている。近郊のキルヒホルストの牧師館には、第二次大戦中にユンガーの妻子が住み、彼は度々里帰りしていた。

＊四角い高額チップ　カジノのチップは一般に円形だが、高額の賭けを行うハイローラーテーブルでは、「ビスケット」と呼ばれる四角いチップも使われる。

P180

＊誰もいない　Niemand は、英語の nobody にあたる「誰も〜しない」という意味だが、否定詞は否定だけで何も説明しないという意味論の萌芽である。『オデュッセイア』第九歌で、キュクロープス一族のポリュペーモスに囚われ、部下が次々と食われていく窮地に立ったオデュッセウスが、名を名乗れと言

われて「ウーティス」（οὔτις　誰もいない）と答えた機知から来ている。「北の博士」ハーマンは、『ソクラテス追憶録』の献辞で、「この誰でもなきものとやら、彼は何処に」（エウリピデス『キュクロープス』）の一句を引用して、この処女作に一人も読者はいないだろうと想定して謙遜しているから、ユンガーもそれを踏まえたのだろう。

このほか、大鴉がNeverと鳴きつづけるE・A・ポーの詩も、ハイデガーが一九二九年のフライブルク大学教授就任講演『形而上学とは何であるか』で、「探求さるべきものは、ただ存在事物のみであって、その他の——何ものでもない（nichts）。即ちただただ存在事物であって、それ以外の——何ものでもなく、専ら存在事物であり、それを超え出る——何ものでもない」（大江精四郎訳）と語ったNichtsも、このウーティスの否定を踏まえている。

＊ダホメ王国のスルタン　アフリカのナイジェリアの西隣、ベナンにあったヨルバ人とアカン人の連合王国。十七世紀に建国され、原住民フォン人の奴隷狩りを行い、ポルトガルの奴隷商人に売って火器を買い繁栄した。ユンガーは「スルタン」と書いているが、ダホメ王はイスラーム教の君主ではない。オスマン帝国のスルタンのイメージを借りたのだろう。

一八一八年に即位したゲゾ王は、強敵オヨ王国を撃退したものの残虐さで知られ、四千人の女「アマゾン」兵を抱えていた。王の呪術崇拝が中心で人身御供も行なった。ハイチのブードゥー教の起源は、ゲゾ王に奴隷に売られたフォン人経由でカリブ海に呪術崇拝が伝わったもの。十九世紀末にはフランスが攻略、その植民地になった。

P182

＊伝説の画家ゼウクシス　Zeuxisは前四世紀、現イタリア南東部で生まれたギリシャ人画家。木の板またはフレスコに画いた絵が、明暗をつかった迫真の描写で世に知られたが、一点も現存していない。同時代の画家パラシオスと腕比べに挑み、ゼウクシスが葡萄の房を描いたところ小鳥が啄みに来た。パラシオスの絵を見ようとしたが、絵にカーテンがかかっていたので「のけてくれ」と言ったら、カーテン自体が絵だった。小鳥の目を欺いた自分より、人間の目を欺くほうが上だと負けを悟ったという。

同工異曲の説話は世界に数多い。『古今著聞集』には画僧成光の伝説があり「閑院の障子に鶏をかきたりけるを、實の鶏みて蹴けるとなん」とある。『雨月物語』の「夢応の鯉魚」は成光の師、興義にことよせた短編で、明末に馮夢竜が編纂した『醒世恒言』所載「薛録事魚服證仙」の翻案である。鯉を描くこと巧みで、その紙の鯉を湖に浮かべると泳ぎだしたという。

＊室内スクリーン　ユンガーがイメージしているオートマトンは、外部操作のアンドロイドだが、現在の技術水準でも映像化できるのはCG（コンピュータ・グラフィクス）である。一九五〇年代にはもちろんCGは実現しておらず、ユンガーがその代用にしたのはおそらく『白雪姫』（一九三七年）から『わんわん物語』（五五年）にいたる一連のディズニー長編アニメだろう。

弟のフリードリッヒ・ゲオルクが『技術の完成』で「映画に登場する人物もまた機械になることによって、デザイナーがことさら映画のためにキャラクターを描き、そのキャラクターが人間にとって替わる、つまり、人間ではなく、小さな自動機械を登場させる」と予見していた。先進的なアメリカで早くから導入され、人気を博していると書いたのもアニメだろう。

ここでの Raumschirm は、それゆえアニメを映せる室内スクリーンになるが、テレビ受像機を指すかどうかは微妙だ。日本と同じく敗戦の経済的混乱から立ち直ったばかりの五〇年代ドイツでは、カラーテレビはまだ夢の途上で、画素の粗いブラウン管の白黒テレビだけだった。米国でNBCがカラーの本格放送を始めたのは五四年一月、日本は六〇年九月からである。

P183 **＊内容も意味も重なりあってしまう**　一九二九年四月十八日から五月五日にかけてユンガーは妻グレータと弟フリードリッヒ・ゲオルク、哲学者フーゴー・フィッシャーの四人でシチリアの山歩きを楽しんだ。荒涼とした絶壁の続くモント・ガロで彼は「何が外にあって何が内にあるのか、何が実景で何が妄想なのか、その境界が曖昧に」なる体験をした。一種の tat tvam asi（汝はそれなり）体験である。「あれか／これかが、あれも／これもに変じたのではない。否、魔術が現実めいているように、現実も魔術めいていた」（「月の男に宛てたシチリアからの手紙」）。この「本覚」体験はまた、前八〜七世紀のウパニシャッド哲学の梵我一如とほとんど変わらない。

井筒俊彦によれば「『汝』とは個我、すなわち個的人間の主体性の中心軸、いわゆるアートマンのことであり、『それ』とは全存在世界の根源的リアリティ、万有の形而上学的最高原理、いわゆるブラフマンのこと。要するに、『汝はそれなり』とは、アートマンとブラフマンの一致、すなわち、個的人間の主体性は、その存在の極処において、全宇宙の究極的根拠である絶対者、ブラフマン、と完全に一致するということを意味する」（『意識と本質』）だという。

P184 ＊**奇想**　ユンガーも『時代の壁ぎわ』で「汝はそれなり」Du bist Das を二度引用しているが、これはむしろ唯物論の極北、物質の深奥の根拠に達して隣人と同一化することを指している。

一九三四年に初版を出し、それを大幅に書き換えた第二版を三八年に出版したユンガーのアフォリズム集『冒険心』の副題は、「形象と奇想」Figuren und Capricios である。この「カプリッチオ」は、画家フランシスコ・デ・ゴヤの版画集『奇想』Los Cpriccios から。

＊**破壊されたエルサレム神殿に入城する**　『ユダヤ戦記』第六巻九章に描かれている。ティトゥスは難攻不落と言われた神殿の塔の堅固さに驚き、陥落は人間業ではないと見た。「われわれは神とともに戦った。神こそがユダヤ人たちをこれらの要塞から引きずり降ろしたのだ。人間の手や装置でこれらの塔に立ち向かえるだろうか」と語ったという。それゆえ塔（ファエスロス、ヒッピコス、マリアムメの塔）だけは残して、城壁を徹底的に破壊した。その残骸が「嘆きの壁」で、神殿跡はイスラームの「岩のドーム」となり、現在まで再建されていない。

『パリ日記』一九四三年六月四日付でユンガーは、ワルシャワ暴動でユダヤ人が壊滅したと伝え聞いてエルサレム陥落を連想し「彼らはここで初めてローマ皇帝ティトゥスに対するように、あるいは十字軍の遠征のときの迫害のときのように戦った」と書いている。多くのユダヤ人が無抵抗で殺されるなかでワルシャワ暴動は数少ない蜂起となり、勇敢に戦ったユダヤ人の多くは東ガリツィア出身だった。

P185 ＊**束桿と儀鉞**　Rute und Beil とドイツ語で書いているが、これはエトルリアの王政からもたらされた古代ローマの権威の象徴ファスケス（fasces）とラブリス（labrys）のこと。斧の周囲に多数の棒を配し、皮の紐で束ねたもので、独裁官、執政官、法務官らの周囲にこれを捧げ持つリクトル（先導警吏）を配し、共和政下で王の権限に由来するインペリウムの印とした。

イタリアのファシズムはファスケスが語源で、ムソリーニはファシスト党のシンボルとした。ユンガーも意識してラテン語を使っていない。しかし米議会や連邦裁判所の紋章、リンカーン記念堂の椅子のデザインにも使われており、一般には共和政の象徴である。

＊先導警吏　古代ローマにおいて今日のシークレットサービスのように、インペリウムを持つ要人の警護を担った屈強な下僚のこと。「多くは平民で、特に騎士階級の人。労務的職種には奴隷を用いた」とリーウィウス『ローマ建国史』の訳注にある。常にファスケスを捧げ持ってどこにでもついていくが、武器の携帯が禁じられているローマ中心部のポメリウムではファスケスの斧を外す。独裁官で二十四人、執政官で十二人のリクトルがついていた。

P187

＊模像　ユンガーは eine Art Vision という言葉を使っているが、光が消えた後もその光が見える「残像」Nachbild と同じ。一応「模像」と訳し分けた。時間分解能以下の短い光の点滅が連続点灯しているように見える「時間残像」と、一方向に運動しているものを凝視して、それが急停止すると逆方向に見える「運動残像」があるが、ここでは対象を長時間見つめたあとに対象を消すとその補色の像が残る「補色残像」を指すことがすぐ後で判明する。

＊聴け　Höre の一語は、ルター訳のドイツ語聖書「詩編」第六十四篇の「聖歌隊の指揮者によってうたわせたダヴィデの歌」の冒頭からの引用と思える。

Höre, Gott, meine Stimme in meiner Klage; behüte mein Leben vor dem grausamen Feinde.
（聴け、神よ、わたしが歎き訴えるとき、わが声を聴け。敵の恐れからわが命を守れ）
Verbirg mich vor der Versammlung der Bösen, vor dem Haufen der Übeltäter,
（わたしを隠して、悪を行う者の密謀から免れさせ、不義を行う者の謀略から免れさせせよ）

ハイデガーはたぶんこれを受けて『存在と時間』で「聞くことは話すことにとって構成である」（第一編第五章第三四節　細谷貞雄訳）と述べ、「現存在は共同現存在と自己自身とに『聴従的』（hörig）に存在しており、この聴従性において連帯的（zugehörig）」だとしている。

ユンガーも『労働者』第一章で「服従（Gehorsam）、それは聴く（hören）術であり、そして秩序とは言葉を聴く用意、稲妻のごとく頂上から根元へと発せられる命令を受け取る用意である」と書いた。皮肉にも一九六一年、エルサレムで始まった親衛隊のユダヤ人移送局長官アドルフ・アイヒマンの裁判で、この「聴く」＝「服従」は繰り返された。

被告アイヒマンは「これまで私は、いつも服従（Gehorsam）を旨として生きてきました。〔中略〕親衛隊の一員となってから絶対的服従、無条件の服従に変わりました」（J・フォン・ラング編『アイヒマン調書』小俣和一郎訳）と陳述した。さらに自己愛を根本悪とみなすカントの『実践理性批判』をもほぼ正確に引用し、「私の意志の格律は常に普遍的な法の格律となり得るようなものでなければならない」と述べて、傍聴していたハンナ・アーレントを愕然とさせている。

なお、ロロロ版ではhöreはイタリック体で考想化声を思わせるが、全集版は正体にしている。

＊門をくぐって黄泉の国に入っていく　ダンテ『神曲』地獄篇第三歌参照。ダンテは以下の碑を掲げた地獄の門をくぐる。

Per me si va ne la città dolente,　　我を過ぐれば憂ひの都あり
per me si va ne l'etterno dolore,　　我を過ぐれば永遠の苦患あり
per me si va tra la perduta gente.　　我を過ぐれば滅亡の民あり

そのあと、さらにこう続く。「義は尊きわが造り主を動かし、聖なる威力、比類なき智慧、第一の愛我を造れり。永遠の物のほか物として我よりさきに造られしはなし。しかしてわれ永遠に立つ、汝等こに入るもの一切の望みを捨てよ」（山川丙三郎訳）

P189 **＊わがデーモン**　古代ギリシャのダイモーンは神ではないが、善霊でも悪霊でもありうる霊的な存在。プ

ラトン『ソクラテスの弁明』でソクラテスが言った「自分にはダイモニオンというものがあり、間違いを犯さないよう声としてしばしば警告してくれたが、何をすべきかを教えてくれることはなかった」というくだりが下敷きである。「北の博士」ハーマンが、ソクラテスとキリストを重ねて自らの回心を語った『ソクラテス追憶録』をなぞっている。

＊万人が万人を監視し　スターリン体制下のソ連の秘密警察国家と、ナチスのゲシュタポ国家が双壁だったことをユンガーも知っていたはずで、それを婉曲に表現している。戦後も東ドイツが一九五〇年に創設したシュタージ〈国家保安省〉によって、万人が万人を監視する体制がつくりあげられたことは、ベルリンの壁崩壊後に白日の下にさらされた。

P194 **＊慣用句が言うように**　die Nerven verlieren は「平静を失う」という意味の慣用句。

＊大衆社会の分からず屋どもの典型　一八一一～一七年に英国中・北部で起きた反産業革命の機械破壊運動の先鋒、ラッダイトの連想だろう。機械の導入で職を失った織工らが工場に乱入、織機などを破壊してまわったもので、詩人バイロンがラッダイトに科す厳罰法に反対、ラッダイトを讃える詩を書いた。労働運動の起源にもなったが、生産手段の破壊は意味がないとマルクスらには批判された。

P195 **＊耳をびくびく動かす機能**　哺乳類の動物が耳介（耳殻）を自在に動かせるのは、外敵を素早く察知する防衛機能が必要だからで、浅頭部の耳介筋が発達している。これに対して人類は耳介筋が退化し、前耳介筋、上耳介筋、後耳介筋の三つしかなく、訓練しても動物のように旋回させたりはできない。ただ美容整形で老け顔のフェイスリフトをする場合に前耳介筋を切るなど、表情には大きく影響する。

P197 **＊僕の星占い**　ユンガーは本作に続く一九五八年、当時流行していた占星術について「計測可能な時間と運命の時間　占星術をめぐる素人談義」（今村孝訳『時代の壁ぎわ』所収）を書いた。ホロスコープの星位は、誕生の瞬間と場所における世界時計の局面によって決定される。これは「人間存在が、人間存在の意志にも、もっと巨大な人種や大陸にさえも無関係なある運行に、世界へのその出現の場所と時刻によってのみ関係づけられる」ことだとしている。人間の活動が意味を獲得するには、ある補完が付加されねばならず、占いとはその付加なのだという。占星術は他在性の一種であり、機械的決定論に対する「付加」「補完」とユンガーは見ている。

＊天秤座　秋分を境に太陽は白羊宮から天秤宮に入る。このためホロスコープでいう天秤座は九月二十二日から十月二十一日の間に生まれた人で、性格は天秤の形状から「調和を大事にし、衝突や矛盾のない関係を望む。争いを好まず、感情を表情や態度に出さず、行きあたりばったりでなく、計画を立てて行動に移す。調和を重視しすぎるため、優柔不断な性格」とされている。

＊ブラックリスト　ロロロ版ではauf der schwarzen Listeだが、全集版では「ブラック」を大文字にしてauf der Schwarzen Listeとなっている。

P198
＊法廷　vor den Kadiは「判事の前で」という意味の慣用句。このカーディーはイスラーム法に基づいて判決を下す判事のことだが、欧州ではとくにオスマン・トルコの地方判事を指す。課税から婚姻まで広範な権限を有し、イスラーム教徒の生活全般を指南した。

P199
＊ハッピーエンド　ドイツ語ではgutes Endeだが、ユンガーは次の文章でhappy endと英語で言い換える。むろん、ユンガー自身もこのハッピーエンドがとってつけたようなものであり、この物語には結末がないことを承知していたろう。数学者デーデキントの「切断」のように、ドローンは現在がオープンエンドになっている。彼はそれを像と鏡像のように併存させる。

＊瞬間が永遠と結婚する　アルチュール・ランボー『地獄の季節』「錯乱Ⅱ　言葉の錬金術」参照。

Elle est retrouvée !　　また見附かつた、
Quoi ? — l'Éternité.　　何が、永遠が、
C' est la mer mêlée　　海と溶け合ふ
Au soleil　　太陽が。
（小林秀雄訳）

ユンガーがランボーを精読していたことは、一九三四年の『葉と石』に収められた「母音頌」でも明らかである。「錯乱Ⅱ」の「俺は母音の色を発明した。——Aは黒、Eは白、Iは赤、Oは青、Uは緑」

を変奏し、「Aにおいて力を、Oにおいて光を、Eでは精気を、Iは血肉を、Uにおいては母なる大地を、よびだす」（『言葉の秘密』）とドイツ版に仕立てている。晩年の日記シリーズ『漂泊の七十年』Vでも、もっとも影響を受けた先人として、詩人ランボー、思想家ショーペンハウアー、博士ハーマンの三人を挙げている。

P202 **＊エピローグ**　一九五七年に出版した初版にエピローグはなく、24章で終わる。エピローグの語り手の「私」はあきらかに、本文の語り手のリヒャルトではなく、その講義を聴講した未来の歴史家の卵とおぼしい。彼が聴いた講義の中身が本文であり、いわば講義録の体裁にして後書きを付すというメタ構造になっている。ドローンによる世界支配がどうなったのかは黙して語らない。生き残ったリヒャルトがドローンの完成まで目撃し、その生き証人として語部をつとめていることを、読者は知るのみである。この物語の構造は、ジョゼフ・コンラッドの『闇の奥』に似ていて、マーロウは密林の奥から帰還するが、そこで神のように崇められる存在となったクルツは、「地獄だ、地獄だ」と言い残して息絶える。

この「私」はまた、一九七七年の『オイメスヴィル』の語り手で、架空の独裁国家を生き延びるマルティン（マヌエル）を予告する人物でもある。大学に通って歴史を学びながら、夜はインターネットを思わせるアーカイブス「ルミナール」で密かに過去を渉猟する孤独な「アナルク」だが、独裁者「コンドル」に仕えるバーのウエイターでもある。その構想は『ガラスの蜂』を改版した一九六〇年当時すでに脳裏に宿していたのだろうか。

『オイメスヴィル』にもエピローグがあり、マルティンやコンドルはすでに世になく新しい専制に変わっていて、ジャンバティスタ・ヴィーコの『新しい学』のように歴史は反復し、マトリョーシカ人形でしかないことが示される。十九世紀に歴史家ジュール・ミシュレーに再発見されたヴィーコは、二十世紀に入ってもジェームズ・ジョイスを魅了し、『フィネガンズ・ウェイク』の骨格に使われたが、ユンガーもその列に連なった。

＊修道院の廃墟　古い修道院を改装したツァッパローニの私邸跡でこの歴史セミナーが行なわれていると

読める。とすると、ツァッパローニはもう生きていないのだろうか。ユンガーの弟フリードリッヒ・ゲオルクの『技術の完成』には「技術とは、さながら巨大な修道院のようなものである。その修道院にある労働のための無数の独居房には、男たちが住んでいる。確かにそれは、天に仕える聖職者たちの修道会ではない。彼らは貞潔によって結ばれているわけではない。しかしそれでも、真の科学者の情熱の中に、何かしら修道士的なもの、禁欲的なもの、子を宿さない肉体のようなものがあることは、見紛いようもない」とある。

P203 **＊第十二講**　ロロロ版ではこのあと改行なしで「騎兵隊長リヒャルト」と続く。

P204 **＊車輪**　サンスクリットでいうchakra（輪）だろう。戦車が進んで敵を踏み砕くことに譬え、転輪聖王チャクラヴァルティンの武器とされて、インドの国旗もこの法輪をデザインした。仏教では、釈尊が説法して人々の迷いを砕いたことを意味し、鹿野苑の最初の教えを初転法輪という。ショーペンハウアー経由でチャクラを知ったらしいユンガーは「計測可能な時間と運命の時間」で、ホロスコープを世界時計の模像とみて、「ひとつの新たな小さなクルマが、途方もなく巨大なクルマの循環のまっただなかで、前もって規定された歩みを始める」と書いている。

他方、ヨーガの源であるタントラでは、粗大身と微細身からなる身体を、脈管（ナーディ）と輪（チャクラ）の精妙なバランスを保つ小宇宙とみなしており、チャクラは微細身を縦に貫く中央脈管に沿って細かい脈管が円形に絡まった叢とされている。六輪一輪説は、英国のジョン・ウッドロフが一九一九年に書いた『蛇の力』で紹介され、ユンガーも読んだのかもしれない。

＊宰相オクセンシェルナ　一五八三年生まれでスウェーデン・ヴァーサ朝の伯爵アクセル・オクセンシェルナ（スウェーデン語の発音はオクセンファーナ）。血気盛んな「獅子王」グスタフ二世アドルフに常に冷静に仕え、内政では官僚制度を整備した名宰相で、三十年戦争ではルター派に加担して王とともに参戦した。一六三二年にリュッツェンでヴァレンシュタイン率いる神聖ローマ帝国軍と会戦、王は戦死するが、激戦を勝利に導く。王の娘、六歳のクリスティーナを女王に就任させ、摂政団の中心として輔

佐した。女王は長じてカソリックとの宥和路線をとったため、オクセンシェルナは遠ざけられた。デカルトやグロティウスのパトロンになったのがこの「バロックの女王」クリスティーナであり、「理性の卑小な尺度」とはカソリックに改宗した彼女の普遍主義をワイマール共和国の理想と同一視しているのか。蔑ろにされた先王の功臣オクセンシェルナの立場は、第二帝政のプロイセン軍人の無念に通じる。

P205 ＊古時計　ユンガーは本作に先立つ一九五四年に砂時計の薀蓄を傾けた『砂時計の書』を出版している。機械時計以前の「時」を語りながら、ストラスブールの大聖堂の時計の驚異的な仕掛け、memento mori（死を想え）について語っている。「一時間ごとに死神を出現させ、死神に一片の骨で鐘を打たせ、砂時計を反転させる」（今村孝訳）が、昼間は死神のほかに人生の四段階を示す人形も現れ、死神は老人の肩に乗っていて、夜は死神しか現れないという。

＊後の祭り　post festum とは「祭りの後」を意味するラテン語の慣用句。木村敏『自己・あいだ・時間』に収録された「分裂病の時間論」（一九七六年）を参照。「要するにメランコリー者の体験は、それが自責の形をとるか妄想の形をとるかを問わず、もはや手遅れで回復不能な『あとのまつり』という性格を帯びた基礎的事態の表現と見ることができる。私はこの基礎的事態を、ラテン語の post festum（祭りのあと＝『あとのまつり』、『手遅れ』、『事後の』）を用いて言い表しておこうと思う」。分裂病（統合失調症）に対して木村は、自由と革命を求める「前夜祭的」意識――アンテ・フェストゥム的・未来先取的な時間構造があると対置している。

＊邪魔　さりげなく Widerstand（抵抗）という言葉を使っているが、ユンガーが命懸けで守ろうとした盟友ニーキッシュが一九二六年に社会民主党から除名された後、創刊した機関誌のタイトルである。当時、ロシア計画経済研究協会（ＡＲＰＬＡＮ）に、ユンガーやジェルジ・ルカーチ、カール・ウィットフォーゲルやヒールシャーとともに参加している。ニーキッシュはユンガーの『労働者』を民族ボルシェヴィズムの青写真としたが、三七年にゲシュタポに逮捕されて投獄され、ユンガーの『パリ日記』には親友（仮名「ツェラーリス」）の身を案ずる記述が頻出する。獄中八年、終戦の四五年に赤軍によっ

て解放されたが、すでに失明していた。戦後は東ドイツの社会主義統一党（共産党）に入党、フンボルト大学の社会学教授となったが、五三年の東ベルリン暴動がソ連軍に鎮圧されると公務を辞任、六三年に西ドイツへ亡命して四年後に死んだ。

＊笊貝　Herzmuschel は直訳すれば「心臓の貝」。二枚貝だが、心臓のように丸みを帯びた貝殻の表面に、蝶番から放射肋と呼ばれる溝が広がっているのが特徴で、「扇貝」と呼ばれるシャコ貝や鳥貝もその仲間である。キリスト教の教会では、聖盤に扇貝の形を用いている。

＊壮麗なバビロンの大都　ヨハネ黙示録第十八章のバビロンは、ユダヤ王国を滅ぼしたローマへの呪詛である。「大いなるバビロンは倒れたり、倒れたり、かつ悪魔の住家、もろもろの穢れたる霊の檻、もろもろの穢れたる憎むべき鳥の檻となれり。もろもろの国人は、その淫行の憤恚の葡萄酒を飲み、地の王たちは彼と淫を行い、地の商人らは彼の奢の勢力によりて富みたればなり」

ただ、この蜉蝣や笊貝との比較は、マタイ伝第六章の「野百合はいかにして育つかを思へ、労せず、紡がざるなり。されど我汝らに告ぐ。栄華をきはめたるソロモンだに、この服装この花の一つにも如かざりき」の一節を反映したと思われる。

P 206

＊すべてと無関係　ユンガーは『時代の壁ぎわ』で、精神の自由と、体制に順応する自発性は無関係だと主張している。「この自主性は、なんら活動的・革命的・世界改良的なところをもたず、そしてまた精神的礼譲（der geisige Anstand）と呼ばれうるにもかかわらず、道徳となんの関係もない」（同書120）、「自発性は精神の自由とはなんの関係もなく、あるいは間接的にしか関係がなく、むしろ自発性には精神的関与の譲与が先立っている」（同121）。

＊煉獄　Fegfeuer は「浄めの炎」という意味で、カソリックの教義では天国と地獄の中間の地帯で、死者の霊が浄められる。ラテン語ではPurgatorium という。ダンテが『神曲』第二部で「煉獄」を監督する霊に小カトーをあてたのは、私淑する師ウェルギリウスが『アエネイス』第八巻でその立法を高く評価したからだ。「煉獄編」第一歌で小カトーにダンテは「顔を拭い、腰に藺草《いぐさ》を巻け」と命じられるが、

蘭草は浄罪行の要が謙仰であることを示す。

＊耳に心地よい仮説　プラトンのイデアのような仮説を指すのだろう。ニヒリズムの毒をたっぷり吸ったハイデガーの第二の主著『哲学への寄与』Ⅶ「最後の神」参照。「最後の神が本質活動するのは、目配せにおいてである。その目配せとは、かつて本質活動していた神々およびその覆蔵された変容態の、到来そしてまた逃亡の、襲来および未出現のことである」（４０９）。人知の及ばぬ「最後の神」へと、神を語らなかったハイデガーも回帰しているかに見える。

他方、レオ・シュトラウスは、ユダヤ系ゆえにドイツを逃れ英国を経て米国に亡命、一九四九年に『自然権と歴史』を書いた。彼はハイデガーと逆方向から「人間のうちには彼が属する社会に完全には隷属してしまうことのない何かがある」とイデアを復活させた。自然権の根拠は快楽主義や功利主義の計算にあるのではなく、人間が社会を営む自然的同族関係を深化させてきたものだからだという。愛、情愛、友情、憐みはこの人間の自然的社会性そのものであって、「現代における自然権の否定は、ニヒリズムに至る。否むしろそれはニヒリズムと同じである」と世紀前半のドイツの失敗をイデアの喪失＝ニヒリズムにあると考え、戦後の米国に警鐘を鳴らした。

＊実体の歴史　一九三〇年代半ば、フライブルク大学の学長を辞したハイデガーが三六年から『哲学への寄与』を執筆し始めたのは、『存在と時間』第三部の挫折を踏まえ、「存在棄却」（Seinsverlassenheit）から「存在の歴史」（Geschichte des Seyns）を組み立て直そうとしたからだ。ユンガーの「実体の歴史」（Geschichte in der Substanz）はこれによく似ている。

ただ、ハイデガーの『寄与』が公刊されたのは没後十三年の一九八九年であり、本作執筆時点のユンガーの目には触れていない。とはいえ、二人は四九年から断続的に書簡や面談などで意見を交換しており、ユンガーはハイデガーの思想をよく理解する友人の一人だった（Ernst Jünger u. Martin Heidegger Briefwechsel 1949-1975 参照）。

P207

＊驚くべき転換点　転換点が何だったのかは、リヒャルトのみならず、エピローグでも語られない。軍馬

と騎兵のように、ツァッパローニとガラスの蜂も「黄粱《こうりよう》一炊の夢」だったのだろうか。リヒャルトは前者の滅亡は理解できても、後者の滅亡は消化できなかったという意味だとすれば、彼の凶星はツァッパローニ・ヴェルケに入っても変わらなかったことになる。

　ユンガーは「計量可能な時間と運命の時間」で、暗黒の塔に幽閉され、その壁に沿って這い進む人類にこう語りかけている。「そしてわたしたちの内部には、ある別のものの、無限に大きな予感が、たえず、息を引き取る瞬間まで、少しも損なわれることなく生きつづけることだろう。たとえ二度と太陽を見なかったとしても、二度とその名を聞かなかったとしても、わたしたちを救済し満足させる光の洪水の予感が生きつづけることだろう」と。

〈訳者解説〉

ドローンはSeyn《ザイン》（存在）の羽音を鳴らす

阿部重夫

丸谷才一が『後鳥羽院　第二版』で保田與重郎を評して「ドイツものの悪訳を思はせるまつたく手に負へない個性的な悪文」と悪態をついていた。内心ドキリとしたのは、この「悪文」が、ほとんど「気障のかぎりともいふべきしかも扇情的なる美文」と杉浦明平のように言いかえてもよかったからである。いや、竹下登の盟友だった福本邦雄に、生前こう言われたこともあった。

「あんたの文章は與重郎だな。いまどき珍しい」

からかわれたのか、褒められたのか。彼の父は戦前共産党の指導者で、治安維持法で逮捕されて獄中十四年、おそらく日本浪曼派を終生の敵としていた福本和夫である。少年時代に「アカの子」「イズムの子」として爪弾きされた〝国賊〟の息子の、これは恐ろしい寸鉄の言だった。なんだ、とうに見抜かれているのか、と思った。

亡母の兄の形見の本棚に『戴冠詩人の御一人者』をみつけて以来、あの悪文をどうやったら書けるのか、密かに歯軋りしていた。「ルツインデの反抗と僕のなかの群衆」「清らかな詩人――ヘルデルリーン覚え書」から「ヱルテルは何故死んだか」までの絲がどこでぷつんと切れて、なぜ昭和十九年に筆を折ったか。彼の作品をたどっても、「個性的な悪文」がどんな熱病の所産で、何を代償としていたのかが、しかと摑めなかった。

しかし『政治的ロマン主義』や『政治神学』の法哲学者カール・シュミットと、本書の作者エルンスト・ユンガーが交わした『往復書簡　一九三〇〜一九八三年』を読むうちに、やっと「ドイツものの悪訳」の正体がおぼろげながら見えてきた。第一次大戦に志願兵として従軍、七度も重傷を負って生還し、若くしてプロイセン最高の勲章「プール・ル・メリット」（青い十字章）を受賞した不屈のユンガーにも、凄惨な戦記の傑作『鋼鉄の嵐』があり、ナチス擡頭の予言書『労働者』がある。戦車や毒ガス、塹壕で死屍累々の戦場と、戦後に行き場を失い、ハイパーインフレで失業と頽廃に沈む都会がそこにあった。

数ある中でもとりわけてドイツ人の特徴と目されている属性、すなわち秩序は、もしひとがそれのうちに自由の鋼鉄のごとき映像を見て採ることができないとすれば、あまりにも矮小に評価されてしまうことになる。服従（Gehorsam）、それは聴く（gehören）術であり、そして秩序とは言葉を聴く用意、稲妻のごとく頂上から根元へと発せられる命令を受け取る用意である。誰もが、そしてあらゆるものが封土秩序の中にあり、指導者が本物と認められるのは、彼が第一の下僕、第一の兵士、第一の労働者であることによってである。それゆえ自由も秩序も社会とではなく、国家と関係づけられるのであり、あらゆる編制の模範は軍隊編制であって、社会契約ではない。

したがって我々の強さの最高状態が達成されるのは、指導と服従についていささかの疑いも存在しないときである。

認識されるべきことは、支配と奉仕が同一であるということ、これである。

（エルンスト・ユンガー『労働者　支配と形態』川合全弘訳）

アフォリズムの連打だが、これは苦痛と憤怒に身をよじる「倒語」なのだ。マルティン・ハイデガーの『存在と時間』のねじれきった文体も根はおなじだろう。このイロニーとリアリズムの雷撃を和文脈に直せば、おのずと文意は歪み、文法は破格となり、語彙は錯綜する。福本和夫にしても帰朝してから、よく似た意味も脈絡も不明な「悪訳体」で一世を風靡した。「こいつを読まないと、没落の過・程・を過・程・するんだってよ！」。小林多喜二も林房雄もこの生硬な衒学とニヒリズムに魅せられたのだ。右も左も党派がどうであれ、国がどこであれ、ロマンティカーのデラシネはほとんど見分けがつかない。この時期の與重郎もヘーゲルの奇怪なハイブリッドである。

「ことだま」は神の――絶対意志――歴史的必然的顕現の信仰である。こと――歴史的進展――に対し人間意志を宣言することあげは神道にのる場合以外に許されない。之ののることは又のりともいわれ、歴史的必然の中に身をゆだねることである。確かにことばは恐れられた、ことは神の顕現であつて、神の必然に容喙したり、宣言したりすることは宗教的に許されない。この神の現身《うつそみ》のあらはれは天皇であり、いきほひ「ことだま」の崇尊は、古代人に一般な天皇の宣命に対する絶対的服従であった。

（保田與重郎『好去好来』に於ける言霊についての考察」）

が、だれしもそこに長居はできない。富士谷御杖の「倒語」をドイツの「イロニー」に転用した與重郎は、病身のまま一九四五年三月に応召し、一度も戦うことなく石門の陸軍病院で終戦を迎え、戦後に鎮魂歌「みやらびあはれ」を書いた。戦前の魔的かつ咒《じゅ》的だった「悪訳体」は狐が落ちたように影をひそめ、郷里に帰農し晴耕雨読の「祈り」の生活に入ったかに見える。

與重郎に故郷桜井があったように、ユンガーにも「森」があった。ドイツの鬱蒼とした深い森へ、彼もベルリンを捨てて帰っていった。

ただし時期が異なる。ユンガーの隠棲は早くも一九三三年十二月、ナチスが全権委任法を成立させ、憲法を凌ぐ独裁を確立した時期に始まっている。彼の「戦後」は一九一八年が起点だった。日記には夢の記述が数多くまじり、死者と戦場の夢に魘されていたことは想像に難くない。「敗亡の無念」を終生手放せなかったとしても、彼はそこで屈曲する鞍点《あんてん》を迎えたのだ。

二人には、ante festum（祭の前）と post festum（祭の後）の差があった。

＊

一九二〇年代後半、彼は疲弊したワイマール共和国のもとで簇生《そうせい》した保守革命運動に身を投じ、「シュタンダルテ（戦旗）」「ノイエ・シュタンダルテ（新戦旗）」「アルミニウス」などの機関誌に次々と寄稿、元兵士の「鉄兜団」や新国家主義の指導者たち――エルンスト・ニーキシュやエルンスト・フォン・ザーロモン、フリードリッヒ・ヒルシャーらと交わった。ナチスの機関紙「フェルキッシャー・ベオーバハター」にも寄稿したし、彼の献本にアドルフ・ヒトラーは秘書を介して謝辞を返した。

ユンガーはまたヨーゼフ・ゲッベルスとも何度か対面したが、この小説家崩れの未来の宣伝相に違和を覚えて、頑として入党の誘いに応じない。ミュンヘン一揆の失敗を、左翼の裏切りに帰した後講釈に対し、「裏切りなどというものは、戦争末期の〝短剣の一刺し〟と同様、本来の原因ではない。本質的な原因は、ナチズムが自らの任務の独自性をまだ十分把握しておらず、それゆえ全く異なる内面的構造を持つ盟友の可能性についてまだ決断することができなかった、という点にある」（「ナショナリズムとナチズム」一九二七年）と一蹴している。ここでいう盟友とは、彼独自の「労働者《アルバイター》」――労働の場を戦場と化し、組織化されない鬱勃たるパトスを統一する共同幻想として仮構されたものだった。おそらくショーペンハウアーやニーチェの「意志」が源だろう。それを與重郎は別のことば、神の現身のあらわれである「天皇」と呼んだとも言える。だが、ナチスの国家社会主義にユンガーは復員兵の「魔的ゼロ地点」（『冒険心』初版）とは似て非なるものを感じ、ルサンチマンを裏返した権力志向の仮面にすぎないと見破ったのだ。

我々は断じて市民でなく、戦争と内戦の息子である。これら全て、空虚の中を回転する回り灯籠のごときこの芝居が一掃されるとき、そのとき初めて、まだ我々の内心に秘められている、自然、根源的なもの、真の野生、原言語、血と精子とによる本物の生殖の能力が成長しうるようになろう。そのとき初めて、新しい形式の可能性が与えられよう。

（「『ナショナリズム』とナショナリズム」川合全弘訳）

ユンガーが肩入れしたのは、シュレスヴィヒ＝ホルスタイン州など北部ドイツで起きた「ラントフォルク運動」（Landvolkbewegung）だった。一九二八年から農業危機に見舞われ、西海岸では破綻した農場の強制売買が相次いで、農家が納税を拒否、競売禁止などを訴えて直接行動を起こしていた。それを支援した急進ナショナリストが二九年に政府の建物に時限爆弾を仕掛け、ザーロモン兄弟らが逮捕された。都市部の困窮層を支持基盤としていたナチスはこれに迷惑顔で、過激化した農村運動と距離を置いたが、その冷淡さをユンガーは「市民的《ビュルガーリヒ》」と指弾している。

ただ、ラントフォルク運動には統一した組織体がなく、緩やかな農村版サンディカリズムだったため、急進派が暴走すると落伍者が出て運動は分解しはじめた。日本でも農村出身で皇道派の青年将校が焦燥感に駆られ、五・一五や二・二六で暴発、統制派に蹴散らされた。ユンガーはしかし、橘孝三郎や北一輝のような神輿《みこし》には乗らず離脱していく。

ナチスはチャンスと見て、三〇年に利子引き下げや肥料・電気代値下げで農業の利潤を再確保し、保護貿易や仲介手数料下げなどを公約する包括的な農業綱領を掲げた。農民同盟を組織し、指導部のいないラントフォルク運動を吸収していったのだ。

おそらくこれは、ユンガーが夢見た「魔的ゼロ地点」に根ざす生の「新しい形式」ではなかった。そのもどかしさが本書の軽騎兵の同僚ローレンツや教官のヴィットグレーヴェに反映されている。その屈託をユンガーは後年こう書いた。

一九三三年の冬、ベルリンは住みにくいところとなった。と書いても、荒っぽい変化が起こったというのではなく、むしろ心の中の晴雨計の指針が下がって、あたりの雰囲気が不穏に感じられたのである。どこかへ引っ越したいという気になっていた。これは統計上の法則にもかなっている。宣伝されている新時代に対する個人的な関与である。

大分前から、梁がぎしぎしきしんで危ない感じで、時に、住まいも、家々も、街区も、非現実性を増して行くのがひしひしと感じられた。夢に見るものも、これを助長するばかりであった。熱病のような建築ブームで、家並みは次々と取り壊され、一夜明けると別の姿で再生されたが、これはむしろ不信感を強めるものであった。前世紀七〇年代の泡沫会社氾濫時代の新版であった。当時はまだレンガで建てていたが、今はコンクリートミキサーがぎこぎこ回り、パワーシャベルが瓦礫の山を突き崩す。

小さな徴候が調子を狂わせ、荒っぽい徴候は心を傷つける。それゆえ、危機的状況の中でよりは反省することが多い。病気の時のように、始めのうちは不快なだけのものが、後に危険な状態になる。こうした小さな徴候がいくつもあった。

（『小さな狩　ある昆虫記』山本尤訳）

嫌な感じ。そこでぴたりと筆を止めてしまうのは、これが戦後も二十年余経った一九六七年の文章で、さらに書けば弁解になると思ったからだろう。ナチスは左翼とともに保守も滅ぼした。それをカイロス（歴史的好機）とみて彼と入れ違いにフライブルク大学総長に就任したものの、たちまち大学改革で蹉跌を味わわされたハイデガーも失意と沈黙に追いやられた。

三〇年代のハイデガーはユンガーの『総動員』や『労働者』の熱心な読者だったが、二人が出会ったのは戦後の四八年である。ハイデガーの没年（七六年）近くまで文通が続いた。「転回《ケーレ》」以降は第二の主著『哲学への寄与』で「Seyn《ザイン》（「存在」の古語）の歴史」を組み立て直そうとしていたハイデガーと、ユンガーの「実体の歴史」（Geschichte in der Substanz）はどこかで重なっていた。ただ意識するとしないとにかかわらず、明らかに二人の「森」は違う。ハイデガーが聖堂《カテドラル》のように光の射しこむ森の明き地（Lichtung）なのに対し、ユンガーは水辺に毛氈苔《もうせんごけ》の生《む》す芦ガ淵（Sumpfloch）だった。

＊

ユンガーが三三年に潔く隠遁したのは、ドイツの中央、ブロッケン山麓にあって、かつてワーズワスが妹と棲んで長編詩『序曲』を書いた古い鉱山の町ゴスラーの近隣である。彼は昆虫採集に没頭した。昆虫愛好家の老校長を探しあて、その地譜の追補を手伝いながら野山を跋渉《ばっしょう》する。

彼の昆虫熱は少年時代にさかのぼる。チェスにのめりこませまいとする父の配慮で、捕虫網など用具一式をクリスマスに買ってもらったのだが、レーブルクの沼地の切り株で冬眠する筬虫《おさむし》の幼虫を見て病みつきになった。戦場でも、空からの機銃掃射を逃れて飛びこんだ塹壕で、ふと珍しい昆虫に目をとめると、しゃがんで動かなかったという。

一九二三年に国防軍を辞め、ライプツィヒ大学とナポリの研究所に入ったが、専攻は動物学と哲学である。父譲りの植物学や鉱物学にも通暁し、しばしば作品では菌類の薀蓄まで傾ける。彼の甲虫コレクションは有名で、サルディニアやシチリア、キプロス、ロードスといった地中海や、ノルウェー、ブラジルまで（戦後は日本にも）足をのばし、新種発見にも貢献したから、このナチュラリストは筋金入りだった。ゲーテの形態学に親昵《しんじつ》し、武人と森羅万象のヴィジョネール（見者）を共存させた生きざまが、ユンガーのユンガーたる所以なのだ。

『ヘリオーポリス』第一部の最終章にも、『青い鳥』のメーテルリンクのように、蜂蜜づくりに励む神父の挿話がある。神父は説く。人は蜜蜂を勤勉だといい、「蜜蜂国家」の比喩にするが、蜜蜂には兵営の角笛も、甲板の呼子も、工場のサイレンも鳴らない、蜜蜂の一日には労働がないのだ、と。

我々は、蜜蜂の群がどれほどひとつの肉体であるかについて実状を知らないのだ。この肉体が己れの健康・幸福のために予め定められた瞬間に雄蜜蜂を追放するのは、子供が乳歯を失うのと同じことだ。蜜蜂は己れの掟を実現しているのだ。

（『ヘリオーポリス』田尻三千夫訳）

この雄蜜蜂こそ「ドローン」である。むろん、ユンガーはその生態を細部まで知っていた。蜜蜂の雄は未受精卵から生まれる一倍体で、二倍体の働き蜂に比べ複眼と単眼が発達しているが、働き蜂に餌をもらうだけで何もしないため「怠け者」の意味で Drohn（英語で drone）という。働き蜂はすべて雌だが、ローヤルゼリーで育てられた雌から女王蜂が選ばれる。雄は女王蜂と交尾するため、晴天の日に外に飛び立ち、空中を集団で飛び、その群れに女王蜂が飛び込んで交尾を遂げる。これを繰り返したのち、女王蜂は巣に帰って産卵が始まる。

交尾できた雄は尻がちぎれて死に、交尾できなかった雄は役立たずとされて、それまでかいがいしく面倒を見てきた働き蜂に巣を追われるかいびり殺される。この冷徹な「淘汰」こそ自然の掟なのだが、しかしここに兵営の呼子や工場のサイレンを鳴らしたらどうなるか。

時代に半世紀余も先駆けて、今日のUAV（無人自動飛行体）、通称ドローンを予見できたとすれば、ユンガーが蜜蜂に労働以前の始原の生を見て、その対極に「労働者」を擬制化する「ガラスの蜂」という超小型《リリパット》のUAVを考えることができたからである。これは単なるSF仕立ての寓意小説というより、ナチスと大戦に埋もれた「労働者」の理念を再発掘し、昇華させようとした存念のロマンと言っていい。彼はこういう形でしか、二度の敗戦と戦地体験を掻い潜った「絶対の敗者」を語りえなかった。すでに大戦中に『労働者』第二部を書こうと考えている。

『労働者』について。描写は正確である。しかし労働者は鋭く彫られたメダルに似ていて、それには裏面がない。描写されたダイナミック原理をより高いじっと動かない秩序の下に置くよう第二部ですべきであろう。家ができて、家具が入ると、機械工も電気技師も帰って行く。しかし誰がこの家の主なのだろう。

（『パリ日記』一九四三年三月十七日　山本尤訳）

一般に『労働者』第二部は、戦後の一九四九年、ハイデガー六十歳の誕生日にユンガーが贈った二ヒリズム考『一線を越えて』Über die Linie とされている。ハイデガーもそのタイトルをもじって『〈一線〉について』Über "die Linie" を書いて応じたが、総動員された兵士たちの無残な戯画《パロディー》であるガラスの蜂こそ、続編にふさわしくないだろうか。

　この園庭に充満する蜂の羽音（ドローンには羽音の意味もある）には、凶々しい低音がまじっている。それはユンガーが一九四一年、パリ近郊のロバンソンの森で脱走兵の銃殺に立ち会った記憶が発する持続音なのだ。囚人に判決文が読みあげられた。

　目は大きく見開かれ、吸いつくように一点を凝視し、身体がそこにぶら下がっているかのように、大きかった。口は一語一語区切って何か読んでいるかのように、大きく動かされていた。視線が一瞬私に向けられ、突き刺すような、探るような鋭さで私の顔を見つめた。興奮のあまりに、何か縺れたもの、途方もないもの、それどころか子供っぽいものさえがそこに感じられた。

　小さな蝿が一匹、彼の左の頬に飛び回っていて、何度か耳の側にとまる。彼はその度に肩を上げ、頭を振る。判決文の読み上げが一分も続いただろうか、しかしその時間が私には異常なまでに長く感じられた。時計の振り子が重くなって、捩じ曲げられている。

（『パリ日記』一九四一年五月二十九日）

　この羽音は恐ろしい。セミョーノフ練兵場の銃殺五分前に匹敵する。あれほど戦場で夥しい死体を見た彼が「決定的な［死の］瞬間には立ち会っていない」と感じた。目を逸らそうにも逸らせず、かっと瞠《みひら》いたまま、まじろぎもせず立ちつくす。一斉射撃。「厚紙に露の雫が落ちるように」胸に五つの穴が開いた。「表情には、途方もない驚きが現れていた。口を、母音を発音したいかのように、パクパクしていて、なおも必死に何かを言いたいようであった。〔中略〕彼はついに膝を折ってのめり込む。そのとき初めて彼の顔に死者の青白さが広がった」

眼前の現実を悪夢として凝視しながら、そこから白日夢のようにもうひとつの悪夢に入りこむ。プラトンの洞窟にゆらめく影から、人は面壁《めんぺき》したまま、冷然と背後を幻視しなければならない。いわば悪夢を冪乗《べきじょう》させることが、『ガラスの蜂』の光学と思える。〈死へ臨む存在〉Sein-zum-Todeこそ、彼のチャクラ〔輪〕だった。三四年に書かれた『痛みを超えて』Über den Schmerzでは、巻頭エピグラフに新渡戸稲造『武士道』第十二章の一節を掲げているから、おそらくは息を殺してあの滝善三郎の切腹の場面を読んでいたのだろう。

＊

処刑の静止画と、羽音の幻聴はどこまでも消えない。

ユンガーは一九三九年、ナチス批判の寓話『大理石の断崖の上で』を出版、迫りくるゲシュタポを逃れて国防軍に復帰した。パリ占領軍に配属され、封書の検閲に携わりながら、軍内の反ナチス派のために秘密回覧文書を書いて「戦争は万人に果実をもたらさなければならない」と絶対平和を訴えた。「他者のために生きそして死ぬ」利他Alturismの堡塁《ほうるい》しかもう残されていなかった。だが、戦後まで生き延びた彼は、どうして森の対極にある「技術《テヒニク》のヴィジョネール」にたどりついたのだろう。ユンガーが騎兵と戦車、生きた蜜蜂とガラスの蜂を対置させたように、批評家ヴァルター・ベンヤミンも呪術という「第一の技術」と、機械的複製という「第二の技術」の対置から、ドローンの原型をいち早く予見していた。

第一の技術、原始時代の技術ができるだけ多く人間を投入したのに対し、第二の技術、現代の技術はできるだけ少なく人間を投入する。第一の技術がなしとげた技術上の偉業は、いわば人間を犠牲にしたということであり、第二の技術のそれは、乗務員を必要としない遠隔操縦の飛行機という方向にある。〔中略〕第二の技術の根源は、人間がはじめて、そして無意識の狡知をもって、自然から距離をとりはじめたところに求められる。別の言葉で言えば、この根源は遊戯《シュピール》にある。

（ベンヤミン「複製技術時代の芸術作品」久保哲司訳）

第一次大戦中、スイスに逃亡していた三歳年長のベンヤミンは、ユンガーが一九三〇年に責任編集した論集『戦争と戦士』の書評で、「敗北を内的な勝利へと倒錯的に転換する企て」（「ドイツ・ファシズムの理論」）と酷評している。なのに、二人はともに写真と映画を偏愛していた。カメラの前で演じる俳優の一回性のアウラ喪失と、その俳優がオートマトンに置き換えられたツァッパローニの映画はパラレルなのだ。

オートマトンの映画もガラスの蜂も複製されたものであり、一回かぎりではない。神が一回だけ人に受肉し、メシアとなって世に現れた奇跡とは、まさに真逆の存在なのだ。その創造者であるツァッパローニもまた、幾多の虚像で自らを囲み、覆い隠している。「代役がシドニーで式辞を述べているあいだに、当の老師《マイスター》は書斎に身を置いて、ゆったりと瞑想に耽っていられる」というから、この虚像は遍在する全能者《オムニポテンツ》、しかもその複製なのだ。

この他在性《アンダースアルテイヒカイト》の前で、僕は胸騒ぎを覚えた。光学的な幻像のようなもので、人の同一性《イデンテイテート》が疑わしくなる。本物の前に僕が立っているとして、いったいだれが僕に語りかけているのか。しかしこの彼は当人に違いない。あの好々爺は彼の代理なのだ。とはいえ、その声は楽しげに弾んでいた。

（本書「7」）

この他在性は、虚実の閾《しきい》に出没するガラスの蜂の群れに通じている。「存在と被知覚は交換しうる名辞である」というショーペンハウアーの「表象」経由で、ヴェーダンタ学派の「マーヤー」（幻力）が転移したともいえる。ユンガーが未来予知《プレコグ》したデバイスは今や身辺に氾濫しているではないか――『ヘリオーポリス』（一九四九年）初出のスマホ「フォノフォール」Phonophor といい、『手紙の館』（一九五一年）のビッグデータ「機械文書ファイル」machinellen Registraturen といい、『オイメスヴィル』（一九七七年）のアーカイブス「ルミナール」Lumminar といい、共通しているのは haecceitas（いまここにある）が欠落した他在性である。

戦争もまたカウチポテトになる。

＊

二〇一一年五月二日（米東部時間同一日）、ノータイのバラク・オバマ大統領やヒラリー・クリントン国務長官らがホワイトハウスのオペレーションルームに集まり、一万一千キロ彼方のパキスタンで行われた「海神の槍作戦」をみつめている写真がある。

標的「ジェロニモ」は九・一一テロの首謀者オサマ・ビン・ラーディンだった。アジトに潜入した海軍特殊部隊ＳＥＡＬｓが射殺したが、リアルタイムの画像はおそらく滞空するブラックホークかドローンから送られたのだ。「やつを捕えた」（We got him）と呟いたオバマの一言は、将来の戦争の非対称性と他在性をともに具現していた。最小限の特殊部隊派遣で脅威が除けるなら、いずれは無人ドローンに代行させ、地上派兵など不要になる。騎兵が滅びたように、トップガンも絶滅するだろう。

トポスとしての戦場（battlefield）や戦域（theatre）は、とうに消えかけているのだ。すでに二〇〇五年二月、ブッシュ政権の国防長官ドナルド・ラムズフェルド宛てのメモで、ランド研究所のジェームズ・トムソン所長が「キル・ボックスの非線形システムの採用」を進言している。キル・ボックスとは司令部との調整なしに殺害できる「一時的な自律区域」のことだ。オバマはブッシュを否定したのではなく、むしろその延長線上にある。

トムソンは重要な点としてこう強調している。対反乱作戦のために「キル・ボックスのサイズは、開けた土地でも市街戦でも通用するよう調整できる。キル・ボックスは、活発な軍事状況に対応してすぐに閉じたり開いたりできる」

キル・ボックスのもつ断続性およびスカラー調節という二重の原理は重要である。それによって、公認の紛争領域の外部へと同様のモデルを拡張して考えることが可能になる。どこにおいても、正当なターゲットとみなされる個人の場所を特定しさえすれば、その時点の情勢に応じて、致死力のある一時的なマイクロ・キューブが例外的に開かれるのである。

（グレゴワール・シャマユー『ドローンの哲学』渡名喜庸哲訳）

空中庭園のようなツァッパローニの試験場で、敗兵リヒャルトが茫然とみつめていたガラスの蜂の群体は、今や三次元のノード（結節点）に細分化され、キル・ボックスの窓が自在に開閉伸縮しては、クリック一つで標的を仕留めるディスプレー画像に収斂する。

RQ1プレデターやMQ9リーパーなどの米軍ドローンがアフガニスタンやシリアでしばしば起こした誤爆、すなわち巻き添え《コラテラル・ダメージ》は問題の一端に過ぎない。俗に一機百五十億円とも言われるF35のような新鋭ステルス戦闘機に代わって、BAeの固定翼「タラニス」から米空軍研究所の鳥型、虫型MAVドローンまで、より廉価で高性能のUAVが続々開発されているのだ。

グーグルが中国再進出のため極秘で開発していたとされる検索エンジン「ドラゴンフライ（蜻蛉《とんぼ》）プロジェクト」は、その名の通り仮想空間に浮かぶドローンと言える。中国政府の検閲システム「金盾工程」（「万里の長城」のネット版）に従って、この蜻蛉もブロッキングや追跡を行うからで、グーグル社員が内部告発し、米副大統領まで演説で批判したため、サンダー・ピチャイCEOは一八年十二月、「社内で検討したが、中国で検索サービスを立ち上げる予定はない」と蓋をしてしまった。

問題はドローンの絶対的な非対称と他在性が、それ自体で複製されていくことにある。

一八年八月四日、ベネズエラの首都カラカスの軍事式典で、ニコラス・マドゥロ大統領が演説中に空中で複数のドローンが爆発、暗殺未遂事件が起きた。同年四月と七月にはサウジアラビア南部の製油所や空港を、イエメンのフーシ派が国境の彼方から飛ばしたドローンで攻撃した。フーシ派の大型ドローンUAV-Xは飛行が九百マイル以上可能で、一九年五月にペルシア湾でサウジのタンカーが被弾したとされる。世界シェア七割の中国製民生ドローンを使ったテロの試みもあるという。

カミカゼがベンヤミンのいう「人間を犠牲にする」第一の技術の極限とするなら、ドローンは「人間を排除する」第二の技術の極限なのだ。しかも両者はシャム双生児のような相補関係にあり、ドローンと自爆テロは果てしない鼬《いたち》ごっこを続けるほかない。

ユンガーにそこまで見えたとすれば、機関銃の斉射で騎兵が絶滅させられた大戦を生き延びた彼に、無意味な死に斃《たお》れた兵士や民間人が忘却されていいのかという憤怒があったからだろう。その無名兵士のなかには長男エルンスト（エルンステル）も含まれていた。父譲りの反骨を嫉《そね》まれたか、「総統の絞首刑を口にした」という密告者が現れ、九カ月の未決拘留ののち、死地のイタリア最前線に送りこまれ、到着早々の四四年十一月二十九日に十八歳で戦死した。その間、父は青い十字章を佩《お》びて嘆願にベルリンへ、面会に拘置所へと奔走するが、日記は非力をドローンになぞらえて身悶えする。

こうしてわれわれは父祖たちに借金を返済しているのである。そしてそれゆえにわれわれの蜂の巣の中の子供のない状態も無為徒食の雄蜂の状態ということになる。

（『パリ日記』一九四四年二月十八日）

絶対の平和は絶対の敗者だけが達せられる。それがユンガーの絶対「平和」論だった。勝者は戦争を須《すべか》らく占有するが、敗者は何も与えられない。ツァッパローニとリヒャルトの対話で論じられる「白旗」の逆説は、ポツダム宣言をめぐる日本の「終戦」のパラドクス――本土決戦で消耗させての ち休戦交渉に持ち込む、という蛮勇と怯懦《きょうだ》の絶対矛盾にほとんど相似形である。そこに絶対平和が訪れるはずもないのだ。返らぬ息子のようにもう取り返しがつかないとはいえ、その非対称にしかユンガーは「始まり」を見出せなかった。

＊

われわれはともに負けた。だが、その敗北の射程は彼に遠く及ばない。

杜詩の中に、その懶惰な帰農生活を歌つて、日を隔てて耕す営みのうちに、田園は次第に荒廃し幽情に近づく、といふ句がある。懶惰とは自然の情との意である。怠けてゐるうちに雑草が繁茂し、菜園は荒廃して自然に帰るさまをかく云うた。

（保田與重郎『農村記』）

帰農した與重郎が、杜甫や王陽明を引いて「農事」を語るのは痛ましい。「万葉は『ことだま』の消滅せんとするのを痛む声の集である」と言い切った彼にとって、戦後は言霊が滅びたのちの余白になるからだ。宮崎開を開墾した宮崎安貞の『農業全書』を手本に、桑田を水田にしようとたどたどしく鍬をふるう姿は、ソーローの『ウォールデン』とは異なり、帰去来の文人の感傷を出られなかった。彼は「紙ナクバ空ニモ書カン」と嘯《うそぶ》いたが、その帰農は「クラインガルテン」のプチ田舎暮らしと変わらず、どこにもたどりつけない。本作のエピローグとおなじく、ハッピーエンドは幻なのだ。

與重郎も息子に先立たれた。ユンガーに遅れること二十三年、パレスチナ難民を支援していた三男直日が第三次中東戦争に絶望し、エジプトで自死した一九六七年である。撃ちてし熄《や》まむ。「大アジア」の残夢に子は殉じたのだろうか。

一切が失われたとき、「終わり」もまた失われる。バーナード・マンデヴィルの『蜂の寓話』がアダム・スミスの『国富論』の露払いだったとすれば、ユンガーのガラスの蜂もまだ見ぬ何かの前触れなのだろう。彼の『労働者』の亡霊が、一足先にナチスのリヴァイアサンを呼びさましたように。

あなたにも聞こえますか。Seyn の羽音が。

エルンスト・ユンガー（Ernst Jünger）
ドイツの思想家、小説家、ナチュラリスト、軍人。1895 年、ハイデルベルクのプロテスタント家庭に長男として生まれる。1914 年、第一次世界大戦に志願兵として出征、西部戦線で戦い、1918 年、プロイセンの最高勲章プール・ル・メリットを最年少で受賞した。1920 年、戦記の傑作『鋼鉄の嵐』を出版。その後、賠償に喘ぐ敗戦国ドイツの復興をめざす〈保守革命派〉に身を投じ、マルティン・ハイデガーやカール・シュミットらの共感を得た。ナチス政権誕生を予見する『労働者』を書いたが、ヒトラーが独裁を確立するやベルリンを去り、森に隠棲して昆虫採集などに没頭する。1939 年に書いた小説『大理石の断崖の上で』が後に〈抵抗文学〉として評価される。同年、国防軍に復帰してパリに進駐。戦後の欧州再生ビジョンを記した秘密文書「平和」は反ナチスの軍幹部に回覧され、1944 年 7 月のヒトラー暗殺計画の支柱となった。戦後は「20 世紀のゲーテ」と呼ばれ、日記、エッセイ、小説、往復書簡など旺盛な執筆活動で 1982 年にゲーテ賞を受賞した。1985 年、ユンガーの名を冠した昆虫学賞が創設された。1998 年、102 歳で死去。

阿部重夫（あべ　しげお）
1948 年、東京生まれ。1973 年、東京大学文学部社会学科卒、日本経済新聞入社。社会部、整理部、金融部、証券部、論説委員を経てロンドン駐在。1998 年、退社。2006 年に月刊誌 FACTA を創刊。病を得て 19 年 8 月に身を引く。日本新聞協会賞を 1992 年と 94 年に受賞。著書に『イラク建国』（中公新書）など、訳書に P・K・ディック『市に虎声あらん』（平凡社）、『ジャック・イジドアの告白』（早川書房）、D・F・ウォレス『これは水です』（田畑書店）など。

谷本愼介（たにもと　しんすけ）
1950 年、大阪生まれ。1977 年、東京大学大学院博士課程中退（独文学専攻）。神戸大学名誉教授。主な業績：『ニーチェ全集』〈第 1 期第 5 巻〉（共訳、白水社）、『ワーグナー事典』（共編著、東京書籍）

Title : Gläserne Bienen

Author : Ernst Jünger

田畑書店

ガラスの蜂

2019年12月 5日 印刷

2019年12月10日 発行

著 者 エルンスト・ユンガー

訳 者 阿部重夫・谷本愼介

発行人 大槻慎二

発行所 株式会社 田畑書店

〒102-0074 東京都千代田区九段南3-2-2 森ビル5階

tel 03-6272-5718 fax 03-3261-2263

本文組版 田畑書店デザイン室

印刷・製本 中央精版印刷株式会社

Printed in Japan

ISBN978-4-8038-0367-9 C0097